零崎双識の人間試験

西尾維新

KODANSHA NOVELS
講談社ノベルス

Illustration take
Cover Design Veia
Book Design Hiroto Kumagai
CD-ROM PROGRAM GABON SHIBATA

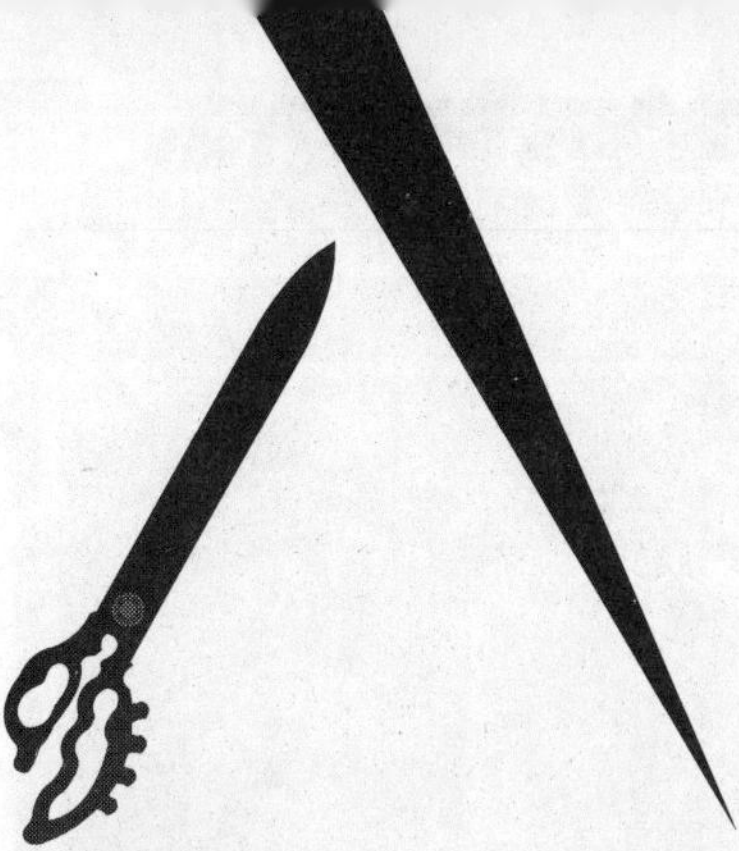

登場人物紹介

無桐伊織（むとう・いおり）――――女子高生。

早蕨刃渡（さわらび・はわたり）――――太刀遣い。

早蕨薙真（さわらび・なぐま）――――薙刀遣い。

早蕨弓矢（さわらび・ゆみや）――――弓矢遣い。

零崎双識（ぜろざき・そうしき）――――自殺志願。

零崎人識（ぜろざき・ひとしき）――――人間失格。

＊死色の真紅――――請負人。

第零話　零崎双識

「率直に言いますが、わかりかねるのは、この問題全体に対するあなたの態度なんです」と、ペチスが言った。「ところで、この私はただの作り話を研究しているだけです。決して起ったことのない幽霊話だけをですよ。それでもある意味では、私は幽霊というものを信じている。ところがあなたは、証明された出来事――われわれが反証をあげないかぎり、事実であると言わざるを得ない出来事についての権威であるわけです。それなのにあなたは自分の人生で最も重要なものとしたことについて、一言も信じておられない。それはまるで、ブラッドショーが蒸気機関車などあり得ないということを証明する論文を書いたり、ブリタニカ百科事典の編集者が、全巻中に信頼できる項目など一つとしてないという、序文をのせているようなものじゃあないですか」

「だけど、それがなぜいけないのだね？」グリモーは、ほとんど口を開かないような喋り方、例の早口のガラガラ声でがなりたてた。「そこには教訓《モラル》が見られる、のではないかな？」

「〝学び過ぎたるが、狂気のもと〟っていうわけですか？」と、バーナビィが口を出した。

（THE THREE COFFINS by John Dickson Carr／三田村裕・訳）

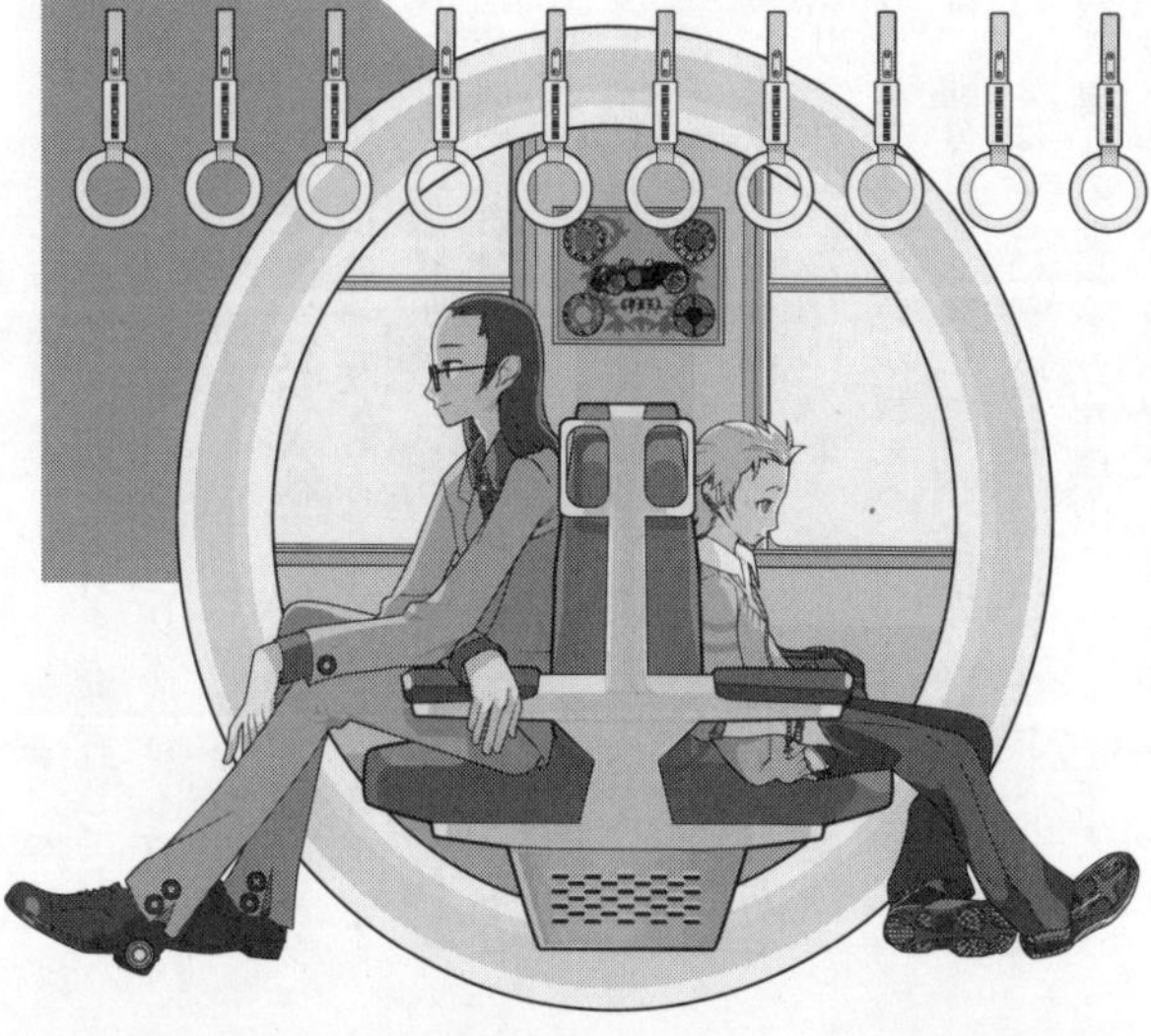

「人が死ぬときにはね——そこには何らかの『悪』が必然であると、『悪』に類する存在が必然であると、この私はそんなことを思うんだよ」

……その車両の中には、たった二人しか人間がいなかった。しかしそれは、別段特別特殊な状況《シチュエーション》というわけでもなくて、片田舎、平日昼間の電車事情は、大抵のところそんなものである。こんな時間に、同じ車両に二人も乗っている方が珍しい、とまで言えば、少々言い過ぎではあるだろうけれど。

一人は学生服を着た少年だった。髪の毛を薄く脱色していて、少なくとも本人は、本人だけは格好いいつもりで装着しているのだろう銀のアクセサリーで、耳や手首や指などを派手派手しく飾っている。

そしてもう一人は——随分と日本人離れして背の高い男だった。しかしその痩《や》せた身体は見る者に大柄という印象は与えず、その手足の異常な長さも相《あい》俟《ま》って、まるで中学校の美術室に飾ってある針金細工のようなシルエットである。背広にネクタイ、オールバックに銀縁眼鏡《めがね》というごく当たり前の、極々当たり前過ぎるファッションが、驚くくらいに似合わない。

少年と針金細工は他に誰もいない車両内で、特に声を潜《ひそ》める風もなく会話を交わしていた——というより、どうやら針金細工の方が一方的に少年に対して語りかけているだけのようで、少年の表情にはかなりうんざりした色が窺《うかが》える。対して、針金細工の方は、随分とまあ楽しそうな表情だった。

「たとえばここに一人の殺人鬼がいたとしよう。彼は殺人鬼なのでその存在理由にのっとって人を殺す。殺された人は当然のことながら死んでしまうよね。この場合殺人鬼が『悪』いことはいうまでもない、彼がいなければその人は死なずに済んだのだから。そしてその殺人鬼が官憲《かんけん》の手によって捕らえられ、取調べと裁判の結果、死刑を宣告された場合。これは勿論その殺人鬼本人の行いが『悪』かった、というべきだろう。ではしかし、それが冤罪《えんざい》だった場合には？　殺人鬼が本当は人など殺していなかったのに、彼はただ殺人鬼というだけで人など殺していなかったというのに、それなのに死刑を執行されてしまった場合はどうなのか、どうなるのか？　これは法律のシステムが『悪』、あるいは捜査官や裁判官の頭が『悪』かったのだろう、うん。で、その捜査官が、こととは全く関係のないところで、空から降ってきた隕石に潰されて死んだとする。こりゃもう疑いようもないくらいにまさしく——捜査官の運が『悪』かったのだ」

「はあ……そうっすか」

　それがどうしたという風に、気のない返事を返す少年。かなり迷惑そうだが、単純な背丈《せたけ》では自分の倍くらいもありそうに見える針金細工に対して無視《しかと》を決め込むほどの度胸もないらしく、適当な相槌《あいづち》を打っている。しかし、針金細工は少年の反応など意に介する様子もなく、言葉を続ける。

「私が何を言いたいか分かるかな？　つまりだね、『人の死』とはとことんをとことんまで突き詰めて『悪』につきまとわれた概念であり、そこには善意や良識の入り込む間隙《かんげき》はほんの一ミリだって存在しないということさ。人の死の理論には隙《すき》がない。人が死ぬ物語にはどうしようもないような悪人しか登場しないし、またするべきではないのだよ。正義を説く聖人も倫理を説く善人も、それからついでに謎を解く何とやらも、登場人物表に名前を連ねる資格がないし、彼らにしたってあえて登場したくなんかないだろう。そういうものなんだよ。人の死で愛やら情やら真理やらを表現しようなんて、そんなことは不可能さ。人の死にあるのは『悪』だけだ」

「『悪』だけ？」

「『悪』だけ。他には何もない」

「……けどさ、おっさん――」あまりといえばあまりの極論にさすがに思うところがあったのか、少年が如何《いか》にも精一杯の勇気を振り絞った感じの声で、針金細工に対して反論を試みる。「――『死んだ方がマシ』って状況だって、世の中にはあるんじゃねーのか？『死んだ方が救われる』、つまりは『死んだ方がいい』って状況だって、やっぱりあるんじゃねーのか？」

「私はまだまだ、おっさんと呼ばれるほどに歳を食っちゃいないつもりなんだがね」と、針金細工は苦笑する。「きみのその反駁《はんばく》に答えるならば、『死んだ方がいい』というような状況、そのものが既に『悪』なのさ。いやいや、きみくらいの年頃の人間からしてみれば、こいつはただの言葉遊びにしか聞こえないことだろう。気持ちは分かる、気持ちは分かるよ。だが私には言葉で遊ぶ趣味なんかはないし、私はおっさんでこそないがきみよりも長く人生を生きている身だから、そのくらいの説教はできるつもりでいるんだよ――だからきみ……ええと、名前はなんと言ったっけな？」

「柘植《つげ》慈恩《じおん》……だけど」

「ふむ！」恐る恐ると名を名乗る少年に、ぽんと手を打つ針金細工。「慈恩と来たか、慈恩とはよい名前だな。念流《ねんりゅう》の開祖と同じ名前じゃあないか。きみのお父様の人格が窺えようというものだ。実に素晴らしい」

「はあ……」

誰だよそいつはそんな奴は知らないと言いたげな少年のことなど気にも留めず、針金細工は「慈恩くん」と呼びかけて、少年に向く。

「いいかい、世界はそもそも『悪』というもの、『悪』と表現しうる存在に満ちている。人生というのは地雷をあちこちに埋め込んだ部屋の中で閉じこもって生活しているようなものなんだよ。命がけの引きこもり、それが人生だ。特に何もしなかったとところで、信号に引っかかるくらいの確率で、人間は『悪いもの』に出会ってしまうのだよ。だったら何も自身がその『悪』になって、死に至る確率を更に倍増させる必要などどこにもないだろう――そうは思わないかい？　こんなことは訊くまでもないことだろうが、慈恩くんは勿論《もちろん》、死にたくなんかないだろう？」

「そりゃまあ、そうだけどさ――」

「そうそう。自殺志願なんてのは生きている人間としちゃ最低最悪の思想さ。その行為は逃避ですらないんだからね。よし、では慈恩くん」針金細工は、そこで口調を改めて、少年に言った。「学校をサボるというのは実に『悪いこと』だ。今からでも遅くないから、次の駅で電車を乗り換え、きみの通う学校へ向かいなさい」

「…………」

――どうやら今のこの状況は、学校をサボってどこかに遊びに行こうとしていた少年に対して、針金細工が考えを改めるように説得している――というものらしい。それだけ聞けば酷く日常の一齣《ひとこま》にしか思えない話だったが、その結論にたどり着くまでに針金細工が使ったルートはあまりにも変哲だった。たかだか学校の出欠の話に人死にを引き合いに出すような人間はなかなかいるものではない。

少年はうんざりを通り越して呆《あき》れるも通り過ぎ、ついにはおかしくなったらしく、噴《ふ》き出すように笑い声を漏《も》らした。

「ったく――おっさん。あんた、なんつーか、すっげえ変な奴だな、おい」

「だから私はおっさんと呼ばれるような年齢ではないよ。そうだね、ちょうどきみくらいの年頃の弟がいるくらいだ」

「へえ。じゃ、俺はあんたのこと、お兄さんとでも呼べばいいってのかい？」

「ん――ああ、いや、それはやめておいた方が賢明だろうね」針金細工はここで、どうしてか少し歯切れが悪かった。「それこそ、生きていたいと思うなら――人として、生きていたいと思うなら、うん。そういう意味じゃ、そのじゃらじゃらしている指輪やら腕輪やら耳飾りだって、あまりお勧めはできないな。他人と区別がつき過ぎる」

「どうして？　こんなの、ただのお洒落じゃん」

「もしもきみがツルゲーネフを読んだことがあるのならそんな質問はしないだろうし、宇《う》野《の》浩二《こうじ》の愛読者でありさえすれば『普通』ということについて考えてみたことはあるはずなんだろうけれどね」見た目にそぐわずどうやら相当回りくどい性格らしく、針金細工は全く関係のなさそうなところから、少年に対して返答する。「そうだね、高校生くらいの、やっとこ世界が見えてくるというきみくらいの年齢になれば、将来について考えることも多いだろう。恐らくきみは普段から無意識内にこんなことを考えているんじゃないのかな――『将来働くことになったところで、背広にネクタイ姿にはなりたくない』とかね」

「いや、それは――」

さすがに背広にネクタイ姿そのまんまな針金細工相手に正面から頷くことはできなかったようだが、しかし少年のその表情は雄弁に肯定を物語っている。そんな少年の態度に針金細工はにやりと笑ってみせた。

「いやいや構わないよ、私なんかに気を遣うことはない。今時の若い者は――というか、若い者というのはいつの時代だって、スポーツ選手かミュージシャンになりたがるものなんだ。こと背広にネクタイってのを嫌がる――何故ならそれが非常にありふれた『普通』だからだ。きみくらいの年齢だと特に顕著なんだが――人間というものは『普通』であることに対して恐れにも似た感情を抱くようだね。『他人と同じ』であることに対して、本能的な恐怖を感じているらしい。無個性、没個性を嫌うわけだ。それは人より優れていたいということでもない、誰かと同じ、誰かと一緒であるくらいなら、まだしも劣《おと》っている方がいいというような有様《ありさま》だ。とにかく平均であること、『普通』であることを、恐怖する。……しかしこれは、その感覚は私には全然分からない。『普通』であること、それはこの上なく素晴らしいというのに」

「……えー？　普通の人生なんてつまらねーよ」

「ならば行き詰まり息詰まり生き詰まっている人生が、きみのお望みだというのだろうか。慈恩くん、『普通』というのはね、『他人の迷惑にならない』という意味なんだよ。普通でない者は、その指向性が善であるにせよ悪であるにせよ、定めし他人を傷つけるものなのだ。そして結果、自分も傷ついてしまう——傷つきの繰り返し《リフレイン》さ。それが永遠に続くんだ。生きている限り、死ぬまで、ね。だから『普通』で『当たり前』なのはとても幸福なことなんだよ。本人にとっても、周囲の他人にとってもね。本人のことはそりゃ本人の勝手かもしれないけれど、周囲の他人は、勿論幸福な方がいいだろう？　そして自分の周りの人が幸福だったら、自分も更に幸福になれる。これが幸せの相乗効果って奴さ。たとえば慈恩くん。きみには心から尊敬する人というのはいるかな？」

「心から尊敬する人……？」

「きみが神と呼ぶ傑物《けつぶつ》さ。世界は広いし歴史は長い、一人くらいはいるだろう？」

「尊敬とかはよくわかんねーけど……ジム・モリソンとかは好きかな」

「ふむ？」針金細工はどうやらその名を知らないらしく、疑問そうに首を傾《かし》げたが、しかしすぐに「まあいい」と取り直す。知らないことを知ろうとする好奇心とは無縁のようだ。「私は寡聞《かぶん》にしてその人物を知らないが、きみが好きだという以上、きっと彼は何らかの偉業、名著を書くなり清音を奏でるなりの偉業を成し遂げたことだろう。それは『普通』ではないことだね」

「ああ」

「しかし――とここで否定文を持ち出すのはきみにとって不愉快かもしれないが、しかし、その結果彼が幸福だったかというと、そんなことはありえない。彼の周囲の人間が幸福だったかというと、そんなこともありえない。ジム森《もり》さんのことはこれっぽっちも知らないけれど、ありえない、と、声を大にして断言させてもらうよ。いいかい、慈恩くん。『普通』じゃないがゆえに生じる現象は、概《おおむ》ね負の方向に向いているものなのだよ。他人から見ればそれは羨ましい人生かもしれないが、うらやまれることは何の幸福でもない。名誉も栄誉も、地位も財産も、そんなことは幸せになるためには必要ではないのだ。ここが重要なところだからよく聞いて欲しいのだが、『幸せ』というのはね――結局のところ、周りの人達と仲良くやることなのだよ。それが哺乳《ほにゅう》動物の宿命なのだから」

「……よく、わかんねーんだけどよ――」少年は難しそうな顔をして、針金細工に答える。「つまりオ能みてーなもんは、人と仲良くやる上じゃ何の役にも立たないっていうことか？」

「むしろ邪魔になるというべきだろうね」どこに根拠があるのか知らないが、とにかく自信たっぷりにそう断定する針金細工。「革命家にでもなろうというのならば話は別だが、人間として生きていたいならば、自分の性質なんてものはできるだけ隠すべきだ。だから私はこうして背広にネクタイ、革靴にオールバックという、普遍性を重んじたファッションに己が身を包んでいるというわけだよ。この私にだって、少なからず幸福になりたいという気持ちがあるからね」

「え……？」

じゃあおっさんサラリーマンでも何でもないのにそんな格好してんのかよ、と眼で語る少年を無視する形で、針金細工は「やれやれ」と、突然、ため息を漏らす。

「……しかしそれが分からない馬鹿も世の中には存在していてね……たとえば私の弟がそうなのだ。ちょっと聞いてくれよ。私の馬鹿な弟というのはね、髪はやたらと伸ばした上に染めているし……いや、きみのように脱色するくらいならまだ分かるんだ。しかし染めるというのは何なのだろうね？　それだけじゃない、耳にも散々穴をあけて……それもきみのような耳飾りじゃない、何を考えているのか知らんが、知ろうとも思わないが、携帯電話用のストラップなんぞをぶら下げている。一体それに何の意味があるというのだろうか？　とどめには刺青《いれずみ》だよ。刺青だよ！　それもそれも、腕やら背中にやらじゃない、顔面に大きく刺青だ。我慢できる阿呆《あほう》にも加減があるというものだろう。親から貰った身体を何だと思っているのか一度じっくりと話しあってみたいものだ。それで本人は格好いいつもりだというのだから呆れてモノもいえないよ。あんな小僧、家族でなければぶん殴っていたところだ」

あんたの変人っぷりもその弟といい感じに相対しているよどう考えてもこの兄にしてその弟ありだ、などとは少年は言わず、「はあ……そーなんだ」と、興味なさげな返事をする。興味がないのだろう。

「……おっさんとこ、家族仲が悪いのかい？」

「うん？　いやいや別にそんなことはないよ。今のは可愛さ余ってという奴さ。いわゆる一つ、のろけ話の一種だね。そうだね、私達くらい仲のいい家族というのは、日本中どころか世界中探したところで、見つかることはないだろうな。世界に誇れる家族《ファミリー》だよ」

言って、本当に誇らしげに笑ってみせる針金細工。どうやら自慢の家族らしいが、この本人と先の弟の話を聞く限り、他も大体想像がつくらしく、少年の表情は複雑だった。その表情の意味を取り違えたらしく、針金細工は「うん？」と顎《あご》を挙げる。

「なんだい。慈恩くんの方こそ、家族とうまくいっていないのかい？　そいつはいけないな。家族は仲良くしなくてはいけないよ。それは、そういうものなのだからね」

「いや、そういうわけじゃねーんだけどよ……なんつーか、うぜーっつーか。親父もお袋も兄貴も妹も、みんなつまんねー奴ばっかでさ」

「ふうん」

少年の家族事情に多少の興味があるのだろうか、ここでは珍しく頷くだけで返す針金細工。

「いや、おっさんに言わせればその『つまんねー』ってのが『普通』で『当たり前』で『幸せ』なんだろうけどさー、やっぱそういう風には割り切れねーよ」

「いいよ、思う存分迷いなさい。葛藤は十代の特権だよ。しかしその葛藤を昔に終えた経験者としての私にいわせてもらえるならね……行き詰ってしまった連中ばかりが寄り集まった家族というのも、また困り者なのだよ。たとえば慈恩くんにしたって、家族が全員殺人狂いなんて家庭に、あえて新規加入したいとは思わないだろう?」

「そりゃ、まあ……」

「それが当然だし、それでいいのだよ。忘れちゃならない。死にたくないのなら、『当然』という二文字から、『普通』という二文字から、決してはみ出しちゃならないということを。死ぬ理由なんてのは『悪』と同様、世界のどこにでも地雷のように転がっている。人は必ず死ぬが、だからといって死に急ぐ必要はどこにもない。生きていられる内は、人は生きるべきだ。どんな宿命を背負っていて、どんな罪悪を犯していても、生きている者は生きるべき者だ……特に達成すべき目標がある場合はね。うふふ、実をいうと私はね、家出中の弟を探している最中なのだよ」

「弟……って、さっき言ってた?」

「ああ。昔っから放浪癖《へき》のある奴でね……そして今回はその極《きわ》みという奴だな。どうやら西日本に向かったらしいことはわかったのだが、それ以外の手がかりがさっぱりでね。長崎《ながさき》に行ってカステラでも食ってやがるんだか、岡山《おかやま》に渡って吉備《きび》団子《だんご》でも食ってやがるんだか、沖縄《おきなわ》に飛んでちんすこうでも食ってやがるんだか、あるいは京都にとどまり生八つ橋でも食ってやがるんだか、さっぱりさっぱり情報がない」

「あんたの弟がすっげえ甘党だってことはわかったけどさ……、じゃ、見つけられないじゃん。そういうのは警察とか探偵とかに任せといた方がいいんじゃねーの？　素人《しろうと》が色々やっても無駄に終わるもんだぜ」

　素人ね、と針金細工は微笑する。

「いやいや、それが警察よりは先に見つけないといけないし探偵に頼むわけにもいかないという事情もあるのさ。色々と問題のある厄介《やっかい》な弟でね」

「は。なんだそりゃ。ひょっとしてあんたの弟、殺人鬼だとか？　さっきの話じゃねーけどよ」

「いやいやあ。殺人鬼というほど大したものじゃないさ、あいつは」針金細工は少年の軽口《かるくち》に対して軽口で答える。「一緒にしたら殺人鬼に失礼だというべきだろうね。ま、そう呼ばれるためにはもうちょっとばかし、私の下で研鑽《けんさん》を積まなければならないだろう。だからこそ、私はなんとしても弟を探し出さねばならない。今の未熟な腕のままで世間に出て行って、酷い目にあったら可哀想だからね。世界と夏には危険がいっぱいなのだから」

「見かけによらず随分と弟煩悩《ぼんのう》なんだな」

「見かけによらずという言い方は酷いな。それに家族を大切にするのは当たり前のことだ。うん、そうだね、せっかくだし一応訊《き》いておこうか。きみ、髪を染めていて、耳に携帯電話のストラップをつけて、顔面に刺青をした男の子を見たことはないかい？」

「いや……そんな愉快な奴に一度でも会ってたら絶対忘れないよ……」

「身長は一メートル五十センチくらいで、ちょっと可愛《かわい》い顔つきをしている。刺青のせいで台無しだがね。髪は大抵後ろで縛っていて、サイドを刈り上げている感じだ。ああ、そうだな、ひょっとするとサングラスをかけているかもしれない。そうそう、これも本人はお洒落《しゃれ》のつもりらしいのだが、身体のあちこちにナイフを仕込んでいるのだ」

「うーん……。つーかできればそんな奴には一度だって会いたくないって感じだけど……ん？　なんだ、手がかりはないとかいって、俺に質問するってことは、この辺りにいるだろうってあたりはもうついているってことかい？」

「おっと、名探偵のように鋭いことをいうね。しかしそれは名探偵のように見当外れだよ。そういうわけじゃないさ、全然。情報が皆無だという私の言葉に嘘はない。だけど大雑把《おおざっぱ》でいいのならば、家族のいる場所くらい勘で分かる」

「勘……」

「勘だよ。集合的無意識、まあ狼《おおかみ》の同属本能みたいなものかな。特に私達家族はね、そういう繋がりにかけちゃ、他の追随《ついずい》を許さないところがあるのだよ。だからここら辺にいるんじゃないのかなあ、程度の予測はつくってことさ。さっきも言ったろう？　世界に誇れる家族でね。ま、もっとも誇りと恥じらいは紙一重《かみひとえ》どころか、ほとんど表裏一体《ひょうりいったい》といってもいいくらいに似たようなものなのだけれど。少しばかり余計な話をさせてもらうと、そもそも私の家族というのは――」

針金細工が今にも家族自慢を始めようというそこで車内放送が鳴り響き、次の駅への到着が近いことを知らせる。それを聞いて針金細工は言いさしていた言葉を停止し、「それではだ」という。

「きみは次の駅でこの電車を降り、降りたホームで反対方向の電車を待って、そして学校へ向かうんだ。今からでも十分、午後の授業には間に合うだろう。まあ教職員の先生方から多少の説教は食らうかもしれないが、なあにそんなのは聞き流してしまえばいいのだ。向こうだって心から説教してくれているわけじゃない、相手なんてしてやることはないのさ」

「……わかったよ。いきゃーいーんだろ、いきゃー。うっせえな」

　少年はやるせなさそうにシートから腰を浮かし、網棚に載せていた学生鞄を降ろす。あるいは、この後ずっと針金細工につきまとわれるよりは、学校に行った方がまだマシだと思ったのかもしれない。そんな少年の様子を見て、針金細工は満足そうに頷いた。

「うん。それでこそ慈恩の名を持つ者だ。うふふ、名前は大切だよ、名前はね。実のところ名は体《たい》を表すというあの言葉は私にとって金科玉条《きんかぎょくじょう》でね」

「はあ……」

「うふ、うふふ。よかったよかった。きみはどうやら『合格』のようだね」

「え？」

　嬉しそうにそんな言葉をいう針金細工に、怪訝《けげん》そうに眉を顰《ひそ》める少年。それに対して針金細工は誤魔化すように、大袈裟《おおげさ》な動作で手を振った。

「いやいや、今のはこっちの話だよ。それでは世界に気をつけて」

　言って針金細工は車両の出入り口を指さす。計ったように同時に、速度を落としていた電車が停車して、そのドアが開いた。少年は「そんじゃ」と軽く頭を下げて、駅のホームに降り立ったが、そこで思いついたように振り向いて、「ところでさ」と、針金細工の方を見た。

「あんたの名前、まだ聞いてなかったけど」

「私は零崎双識《ぜろざきそうしき》という」

　なんでもないことのようにそう名乗ったところで、電車のドアが閉まった。こうして、ごく普通で当たり前のつまらない少年、柘植慈恩と、ごく普通でなく当たり前でなく行き詰っている針金細工、零崎双識との接触は、終わった。

◆　◆

　零崎双識の背広は特別仕様で、その内側にはホルスターを模したポケットがあり、そこには双識が愛用している『凶器』が隠してある。その『凶器』の拵《こしら》えはいわゆる鋏《はさみ》の形を型取っているものの、一目見ればその尋常でなさ加減は判然する。

　正確に、しかも分かりやすく言うなら、ハンドル部分を手ごろな大きさの半月輪の形にした、鋼と鉄を鍛接《たんせつ》させた両刃式の和式ナイフを二振り、螺子《ねじ》で可動式に固定した合わせ刃物——とでもいうのだろうか。親指輪のハンドルがついている方が下指輪のハンドルの方よりもブレード部がやや小振りだ。外装こそは確かに鋏であり、鋏と表現する他ないのだけれど、その存在意義は人を殺す凶器だという以外には考えられない、学校の怪談に出てくるてけてけが持ってでもいそうな感じの化け物鋏である。刀鍛《かたなか》冶《じ》はこの変則的に拵えた刃物（どうやらお遊びで造ったらしい）に型番号の数字的な名前しかつけなかったというので、双識自身はこの凶器を『自殺志《マインドレン》願《デル》』と呼んでいて、その名称自身、既に零崎双識を表す単語になっている。それほどまでに双識はこのへんてこな凶器を愛用していたが、しかしそれを安易に人前で自慢したりはしない。誤解されやすいが、極めて控えめで、とことん相手を立て、自分は目立つのを嫌うというのが、零崎双識の性格だった。特技のコサックダンスだって、よほど気分が高《こう》揚《よう》したときにしか披露《ひろう》しないと決めている。その脚の長さを思えば、これは驚異的なことである。

　しかし少年、柘植慈恩が電車を降りて直後——双識は、何の気もないような動作で、背広の内側からその刃物、『自殺志願《マインドレンデル》』を取り出した。しゃきん、と一度、鋏を開いては、閉じた。

「やあ——どうやら待たせてしまったようで、悪かったね」

視線こそ向けないが、双識のその台詞《せりふ》は隣の車両から今まさに移動してきた、一人の男に向けられていた。男も双識と同じく、背広にネクタイという極めて一般的な服装をしていたが——その両腕にはとても一般的とはいえない、大口径の拳銃を構えていて、その銃口を双識に向けていた。

男は無表情に近く、虚《うつ》ろな目で、全体何を考えているのかはわからない——けれど双識はそんなことにははなから興味はないらしく、苦笑するように唇を歪めるだけだった。

「おいおい。お互いプロのプレイヤーだろう？ そんな無粋《ぶすい》な脅し道具はしまいたまえよ。時間の無駄という言葉を知っているかね？」

「——零崎一賊の者だな」

男は言われるままに拳銃をしまいながら、双識に対してそう問いかける。問うというより、それはただの確認作業のような言い草だった。拳銃に対しては何の驚きも見せなかった双識が、その台詞に対しては大袈裟と言えるまでに反応し、初めて男の方に視線をやった。

そこにいるのは今まで見たこともない、知らない男だった。

おかしい、と双識は思う。

零崎一賊であることを理由に狙われないことはあっても零崎一賊であることを理由に狙われるなど——考えとして成り立たない。それは理屈ではなく、『零崎』という名前はそもそもそういう意味だからだ。説明や解説が不要なほどに、それは双識にとって当たり前のことだった。

しかし。

もしも、そこに例外があるとするならば——

するならば。

「うふふ。これでも私は零崎の中でもとびっきりの変り種でね——いわば平穏主義者なのだよ。平和と正義を何よりも愛する、白い鳩《はと》のような男なのだ」

腰をシートから浮かし、ゆるやかにその身体を直立させる零崎双識。手足の長さが手伝って、鳩どころか、巨大な蟷螂《かまきり》のような印象を受ける。くるくるくると、下指輪に指をかけ大鋏を回して見せた。拵えが間抜けなので威嚇《いかく》効果は半分とないけれど、それでも男は構えるように一歩下がった。

「だからここで退《しりぞ》いてくれるというのなら、私は今のことは忘れよう。きみは私に出会わなかったし、私もきみに出会わなかった。きみは私を見つけられなかったし、私もきみに見つからなかった。——何より、きみは私に殺されないし、私はきみを殺さない。命のことを考えれば、取引が成立する余地はあるんじゃないかと思うのだがね？」

「…………」

男は無言で、拳銃をしまったその反対側の内ポケットから、今度はナイフを取り出した。片方が蛤刃《はまぐりば》で反対側が薄刃という作りの古い感じの大振りな刃物。軽く振り下ろすだけで人間の頭蓋骨くらい砕いてしまいそうな印象。刃物が持つ独特の美しさが微《み》塵《じん》も感じられない無骨《ぶこつ》な拵えだったが、無論、男はそんなものを必要としていないのだろう。問答無用で全身全霊、敵対心むき出しだった。どうやら双識の言葉は逆効果百パーセントだったらしい。やれやれ、とばかりに、双識は回転させていた鋏を止める。

「弟がすぐここら辺にいるというのにこんなことをしている場合ではないんだけれどね——ま、仕方ないってこともあるか」

零崎双識は『自殺志願《マインドレンデル》』の刃先を二つを二つ、男に向けて突きつけて、笑みを消して見得《みえ》を切る。

「——それでは零崎を始めよう」

（柘植慈恩——合格）

（第零話——了）

零崎双識《ゼロザキソウシキ》の人間試験

第一話　無桐伊織（1）

「…………あれ？」

男は計画で人を殺し女は突発で人を殺す。たとえそれがどんな突発であったとしても男が人を殺すときはどこか計画的であり、さんざ計画を練った結果の行為であったとしても女が人を殺すときはどこか突発的なものだ。そんな馬鹿みたいに幼稚な偏見に満ちた仮説を、無《む》桐《とう》伊《い》織《おり》はこれっぽかしも信じちゃいなかったし、信じるも何も、そもそもそんな仮説の存在自体を知らなかった。

なのに。

なんで。

「え。うそお――」

……野球のことを『筋書きのないドラマ』と表現するくらいのことは、伊織も聞いたことがある。先の展開が全く読めない、何が起こるかわからない、どう転ぶか分からない、脚本のないアドリブ劇。なるほど言い得て妙だと思う一方で、しかし伊織は思わなくもない。

筋書きのないドラマ。

面白《おもしろ》いのかよ、それは。

「――まじっすか」

女子高生・無桐伊織は生まれて初めて、人生における危機というものに直面していた。という表現はあまり正確ではなく、状況をより客観的に正しく申告するならば、後方から追われるように危機に迫られていた。振り返ってみればいつもそうで、これまで十七年の伊織の人生は常に、今そこにある危機から逃げるだけのものだった。それはいうなら体育の授業でやるバスケットボールみたいなもので、他のみんなにしてみれば、バスケットボールとは、ボールを奪い合いゴールを目指すことが目的のスポーツなのだろうけれど、伊織にしてみれば、バスケットボールに限らずあまねく球技とは、ボールのこないところに逃げることが目的のゲームだった。バレーボールでもソフトボールでも、たとえ玉入れや大玉転がしであったとしても、最後までボールに触らずに済めば、それが伊織にとって価値ある勝利だ。何と比べての価値で何に対しての勝利なのかは、判然としないけれど。

追跡されている、イメージ。

逃げている、ヴィジョン。

色合いとしては後者の方が強いが、しかしそんなものは追いつかれてしまえばどちらにしたって同じことだ。終わりはいつだって唐突なもの。時計の電池が切れるように——あるいは、落雷によってブレーカーが落ちたかのように、唐突に、突発というにもあまりに無計画なほど唐突に、筋書きも粗筋《あらすじ》も何もなく。

「なんていうかこう……人生終了ーって感じなんですけれど……。それとも、案外こんなものなんですか?」

思えば——伊織の中に、そういう感覚はずっと昔からあった。子供の頃から。予感というのでもなく経験知というのでもなく、ただの確信として、『自分はどこにも到達できないんだろうなー』と、漠然と思っていた。小学生のとき『しょうらいのゆめ』というタイトルで作文を書かされたとき、伊織は『ケーキ屋さんになりたいです。それが無理だったら看護婦さんになりたいです』だり何だり、原稿用紙二枚分夢を語ったけれど、勿論伊織はケーキ屋さんにも看護婦さんにもなれるとは思っていなかった(実をいうとなりたいとも思っていなかった。その作文は姉が昔書いたものを模写しただけだ。何、作文で大切なのは独創よりもアレンジである)。この前の中間試験、内の四科目で満点を取り、教員から『伊織ちゃんはこの高校で八本の指に入る逸材《いつざい》だ。この分ならどこの大学にだって入れるよ』と褒《ほ》められたときも、なんだそりゃタコが数えたのかよあなたが蜘蛛《くも》だったのですねと思っただけで、実際、自分が入れるような大学がこの世にあるとは思えなかった。自分が義務教育を終えて高校生であること自体が、伊織にとっては漠然《ばくぜん》とした、根拠なき不思議なのだ。今朝、学校に向けて家を出る前に、朝食のかたわら新聞を読んだとき、その一面を飾っている記事を読んだとき、妙に共感を憶えたものだった。伊織の通う高校のそばを走っている路線の電車内で、沢岸徳彦《さわぎしとくひこ》という二十七歳の男が殺されているのが発見されたという記事内容。鋭利な刃物でこれ以上ないくらいにずたずたに切り裂かれていたのだという。いわゆる猟奇殺人事件なのだが、しかしそれについては特に思うところもなく、それとは無関係に、伊織は——沢岸という人間のことなど全然知らないし、もし彼が殺されなかったところで、多分一生関わることもなかった人なのだろうけれど、だから何一つとして過去にも未来にも接点などないのだけれど、それでも伊織は、その殺された二十七歳の男に、共感に似たものを憶えた。自分も、この片田舎の電車の中で何の味付けもなく殺されたこの男のように、どこにも辿《たど》り着けないまま、ずぅっと片道切符なんだろうなー、と。

決してどこにも辿り着けない。

終わりのない中途。

それは底なし沼で素潜りをやっているようなもので、息が続かなくなれば、余力が残っていたところで、そこで終わりだ。

「……でもー。うー、こんなのわたしに責任なんかないっすよ……」

現在時刻は午後四時三十分。

放課後、学校帰り（帰宅部）。

場所は高架下、数分おきにがたんごとんと、電車の通り過ぎる不愉快な音が響く。人気《ひとけ》は全然ない、都会のエアポケットならぬ田舎のラグランジュポイント。伊織はそんな状況で、一人、ただ一人で佇《たたず》んでいた。

目前に一つ、男子高校生の死体を置いて。

「――ていうかマズいっすよ、こんなの」

喉からバタフライナイフを生やしているこの学生服の男の子は、確か伊織のクラスメイトだったはずだ。けれどどうにも印象が薄かった。伊織にとって『クラスメイト』とは『机を並べて同じ部屋で勉強する同世代の人間』以上の意味を持たない。つまりいくらでも入れ替わりがきく存在であって、そして実際に一年ごとに入れ替わっていく存在であって、ゆえにいちいち名前など憶えていない。そんなことを憶えていたところでどうせどこかに辿り着けるわけじゃない。

仕方なしに伊織は恐る恐る、自分の制服の袖に血がつかないよう気をつけながら（まあ、制服って高いしね）、男の子の着ている学生服の胸ポケットに手をやり、中から生徒手帳を取り出した。手帳には写真やら住所やら様々なデータに混ざって『夏河《かがわ》靖《やす》道《みち》』という名前が記《しる》されていた。そうそう、思い出した。伊織はぽん、と手を打つ。ニックネームはやすちー。ごつい外観の割に可愛らしいその愛称を、言われてみれば耳にしたことがある。

「……で、やすちーは何故こんなところで死んでいるのでしょうか？　それが問題です」

それは確かに一種の問題ではあったが、解答は考えるまでもなく明瞭《めいりょう》だった。他ならぬ伊織自身がバタフライナイフを、靖道の喉笛《のどぶえ》に突き立てたのである。この場合。その解答のどこに対しても叙述トリックの入り込む余地はない。制服の袖が汚れる心配などするまでもなく、返り血で制服はべっとべとだったし、この両手に、手ごたえがしっかりと残っていた。

「――仕留めちゃいましたよ、わたし」

いつも通り家に帰ろうとしたところで靖道に声をかけられ、言われるがままに彼の後ろをついてきたらいつの間にかこんな人気《ひとけ》のないところに連れて来られていて、おうおうひょっとして愛の告白でもするつもりかい？　青春だねえ若いねえとか思っていたら、靖道は、いきなり、わけのわからないことを不明瞭な口調で喚《わめ》きながら、バタフライナイフを伊織に向けたのだ。しかしそのときですら伊織はまだ『危機』にせきたてられていると意識することはなく、うわちゃっちいナイフ、と思っただけだった。へイへイ、そんな肥後守《ひごのかみ》みたいなナイフで人間が殺せるのかよ、皮膚は切れても肉は切れないんじゃないのーとか、そんな適当な、場違いにもほどがある道化た感想を抱いていると、靖道はまるで躊躇《ためら》う様子もなく、その『ちゃっちいナイフ』の刃先を伊織の心臓にめがけて突進してきた。伊織はとてもびっくりしたが、しかし靖道のその行為自体は非常に理にかなったもので――ナイフを取り出した以上、そのナイフを使うのは当然だ――これについては伊織の方がずれていたとしか言いようがない。しかし、びっくりしながらも伊織は、まるで『危機』を意識してはいなかった――否。

それは伊織がいつも意識している通りの『危機』だった。

……その後のことは、伊織はよく憶えていない。はっきりしているのは、伊織は靖道からナイフを奪い、逆にその刃を相手の喉に突き立てたという事実だけだ。

「あーあ。やっちゃったよ」

犯人、わたし。

一瞬で終わる絵解きだった。

どうやら――マジらしい。

これではまるで火曜サスペンスドラマの犯人役だ。となるとあれだろうか、この場面を誰かが陰から覗《のぞ》いていて、後から脅迫行為を受けたりするのだろうか？　それで二回目の殺人を犯しちゃったりなんかするわけだ。ああ、それとも刑事コロンボの犯人のように（確か、衝動的に人を殺してしまう女優の話があったはずだ）、何とかこの犯罪を隠そうと試みるか？　いやいや、考えてみればそもそもこれは法律的には正当防衛ということになるのかもしれない。靖道が先にナイフを向けてきたのだから誰に憚《はばか》ることなくそのはずだ。正当防衛万歳。ビバ！　けど、正当防衛って殺しちゃってもいいんだっけ？　確かよかったはずだと思う、それもドラマの知識だけど。けどドラマとしてもあんまり王道過ぎやしないかい？　神様よ。筋書きのないドラマにも程ってものがないですか？　また十七歳がどうとか騒がれちゃうんじゃないですか？

「…………」

——しかし、そういう問題じゃないという気もする。『夏河靖道《クラスメイト》』くんには悪いけれど、重要なのは殺してしまった、それ自体ではない。なんとなく今まで伊織が逃げていたもの——バスケットボールのように忌避《きひ》していたものに触ってしまったこと、重要な問題点はそれだ。逃げ回っている内は伊織は無事だったけれど、一度でもそれに触れてしまえば、その時点で敗北だった。

敗北。

ぎりぎりで保《も》っていたものが決壊した。

そんな感じ。

「うー……それもこれもやすちーがいきなり襲ってきたりするからだよう」

とりあえず人のせいにしてみたが、しかしそれは偽《いつわ》ることなく本音だった。思えば教室で伊織に声をかけてきた段階から既に、このクラスメイトはおかしかった。ついている愛称からも分かるよう、どちらかといえば活発な、テンション系の靖道なのに、今日は何だか目が虚ろな感じで、話しかけてくる声だってこちらを向いてはいなかった。何か変だなーおかしいなーとは思ったけれど、しかしそれだけの理由からクラスメイトがナイフで襲ってくるなんて予想できるほど、伊織は常人離れしていない。

「けど……おかしいな。こんなこと、わたしにできるわけないじゃないのん」

語尾を可愛くしてみたが意味はなかった。

　相手から刃物を奪って逆に突き返す。言葉にすれば簡単だけれど、それは体格のいい体育会系の男の子を相手取ってひ弱でか弱く愛らしい女の子（自己申告）のなせる業《わざ》じゃない。『奇跡のような偶然がいくつも重なったのだ』という魔法の一文を使うことも、この場合は許されない。伊織は思った通りイメージ通りに靖道から刃物を奪ったのだし、思ったままにイメージのままに靖道に刃物を突き返したのだ。それだけは、きっちり憶えている。この手が――この身体が、憶えている。予想外の奇跡なんて何もなかった。無論伊織は、バスケットボールのたとえ話からも分かるように体育は苦手だったし、格闘技なんかには全く興味がない、子供の頃を含めても友達との喧嘩《けんか》が口喧嘩以上に発展したこともない。なのに、まるで聞き飽きたCDでもリピート再生しているかのように、決まった手順を踏んだだけのように、靖道に対しては身体が動いた。起立、気をつけ、礼、着席、みたいな。

「少年漫画のヒーローみたいに、命の危機に直面して『眠っていた才能が目覚めた』とか、そんな感じですか？　なんだかなあ……ひょっとしてわたし、ヒトゴロシの才能とか持ってたりしたですか……あはは」

　笑ってみても誤魔化せない。

　とにかく――こういうことになっちゃった以上は仕方がない、自首しよう。未成年だし、自首すれば少しは罪が軽くなるはずだ。おっと、その前に家族に相談した方がいいかな？　いきなり末娘が逮捕されたなんて話を第三者から聞かされたら大袈裟でなく死ぬほど驚くことだろう、それはいくらなんでも悪い。いや、自分でやったことの責任は自分一人で取らないと駄目かな？　いつもそう言われているし。そんなことを迷いながら、とりあえずこの場を離れようと（自分で殺しといてなんだけど、知り合いの死体なんてあんま見ていたくない）、くるりと身体を反転させたところで、伊織は『ぎょっ』とすることになる。

　まるで伊織や靖道が来るずっと前からそこに立っていたかのような当たり前の存在感をもって、コンクリートの壁に身体を半ば任せた形で、一人の男がこちらを見ていた。日本人離れした背の高さ、しかしかなりの痩せ身で大柄という感じではない。身長のことを差し引いても尚異常なくらいに手足が長い。背広にネクタイ、オールバック、銀縁の眼鏡、しかしそんな当たり前のファッションが驚くほどに似合わない。なんだか、まるで針金細工みたいなシルエットである。

「…………!!」

　目撃された、と伊織は身構える。

　通報されては自首にならない、刑が重くなる（自己保身）。なんだよこの人、なんで堂々と見てるんだよ、見るんならちゃんとセオリー通りに陰からこっそり覗いていてくれよ。それならこっちにも対処のしようってものが……いや待てよ、最初から見ていたのだとしたら、伊織が悪くないこと――正当防衛であることだって、分かってくれているはず。脅迫行為は成立しない、それどころか証人になってくれる。だとすればそんな有難《ありがた》い話はない。……いやいや、慌《あわ》てるな。そんな都合よく、最初から見ていてくれたとは限らない。伊織がナイフを奪ったその瞬間からを目撃されたという、最悪のケースもありえる。

　しかし、そんな当たり前の計算を立てている頭の片隅で――というより、そちらこそが片隅で、伊織は感覚の中心で、何だか――『奇妙』を憶えていた。

　あれ？

　あれあれ。

　この人。この人って――

　どこかであったこと、なかったっけか――

「――きみは」

針金細工は何の前口上《まえこうじょう》も抜きで、伊織に向かっていう。特に何の感情も窺えない感じの声色《こわいろ》だった。

「きみは今、酷《ひど》く正しいことを言った。まるで釈迦《しゃか》のようだね」

「——え、ええ？」一歩下がりながら応じる伊織。何だ？　どういう意味だ？　まるで釈迦のようって。とんでもない挨拶があったものだ。「な、何がでしょう？」

「しかしその正しさに最大限の敬意を表しながらも一つだけ間違いを指摘するならば、『才能』ではなく『性質』と表現するべきだっただろうね。『才能』と『性質』、確かに似たようなものではあるけれど、前者は育て上げるものであり後者は押さえつけるものであるという歴然たる違いを無視してはいけない。とはいえケアレスミスはよくあることだ、気に病むことはない」

「な、何を言っているでげす？」

混乱のあまり言葉が変になった。

　そんな伊織を無視する形で針金細工は脚を運び、伊織の横を通り過ぎて、倒れ伏している夏河靖道の身体の横にしゃがみ込む。そして「うふふ」と不気味な感じに笑った。

「喉を一突きか……うん、見事な手際だ。見事過ぎる。見事過ぎて少々マイナスだな、これは。完全というのは存在してみると案外味気ないものだよね、個性というものに欠けている。結局個性というのは何が欠けているか、どこが欠けているかということだしな。確かに個性なんて幻想だけどね、しかし幻想がないとつまらない。ところで——えっと、名前は何でしたっけね？　可愛らしいお嬢さん」

「えっ？　あ、な、名前は伊織です。苗字《みょうじ》は——」

「ああ、苗字は別にどうでもいいんだ、訊きたかったのは下の名前だけ。ふん、伊織ね。宮本武蔵《みやもとむさし》の養子と同じ名前か、羨ましい限りだね。そんな崇高な名の持ち主には初めて会ったよ」

「いや、そりゃ初めましてですけど……」

「そう、初めましてだ。前提となる大事な命題はこれから一体何が始まりこれから全体何を始めることになるのかということなんだけれどね」

　そして何を思ったか、針金細工はバタフライナイフの柄を持って、ナイフをぐいと引き抜いた。栓が抜けた形になって、どぶ、と赤黒い血が流れ出る。益々死体感が増した感じで、「ひっ」と、思わず伊織は目を逸《そ》らした。

「……こんな玩具《おもちゃ》みたいなナイフでよくもまあ人を死に至らしめたものだね。驚き驚き。見ろよ、ブレードが欠けてしまっている。それも骨に当たってそうなったのではない、筋肉の途中でもうやられているぜ。西洋風のナイフはこれだから好かん。何せ衝撃に弱過ぎる」血まみれのナイフを伊織に晒《さら》す針金細工。伊織はやはり、目を逸らす。針金細工はそんな伊織の様子に、不可思議そうに首を傾げる。

「ん？　ああ、ひょっとして伊織ちゃん、きみは人を殺したのは初めてなのかな？」

「え……ええ？　どういう意味です？」

「つまり伊織ちゃんは日常的な習慣として殺人行為を日々営《いとな》んでいないのかということだよ」

「そ、そんなの……当たり前じゃないですか」

「当たり前にやっていない？」

「当たり前にやってませんっ！」

「そうかそうか。やはりそうか」針金細工は頷《うなず》いてから、『当たり前』ね、とつまらなそうにつぶやく。

「ならば比喩は釈迦で正しかったわけだ。私はまた正しいことを言ってしまったか。ともあれ、何が何にせよ初体験というのは緊張するものだからね、でも、そんな気にすることはないよ。私の初体験はいつだったかな……初体験の年齢を憶えているようじゃまだまだひよっこだがね」

「あ。あのあのあの」伊織は全力で焦ってきた。やばい。やばい。やばい。やばい。やば過ぎる。この男は変人だ。「あなたの話はとっても面白いんで、できればずっと聞いていたいところなんですけれど、わたくし、これから警察なんぞに行こうかと思ってるんで……勿論一人で続けててくださって結構ですんで、もう行っちゃっていいですか？」

「警察？　何をしに？」

本気で理解不能を示しながら、針金細工は立ち上がる。こうして見れば、決して背の低い方じゃない伊織よりも子供一人分くらい背が高く見える。国語の授業で習った『天を突くような』という比喩を、伊織は思い出した。連想的に『篠《しの》突《つ》くような』という比喩も思い出したが、それは現在の状況には関係がなかった。自分に近付いてくる針金細工に対し、伊織は逃げ出すことも考えたが、しかし伊織は、こんな性格でありながらも、学校内において、付き合いのよさには定評があった。ここで針金細工から逃げて、付き合いの悪い奴だと噂になっては困る。そう思って、伊織は反転しかけていた身体を元に戻す。

「何をしにって……」

「おいおい伊織ちゃん。おいおいおいおいおい伊織ちゃん。ちょいとお待ちよ。まさかとは思いこんな質問をする自分が馬鹿に見られないかどうか不安でたまらず脚ががくがく震えている感じなのだけど、伊織ちゃん、こともあろうに自首をしようなんてことを思っちゃいないだろうね？」

「いや、しますよ、するに決まってるじゃないですか」ばたばたと胸の前で手を振る伊織。「お馬鹿な推理小説じゃあるまいし、こんな犯罪を隠しきれるわけないじゃないですか。どのシーンから見てらしたか知りませんから、明瞭にさせておきたいんですが、先に襲ってきたのはあくまでやすちーで、こちらには十分釈明の余地があるんです」

「思いとどまることを薦《すす》めるよ。警察に行ったところで、きみは警官を殺すだけだからな」はっきりと、妙にはっきりと、針金細工はそういった。「それから家族や友人、学校の先生なんかに相談するのも控えなさい。家族や友人を殺したくはないだろう？　学校の先生については色々意見があるだろうから私は言葉を控えるけれどね。伊織ちゃんはもう踏み外してしまったのだから、人と会えば人を殺すことしか考えられない」

「そんな……なにいってんですか。人を殺人狂みたいにいわないでくださいよう」

「いやいや、きみは間違いなく殺人狂だよ」

　断言された。

　断定――された。

「生まれたてのほやほやではあるがね。ここまで凶悪な感覚――てっきり弟の気配だと思ってきてみたのだが……やれやれ。ここははずれだったか。困ったものだね、うふふ。これは本当に意外だよ、意外。まるで潰れかけの遊園地みたいな有様《ありさま》じゃないか。どうするのだよ私は。この私に一体何をどうしろと要求するのだ、この私は」

　万歳をするように両手を挙げて、針金細工はあちらを向いてしまう。「あーあ。タイムテーブルに星《ほし》一徹《いってつ》という感じだね、全く。うふ、うふふ」と伊織には意味不明の比喩を口にしながら、死体の周りをうろうろと歩き回る。何やら考え事をしているらしい。

「…………えと」

　真似をするわけではないが、伊織も考え事をしてみることにして、腕を組んだ。まずは今の状況だ。不躾《ぶしつけ》にも自分のことを殺人狂呼ばわりした（全く違うのかといわれれば、そりゃ人を殺している以上、似たようなものかもしれないけれど）この針金細工みたいな男を、さしあたって一体どうするべきなのか。背広なんかを身にまとっているが、間違っても営業回り中のサラリーマンという感じではないし、死体を前に平然としているところも異常だ（人のことは言えないけれど）。警察に通報しようとは思わないのだろうか（通報されたら困るけれど）。

　変な――人だ。

　変人だ。

しかし――いくら、目の前にいるのがどれだけのレベルの変人だったところで――今の自分の、この感覚は、おかしい。おかしいなんて話じゃない、不思議ですらある。

だって。

この、針金細工を前にしていたら――

まるで、人を殺したことなんて、なんでもないことのように、どうでもいいことのように、思えてきてしまうのだから――

そんな――馬鹿な、話があるか。

そうだ――自分は、人を殺したんだ。

それなのに、どうして、こんな――

こんなに、緊迫感に欠けているのか。

いや、それとも、こんなものなのか？　人を殺すという行為は、案外、実際にやってみれば、――やってしまえば、こんなもので、大したものじゃないって、そういうことなのか？　クラスメイトの女子が、誇らしげに語る己の恋人との付き合いとかと、それじゃあレベルがまるで変わらないじゃないか。やってみればこんなものだなんて――そんな台詞は、初めて自転車に乗った小学生にだって言える。

人を殺したのに。

そんなことでいいのか？

人を――殺したのに。

「うーん。ま、いーか」

針金細工は気楽な感じで肩をすくめ、軽快っぽい動きで靴の踵《かかと》を滑《すべ》らし、背中向きのままで伊織の五センチ前まで寄ってきて、そこで振り向いた。五センチ。随分とまあ、馴れ馴れしい距離だ。

「ちなみにちなみに伊織ちゃん。彼を殺したことなら気に病む必要などないよ。気に病めない自分にも――罪悪感を抱く必要などないのだよ。それは彼の方に非があることなんだから」

「あ……」

心中を言い当てられたようで――無論、そんなものは偶然なのだろうが――少し、針金細工の言葉に反応が遅れる。しかし、針金細工のその言葉は、考えてみれば伊織にとっては朗報だった。

「や、やすちーが襲ってきたところ、じゃあ、見ててくれたんですか？」

　よかったよかった、ならば安心だ。そう思い、自然顔が綻《ほころ》んだ伊織に対して、無情にも針金細工は「いいや」と首を振る。

「特に何も見てはいない、見ているのは今のこうした結果だけだ。私が来たときには全ては終わっていたよ。『終わっていた』か……うふふ。だから、ここで伊織ちゃんに一つ質問するのだけれどね……この彼氏、何か変なことを言っていなかったかい？」

「え、えーと」

　伊織は少したじろぐ。

「そういえば何かわけわかんないことを喚いてたかもですけれど。なんだったっけ」よく憶えていない。何だっけ。「そうそう、犬神家《いぬがみけ》の一族は読んでいるかとかどーとか」

「オーケーオーケー、ベリーオーケー。どうもきみの記憶力は随分と不良品で頼りなさそうだけれど、それだけ訊けば私から見て十分だよ」

　うんうんと、納得いった風に頷く針金細工。しかしそこで首を傾げるようにし、眉《まゆ》を寄せて悩んでいるような表情を見せた。

「んー。ところで誤解されていると困るのだけれど、伊織ちゃん。私は別に喪《も》黒福造《ぐろふくぞう》とかじゃないからね。ここから先に『ヨウスケの奇妙な世界』みたいな展開を期待しているんなら、それは放棄してもらえないかな」

「は？」

「つまり私は限界状況に近い苦境に立ってしまったきみに対してなんらかの救いをもたらしにきたわけでもないし、きみのいうところの『ヒトゴロシの才能』とやらを開花させにきたわけでもないといいたいのだよ。鋏こそ持っているが私は弓矢なんてものは持ち合わせがなくてね。私をそこまで特殊な人間と思ってもらっちゃあ困る」

「はあ……？」

「うん？　比喩が通じていないかな？　不可思議そうな顔だね。うふふ、『とある人物』の影響でね、私は漫画をよく読むのだよ。ちょっとしたマニアかな。本当をいうと歴史マニアなのだが、そっちの例だと余計に意味が通じないだろう？　私としては若者とコミュニケーションを取るために最大限の努力をしているつもりなのだけれど、その辺を汲《く》んでくれないかな？」

「…………」

努力は買うが無駄な努力だと思った。

つーか若者なめんな。

「さすがに最近の流行《はや》りじゃないみたいだけど、貧困家庭の事情やら悪い仲間に唆《そそのか》されたやら若さゆえの出来心やら、あるいは正当防衛やら怨恨やらの理由でしょうもない悪事を犯してしまった若いブロンドの少女に、どこにいたのか背後からスーツ姿の男が声をかけ、暗黒世界の裏街道に引き込んでしまうというお話は外国産の古い映画《フィルム》でお馴染みだよね。別にブロンドの少女である必要はないし声をかけるのが背後からである必要もないと思うのだけれど、しかし私はそのエージェントたる彼らを真似《まね》るつもりは毛頭《もうとう》ない。その証拠にちゃんと、きみが振り向くまで声を潜めて待っていただろう？　自分の人生の転機には何者かが現れてくれるはずだ――なんて考えは傲慢を通り過ぎて滑稽《こっけい》なものだよ。きみを導いてくれる者などこの私と全く同様に世界に無在だ。何故というならきみはもうどこにも辿り着けないのだから」

「辿り着けない――」

「最初から何かを諦めていた節《ふし》のあるきみの場合は、元よりどこにも辿り着く気なんかなかったのだろうけれどね」

断定的な、その上でとにかく人の神経を逆撫《さかな》でするような喋《しゃべ》り方をする男だ。しかしそのいわんとすることは、伊織にはよく伝わった。確かに人生の苦境に立ったところで都合よく自分を助けてくれるヒーロー（それが光向きであれ闇向きであれ）の登場を望まなかったわけではないけれど——誰かに助けて欲しいと思わなかったわけではないけれど——神に祈らなかったわけではないけれど——それはいくらなんでもご都合主義だ。救いをもたらしてくれる天使にも願いを叶えてくれる悪魔にも、そう簡単には出会えやしない。だから「そうですね」と、伊織は答えた。

「仕方ないですよね……、やすちーを殺したことに関しちゃ、どう考えたって全面的にわたしが悪いんですから」

「……いいや。だからきみは悪くない」

また——否定された。

しかも、今度の否定はかなり重い。反論が許されないほどの圧倒的な重力を持って、針金細工は断言したのだった。

「先も言ったよう——この場合悪いのは、きみのいうところのやすちーだ」

「————！」

ここで伊織は——再度『ぎょっ』とすることになる。針金細工がその背広の下から、何の前触れもなく巨大な鋏のようなものを取り出したのだ。それは外装こそ鋏に見えるが、しかしそれは他に表現の手法がないからであって、だからかろうじて『鋏のようなもの』ではあるものの、その実態は全然鋏などではない。これに比べてしまえば先のバタフライナイフなど、確かに玩具でしかないだろう。けれどそれ以上に伊織が『ぎょっ』としたのは——

針金細工のその背後に。

首から血を濁々《だくだく》と流した夏河靖道が立ち上がって——虚ろな、虚ろ過ぎる目でこちらを眺めていたことだ。

「や、やすちー……」

「その通りのご名答、やすちーが悪い」

巨大な鋏を指先でくるくると回しながら、針金細工はうふふと笑う。

「首元をナイフでえぐられ致命傷を負い、今まさに死に至らんとする過程にありながらなお、立ち上がって対象を殺さんとするその概念――それが間違った『悪』でなくてなんだというのか？　きみは『悪』といって『悪』といえないほどにどうしようもない――電車で会った『彼』と全く同じだな。同情はするが容赦はせんよ」

大量の血が既に流れ出てしまっているためなのか、妙に青白い、先ほどよりもずっと死体感の増している靖道に、そんな声をかける針金細工。

どうして、と伊織の方も青ざめる。

生きていられるはずがない。

これ以上ないくらいに致命傷なのに。

彼はもう生きているのではなく、死に終わっていく途中であるはずだというのに――

「――やすちー君。きみは『不合格』だ。もうまるでさっぱり見込みがない」

鋏がきらりときらめいた。

きらめいたように見えただけでも――それは奇跡的だったろう。先ほどまで、伸ばした右手の先で回転していたはずのそれが、いつの間にか左手に移って回転している。

と、途端、靖道の首から、伊織の造った傷口が消えた。より正確にいうならば――傷口ごとまとめて、首自体が消えた。

夏河靖道の頭部と胴体が――切断されていた。

先に頭が地面に落ちて、西瓜《すいか》でも落としたかのような空っぽの音がして、そこにかぶさるように、身体が倒れた。今度こそもう二度と起き上がることはないだろうと――それは伊織の混乱した頭でも、十分に理解できた。

混乱した頭。

否――それは違う。

混乱しているのでは、ない。

ぞくぞくぞく、と。ざわざわざわ、と。

興奮――していた。

目の前にいるのは人間の頸部《けいぶ》を振り向きすらもせずに断割した男だというのに――その行為に対して、感動にも似た気持ちを感じている自分が、ここにいた。

今の動き、今の業。

あれに比べれば、伊織が靖道の喉を刺したときの動作など、子供のお遊戯もいいところだ。何が思い通り、何がイメージ通りだ。何が思いのまま、何がイメージのままだ。あんなの、ただ滅茶苦茶に無《ぶ》様《ざま》、あまりにも滑稽、ただ足掻《あが》いているだけだった。

かけ離れて――いる。


「――私は零崎双識《ぜろざきそうしき》という」

ようやく、針金細工は名乗りをあげる。

「伊織ちゃん」

「は、はいっ！」

思わず姿勢を正した。

頭の先から脚の小指までの密度で緊張してしまう。自分はとんでもなく誤解をしていた。少なくともこの男は、いやさこの人は、ただの変人なんかじゃありえない。伊織なんかよりずっと、遥か高みにいる人間だ。よく見ればかなり綺麗な顔立ちをしていることにも気付く。眼鏡の奥の細い目が、これ以上なく魅力的に思えてきた。そうだ、この人は変人なんかじゃなくて――

「私の妹にならないかい？」

「…………」

変態だった。

◆　　◆

人を殺してしまうという人生で初めての危機に続いて早くも第二のピンチを迎えている無桐伊織のそんな様子を――遠く離れた場所から観察する影があった。伊織自身の言葉を使えば、それこそその状況を『陰からこっそりと覗いて』いるその影の数は、数えて二つ。

「ふうんふうん――ふうん。どういうことでどういう感じだか知んねーですけど、何か、二人――いるようですね」

「……………」

「これは一体どういうことでしょうね？」

「……………」

「どっちも零崎なんでしょうかな？　状況から判断すればどうもどうやらでそうみたいですけれど――しかし、女性の零崎ってのは、珍しいですね。少なくともこの僕は初めて見る感じですよ」

「……………」

「ねえ――兄さん？」

「……………」

「兄さん？　何か言ってくださいよ」

「……ニット帽の小娘は曖昧不然だが――のっぽの背広は、恐らくは『自殺志願』――マインドレンデルと推定する。あの大鋏にあの身のこなし、間違えようにも間違えようがない」

「――ってーことは、彼、零崎双識？　あの？……うっひゃあ、こいつは全く参ったね。参りましちゃってますね、どうも」

「……………」

「兄さん？」

「……………」

「兄さんもこんなところで無口をアピールしている場合じゃないですよ。マインドレンデルっていやあ、通称『二十人目の地獄』、零崎一賊の特攻隊長じゃないですか。またいきなりとんでもない大物がかかっちゃったものですね、こりゃこりゃ」

「……おまけにもう一人、わけの分からん不然の存在——か。奇妙な……これはついているのかついていないのか——」

　おどけるような態度の片方の影に対し、もう片方の影は真剣そうな面《おもも》持ちを崩さない。どうやらこの二つの影、性格はかなり対照的であるらしい。けれどその視線の向かう先だけは、変わることなく同一だった。

　まるでぶつ切れのその会話は、淡々と続く。

「楽なやり方は所詮楽なやり方——ってえことなんですかね。慣れないことはするもんです。……で、これから——どうしますかね？　兄さん。雑魚《ざこ》ォ消費しての様子見はもうそろそろいいでしょう。あんま目立ってもまずいわけですし」

「………………」

「兄さんってば」

「……その意見は正論……しかし」

「そうですね——確かにもう結構、今更ってくらいに目立っちゃってますよね。本当、加減ってもんがないですねー、『零崎』は。おっそろしいですね、正しく恐怖、時も場所も場合すらも、何一つとして考慮外ですか」

「真に——噂《うわさ》通り、零崎には身内以外に向ける容赦《ようしゃ》というものが絶無らしい——」

「ふん。で、どうするんです？　兄さん」

「………………」

「兄さーん」

「——俺は今から、もう一度、『彼女』のところに行ってくることにしよう。おまけの方を差し引くとしても——敵が『二十人目の地獄』とくれば、最悪、俺達の手に余る場合もある」

「最悪ねえ——相も変わらず用心深いですね」

「………………」

「くす——くすくす。それでは、最悪なんて知ったことじゃないこの僕といたしましては、兄さんに先立って、お先にちょっかいをかけてくることにしますかね」

「…………」

「いいんですよね――兄さん」

「――好きにしろ。自由を許可する」

「貴様の好きなように、薙《な》いで来い」

同時に影が消えた。


（沢岸徳彦――不合格）

（夏河靖道――不合格）

（第一話――了）

第二話　無桐伊織（2）

無桐伊織——十七歳、女の子。

ニット帽は夏でも脱がない。

背丈は高め、目方は軽め。

四月二十三日生まれ、A型。

家族構成、父親、母親、兄、姉。

真剣になるのが苦手。

とにかく何でも茶化《ちゃか》してしまう癖《くせ》がある。

県下で一番進学率の高い、共学の私立高校に通う高校二年生——部活動には所属しておらず、成績はかなり優秀、ただし、普段の言動やら態度やらから、あまり優等生としては認識されていない。精々、ノリのいいお調子者、体育の時間の厄介者というくらいで、時折見せるその世間知らずめいた印象から下級生の一部で『舞姫様』と（無論からかい半分で）呼称されている他は、取り立てて特別視されているわけではなかった。


　趣味というほどの趣味もなく、何かに特別熱中するようなこともない代わりに、激しく落ち込むこともない。ドライな言い方をするなら、何事に対しても深入りしないタイプ。しかしだからといって喜びや楽しみ、そういうものを理解できない性格なのかといえばそういうわけでもなく、中学生のとき、友人から『生きているだけで楽しそう』だなんていわれたことがあって、そのときは、彼女も自分で、それは言い得て妙だなあと、そう思った。

　本人がどう思っているかはともかくとして——客観的に見て、そこそこ幸せなこともあり、そこそこ不幸せなこともあった、彼女の人生は、これまでの十七年——

　多分、ごく『普通』の、ものだった。

◆　◆

「しかし――やれやれ」

　地球環境問題を語るときによく使われる一文として――『壊すのは簡単だけれど作るのは難しい』というような種類のものがある。軍事大国が持つ核を全て運用すれば地球上から森林という森林を消し去ることくらい容易だけれど、その消してしまった森林を再度構築するのには莫大《ばくだい》な時間がかかる――というような意味だ。

けれどどうなのだろうか？

　本当に壊すのは簡単なのだろうか？

　核爆弾の開発にだって人間は莫大な時間をかけてきた、などという屁理屈《へりくつ》を抜きにしても、真実、今まで営々と築き上げてきた地球というこの星を、本気でそこまで積極的に破壊しようという試みを持つことは、そして実際にそれを実行に移すことは――とても難しいことではないだろうか。破壊願望をある一定量以上に持つことは、破壊願望を全く持たないことと同じくらい、難しいものなのだ。

　同じことが人生にも言える――

と、零崎双識は考える。

　生きるのは難しいけれど死ぬのは簡単だ、などとは、双識には決して思えない。そして、たかだか人を一人殺してしまったくらいで、人間の人生が『終わり』だとも思えない。『終わり』というのはもっと決定的で、もっと致命的なものだ。少なくとも零崎双識はそう定義する。

　自殺しない人間は自殺する勇気のない人間――そんな自殺賛美の思想に対して、普段真っ向から異を唱えている双識ではあったが、そういった考え方そのものの存在を認めないほどに狭量でもなかった。

　さておき。

　夏河靖道の首斬り死体を前に、零崎双識はただ一人で佇んでいた。鋏はもう血振りを済ませて、背広の中へと戻したようだ。

「――しかし、やれやれだ。誘い方がいささかまずかったのかな。最近の若い子は純情というのか鈍感というのか――とにかく反省せねば。反省、反省」

双識は苦笑して、自分の右手をさする。よく見ればその手の甲には血痕が認められた。夏河靖道の返り血――ではない。あんな死にかけを相手に返り血を浴びるほど、双識の腕は未熟ではなかった。

「…………」

とはいっても――今の、この状況を誰か第三者から見られれば『腕が未熟』だと思われても、それは仕方がないだろう。これは――返り血どころではないのだから。

「――赤、か」

赤い――血液。

自分の血の色を見るのは本当に久し振りの経験だった――それがあんな小娘の手によってとなれば、もう初めての体験だと言っていい。

彼女は――丸腰だった。しかし、だから油断していたというのではない。彼女の爪《つめ》が必要以上に長かったことは（少なくともそれが『武器』として使えるくらいに長かったことくらいは）ちゃんと認識していたし、それでなくとも決して彼女を軽く見ていたつもりはない。

なのに――それにもかかわらず。

彼女は双識の右手に爪を食い込ませ、こちらが僅《わず》かに怯《ひる》んだその隙に――零崎双識からの逃走に成功したのだった。

今はもう、この高架下に、影も残していない。

「逃げられちまったか――しかししかし、ありゃあとんだじゃじゃ馬だな。本当に弟を思い出させてくれるよ。あるいは若かりし日の零崎双識を、ね」手の甲《こう》にバンドエイドを貼りながら、呟く双識。「さてさて、この先は一体どうしたものなのだろうな？どうも本当に伊織ちゃん、目覚めたのはマジについさっきってところだったみたいだし――放置しておくのも心配だね。心配というよりは危険だな」

　しかし今現在の双識の『任務』は弟を探し出し連れ戻すことであって、未知数の不確定要素を相手に時間を取られている暇など、本来ない。弟は、そんなことのついでで探し出せるようなタマではないのだ。だが——だからといって、どうしたものか。弟の方は放っておいてもそれほどの危険はないだろう。弟は、なんだかんだいって芯《しん》のところでしっかりしているし、それなりに自制も利く。人を殺したところで精々《せいぜい》十人単位だ、それを越えることはない。騒ぎになったところで、短時間であれば日常の範囲内で済まなくはない。

　しかし、あのニット帽の女子高生と来たら——

「ただの殺人狂ならば放置してもあるいはそれでいいのかもしれないが——手ぶらでこの私からの逃走に成功するとは、もうただの殺人狂とはいえない——」

「——殺人鬼だ」

　双識の細い瞳が——鋭く光る。

「あの調子じゃあ何百人何千人死ぬことになるか分からない。何も分かっていない子供の前に核ミサイルの発射ボタンをずらり一覧並べたようなものだ。最悪、この街が地図から消えることになりかねん」

　双識は心底面倒臭《くさ》そうに、呟く。その台詞とは裏腹に、別に街が一つ消えようがどうしようがそれほど気にしないというような表情で、呟く。そんなことよりももっと大事なことがあると言わんばかりに、呟く。

「そして私としても個人的に気になるしな——このやすちー君といい、電車の彼といい。何か酷く落ち着かない。『奇妙』だよ。知らぬ間に知らぬ舞台に立たされているのはよくあることだが、ふむ——そうだな、そうするか。未知数の不確定要素を先に消しておいた方が、精神衛生上よくはあるんだろうし

――」

　そこで台詞を止める。

　そして双識は、再度、背広の内から『自殺志願《マインドレンデル》』をすぅっと取り出した。

「――どちらにしろ選択権はないようだ」

　薄く笑って、靖道の死体から逆に向く。

　振り向けば――ぞろぞろと。

　ぞろぞろと――ぞろぞろと。

　人が集まってきていた。

　夏河靖道の死体にひかれて騒ぎに気付いて集まってきた野次馬《やじうま》連中――ではない。

　その数は五人。

　否、一人――背の低い小学生くらいの少女が、五人の陰に隠れて一人。合計で男女三人ずつの六人――全員、虚ろな感じの目をしている。少女を除いた五人にしても、統一感は全くない。壮年の男に金髪の若者、スポーツマン風の青年。若いOLの隣には主婦のような中年女性。少なくともこの六人、友達同士といった感じではない。共通の趣味や話題を探す方が難しいだろう。六人はさっと散開して、双識を取り囲むようにした。

「零崎一賊の者だな？」

　全員が声を揃えていった。

　不気味――だった。

　そして六人は、それぞれに、日常からは考えられないほど危険な凶器を取り出して、双識に晒《さら》す。小学生の少女でさえ、明らかに法律の外側で作られた風のスタンガンを構えていた。

「――おやおや。これ以上ないくらいにおやおやだよ、これは」双識はうんざりしたように、軽く首を振る。「なんだかな――確かに私は類稀《たぐいまれ》に見る美男子だけれど、老若男女《ろうにゃくなんにょ》問わずにモテるほどの色男だったとは、ついぞ知らなかったよ。こいつは認識を改めなくてはね」

　場をなごませるための冗句《じょうく》も六人相手には通じない。冗句自体が寒いということもあるが、それだけではなさそうだった。

　じりじりと、敵は距離を詰めてくる。

　双識は、冗句を外したことも六人がすり足で近付いてくることも、大して気にする様子もなく、鋏を指先で回転させ続ける。

「……ん？　だとすると、あの子の方にも追っ手が回っていると見るべきかもしれないね？」

　しゃきん、と刃を鳴らした。

　それは先ほどと同様、本当に面倒臭そうな仕草《しぐさ》ではあったが——しかしその面倒臭そうさ加減は、『零崎双識にとってこんなことは今まで百回も二百回も余裕でこなしてきたことでしかない』という事実を、如実《にょじつ》に物語っていた。

「ならばならば、今回は和平交渉抜きだ。きみ達の試験は少しばかし急いで執り行うことにしようか、哀れな人形さん達」

◆　◆

　逃げる。

　逃げた。

　無桐伊織は、自宅のマンションにまで辿り着いていた。無我夢中から我に返ったときには、オートロックの自動ドアを抜けてエレベーターホール、肩で息をついているところだった。膝《ひざ》はがくがく頭はふらふら、今にも倒れ込みそうな有様だ。顔を起こして辺りを見回してみるが、あの蟷螂《かまきり》みたいな変態男はいない。どうやらあの変態、追っては来なかったようだ。

「さて——」

と。

　悩む。

　第二の危機から逃げ切ったのはいいけれど、しかし問題の第一は何も解決していない。即《すなわ》ち、途中であんな変態が登場したせいで有耶無耶《うやむや》になりかけているが——伊織が靖道を『刺した』という事実は、どうしたって消しようがないのだった。首を斬ることによってとどめをさしたのはあの針金細工なのだが、しかしそれで、伊織が靖道の喉仏をぶっ刺したという事実が、消えてなくなったりはしない。

手に残っているこの感覚も——なくならない。

まるで、同じことを何度でも繰り返せそうに。

伊織は、その手ごたえを、憶えている。

「…………、うん。だね」

帰巣本能《きそうほんのう》というのか、なんとなく家に戻ってきたものの——家族に対して、この制服についた返り血を、一体どう説明したものか。どう説明するもこう説明するも——やっぱり、正直実直に、話す他にはないのだろうか。

ただいまの時刻は夜の七時過ぎ。

父親、母親、姉、兄、皆が総出でテレビを見ている頃合だ（巨人—阪神戦）。なんだか末っ子の帰りが遅いなーくらいの話をしているかもしれないが、然程《さほど》気にしてはいないだろう。伊織の夜遊びはよくあることだったし、よっぽどの家庭でない限り、

『むむ、末の娘の帰りが遅い。ひょっとしてどこかで同級生でも殺しているのでは！』なんて、荒唐無稽なことで悩んだりはしないものだ。

「あー……みんな、驚くだろうな——」

しかし——どうにも、緊迫感はない。

緊迫感に、欠けている。

というより——相変わらず、伊織は今に至ってもなお、靖道を刺したことに対して、ほとんど罪悪感を抱けていなかった。とんでもないことをしでかしてしまった——という感想すらも、ない。

人を殺したというのに。

なんていうのか——それどころではないことが自分に起こっているような気がしてならないのだ。人殺しなんてどうでもよくなってしまうようなことが、自分と、自分の周囲に起きているような気がしてならないのだ。人殺しがどうでもいいことのはず

がないのは、ちゃんと分かっているのに。

なのに——夏河靖道のことよりも、あの針金細工のことの方が、心にかかって仕方がない。彼の存在が——人殺しを、人の死を、伊織の中で、どうでもいいことにしてしまう。

「ええと——確か、葬式がどうとか……？」

その後のショックでよく憶えていない。

とにかく、その彼の台詞を思い出す。

『家族や友人、学校の先生なんかに相談するのも控えなさい。家族や友人を殺したくはないだろう？』

『伊織ちゃんはもう踏み外してしまったのだから、人と会えば人を殺すことしか考えられない』

ぶんぶんぶん、と頭を振る。

馬鹿な。あんな変態蟷螂男のいうことを真《ま》に受けてどうしようというのか。あの変態は平気な顔をして靖道の首をおっ斬った（……人のことは言えないって？）。あんな凶悪な刃物（……とはいえ、形状はいささか間抜けだったか？）を振るえばその程度の芸当、簡単なのかもしれないけれど——その簡単を簡単にやってのけるのは、非常に難しいことだと思う。それは当たり前のことを当たり前にやるのがとても難しいのと同じだ。たとえばバットを素振りする。簡単なことだ。誰にだってできる。けれど人の頭を目の前にバットを素振りすることはできるだろうか？　誰にだってできることだろうか？

物理的には——可能だ。

心理的には、不可能だ。

やることは——全く同じだというのに。

可能性と実現性は決してイコールでは結ばれない。確率に従うのと期待値に従うのとでは、やはり大きくずれるのだ。

ずれる。

ゆえに、崩れる。

崩落——するのだ。

完全犯罪の計画を立てたところで、それを実行するのには決断と勇気と度胸が必要となる。あの針金細工は――しかし決断も勇気も度胸も抜きで、どころか計画すらもなしで、当然突発などでもなく、ただの当たり前のようにして、一人の人間の首を切り落として見せた。それは、伊織が靖道の喉を刺したのとは、全く種類の違う殺人行為だった。

あれは多分――怖い人間だ。

とてもとても、怖い人間だ。

「…………」

けれど。

「他の人から見たら――わたしもあの人も、そんな区別――ないんだろうな」

人と会えば人を殺すことしか考えられない。

馬鹿馬鹿しい。馬鹿馬鹿しい言葉だ。

けれど――あまりにも当然のように発せられた、針金細工のその言葉には、伊織に対して、妙なる説得力があった。

「………、うん。だね」

とはいえ――このまま家に戻らないというわけにも行かない、のだろう。家族に会って安心したいというのもあるが、現実的な問題として、この血にまみれた制服を着替えたいと思う（気持ち悪いし臭いし目立つ）。こっそり自分の部屋に戻って着替えるという手も考えられるが、しかしマンションの構造上それは不可能だ。玄関を開けて這入るとそこがリビング、そこから廊下が伸びて個室が三つ、というのが伊織のマンションの一セットである。つまりリビングを通らずに自分の部屋に行くことができないのだ（伊織の部屋は一番奥で、しかも姉との相部屋だった）。

「……はあ」

悩んでいても、ラチがあかない。

ようやく伊織がそう決断したのは、更に三十分ほど悩んでからのことだった。よく考えればこんな血染めの制服でうろうろと迷っているのは一番危険な選択肢である。今まで誰からも声がかからなかったのが不思議なくらいだ。

「よし。よしよしよし」

こうなったらもう、出たとこ勝負だ。最終的にどんな結論が出るとしても——もうこれっきり家族と会えないなんてのはごめんだった。あんな変態の言うことよりも、家族からの自分への愛情、そして自分からの家族への愛情を信じよう。

「…………」

——愛情。

その言葉がここまで現実的に、しかしここまでそら寒く、しかも他人事のように響いたのは、無桐伊織にとって、初めての経験だった。結局のところ自分は、人殺しをしてしまったという事実を受け入れられず、逃避しているだけなのかもしれないと、そう思った。

誰かに——否定して欲しいのかもしれない。

あるいは、肯定して欲しいのかもしれない。

どちらにしたところで。

誰かに、何かを、断定して欲しい。先に——あの針金細工がしたように。

「……もう、おしまいなのかなあ」

別に死ぬ直前でもあるまいに——走馬《そうま》灯《とう》のように、これまでの人生が思い返される。ごく普通の、つまらない——いいこともあれば悪いこともある、そんな人生、そんな十七年。自分はどこにも辿り着けないと思いながら——逃げるように過ごしてきた、十七年。

逃避。

忌避。

禁忌。

そんな自分の人生を、伊織は取り立てて好きだったわけでも嫌いだったわけでもないけれど——もう、あそこに戻れないと思うと。

思うところが、ないでもない。

エレベーターを呼び、中に乗り込んで、十階のボタンを押す。あっという間にエレベーターは目的の階に到着した。気分を落ち着かせる暇などほとんどなかった。時間の流れがとても速く感じた。

しかし——どう切り出したものか。

正当防衛を主張したところで、とどめをさしたのが自分でなかったところで、やはり伊織が靖道を刺したことに変わりはなく、それで、家族がどんな反応を示すことになるのだろうか——お父さんは怒るだろう、お母さんは泣くだろう。お姉さんやお兄さんは——分からない。あまり仲のいい兄弟姉妹ではなかった。露骨に迷惑がられるだけかもしれない。罵倒されるかもしれない。そんなことを考えている内に、自宅の玄関前に。インターホンを押そうかと思ったけれど、改まったところで意味はないだろうと思いとどまる。

覚悟を決めて、鍵を差し込んだ。

好きです、お父さん、お母さん。

嫌いだけど好きです、お姉さん。

嫌いだけど嫌わないでください、お兄さん。

手ごたえはない——鍵はかかっていない。

「……ふうん？」

手ごたえがない？　鍵がかかっていない？

おかしい——変だ、違和感だ。

マンションの入り口がオートロックだからといって玄関を開け放すような習慣は無桐家にはない。かけ忘れている——わけではない。中にいようと外にいようと、このドアに関して鍵のかけ忘れなどあるものか。そんな忘れっぽい人間は、伊織を除いて無桐家には誰もいない。

そっとドアを開けた。

靴の数を数える——父親、母親、姉、兄。

いつも通り、間違いない。

間違いないんだけれど——

「…………！」

伊織は飛び込むように室内に入り、靴を脱ぐのももどかしく、一足飛びでリビングに飛び込む。そこではいつもと同じ晩餐《ばんさん》の光景が展開されていた。テーブルの上に並べられた食事——それを食している人間――その向こうにテレビ――チャンネルは巨人―阪神戦。スコアは零対零。現在、五回の表、阪神の攻撃。

　いつもの晩餐と違うところといえば――食事を食べているのがたった一人で、しかもそれが伊織の知らない男だという、ただ二点。そして、その二点だけで、十分過ぎるほど、十分だった。

　随分と若い感じの男だが、不思議と年齢を特定させない雰囲気がある。そして何というのだろうか――異様な格好をした男だった。いや、自分の家で知らない男が当たり前のように食事をしている時点で限界値を越えて異様なのだが、男のファッションはそれを更に斜め上に越えて異様だった。下半身には黒い袴《はかま》に上半身には分厚い生地《きじ》の稽古《けいこ》着――全体的には、これから剣道か合気道の演武でも行いそうなスタイルである。女性的な顔立ちに和風の眼鏡、伸ばした黒髪を白い鉢巻《はちまき》で結んでいる――少なくともテレビや漫画の中でしか見たことのないような格好だ。

　袴の男は伊織に興味なさそうに――というか気付いてすらいないかのように、巨人―阪神戦に見入っている。

　ふと見れば、男が座っている椅子、その隣の席には、長い棒のようなものが立てかけられていた。いや、『ような』といって、伊織にはそれが何か一瞬で判断することができてはいた。けれどそれは、針金細工の持っていたあの大鋏ほどではないものの、剣道や合気道以上には伊織の日常からは乖離《かいり》したモノであったので、最終的な判断を下すのには少し時間がかかった。

「…………………」

あれは――薙刀《なぎなた》だ。

それも、大薙刀と呼ばれる――

度を抜いて、巨大な代物《しろもの》だった。

一般家庭のリビングにそぐう物体ではない。

「……ん？　んん？　ああ。お帰りなさい」

男はようやく伊織を向いて、そう言った。

柔らかい声に、優雅な微笑。

思わず、見蕩《みと》れてしまいそうになった。

「……お帰りなさいって。お返事は？」

「あ、は、はい。ただいまです」

二度言われたところで、伊織は慌てて応えたが、しかしこんな変な男にただいまする覚えはない。それに気付いて下げてしまった顔をあげ、

「な、なんですかあなたは！」

と、怒鳴った。

「こ、こんな、人の家に勝手にあがりこんで……お父さんお母さんはどこですか！　勝手に人の晩御飯を食べないで下さい！　ちなみにそのお箸とお茶碗はわたしのです！」

「知ってますよ、伊織さん——くすくす」

名乗ってもいない伊織の名を口にして、袴の男は立ち上がる。背はそんなに高くない。伊織と同じくらいで、男性としては低い方だろう。足元を見れば、見事に土足だった。しかもただの土足ではない、赤い足袋《たび》に草履《ぞうり》ときている。時代錯誤もはなはだしいスタイルだった。

なんなんだよ、と伊織は頭を抱える。

今日は日本全国変態の日なのか？

自分が知らないだけなのか？

「まずは可愛く自己紹介……僕の名前は早蕨薙真《さわらびなぐま》。早蕨薙真といいます。どうも、初めまして」

「あ、はい、初めまして」

生来の付き合いのよさから、つい条件反射で頭を下げてしまう伊織。さすがにすぐに気付いて、姿勢を正す。

「——いえ、いえいえ、できれば初めましてしたくないんですけれど……」

「あらあら、これはきついことを言われちゃいましたね！　人を外見で判断しちゃいけませんよ。こいつは別に趣味で着ているわけじゃないんですから、その辺斟酌《しんしゃく》して欲しいもんですよ」

「…………はあ」

趣味でしているんじゃなきゃなんなんだ仕事かよ、その格好すれば時給が出るのかよ気楽なバイトですね羨ましい限りですと思うが、口に出して言うだけの勇気はなかった。

男——早蕨薙真は、そんな伊織に「くす」と笑う。

「とりあえず座りませんかね？　落ち着いてお話ししましょーや。僕は別にここでチャンバラやらかそうって気ィありませんから」言って、薙真は先に椅子に座り直す。そして、正面の椅子を指差した。「ところで伊織さんは巨人と阪神、どっちが好きですか？　ちなみに僕は巨人です。野球はやっぱり巨人軍ですよねえ」

「野球は嫌いです……ボールとかバットとか、怖いものばっかりですから」

応えながら、しぶしぶ、薙真に向かい合う形で、テーブルにつく伊織。できればこんな正体不明の時代錯誤からは逃げ出したいところだったが、しかし場面の主導権は完全にあちらさんに握られていたし、それに、それでもここは伊織の家だった。どうして自分の家から逃げ出さなければならないというのだ。

テーブルの上のフォークを、さりげなくつかんだ。それは無意識の行動だったので、伊織自身、自分がフォークを握ったことには気付かなかった。意識は全て——正面の、早蕨薙真に、向けられていた。

「——勝手に家にあがりこんだことについては謝りますよ。インパクトを演出したかっただけで、ここだけの話、特に意味はないんです」

「意味がない……？」

「ファーストインプレッションは大事にしたいですからね。僕は常に早蕨薙真の美しさをもっとも分かり易《やす》く表現しようと心がけているんですよ。見る目のない人にも、僕の美しさを理解させてあげなくては可哀想《かわいそう》ですからね。歩み寄りは大切です」

「……出て行ってくれないと、警察を呼びます」

「おや？　おやおや。こいつはおかしな話ですよ！　今ここにお巡りさんが踏み込んできたら、困るのは伊織さんじゃないんですかねー？」

　薙真はにやりと笑った。丁寧《ていねい》な――馬鹿がつくほどに丁寧なその物腰とは真逆に、本当に嫌らしい笑みだった。どうこう理屈を抜きにして、生理的な嫌悪が先に立つ。綺麗なものが醜《みにく》く歪《ゆが》んでいるのを見ているような――そんな感じ。

「その血染めのセーラー服、どう隠蔽《いんぺい》するつもりですか？　伊織さん、困るでしょう」

「困りますけれど――わたしは、もう覚悟はできているんです。それに、困るのはあなたも一緒のはずです。早良《さわら》さん」

「早蕨ですよ。ダチでもねーのに人の苗字を勝手に省略しないでくださいね。僕達にとって苗字ってのはすっごく大事なもののはずでしょう？　闇口《やみぐち》しかり匂宮《におうのみや》しかり――そして零崎しかり、ね」

「……ぜろざき」

　零崎――ああ、そうだ。

　さっきの針金細工、そんな名前を名乗っていた。

　零崎――そう、双識。

　零崎双識だ。

　その名を思い出せば、なんだか――安心した。不思議と。

　しかし伊織のそんな、場違いともいえるようなそんな反応は、薙真にとって少し意外だったようで、細い眉が不愉快そうに歪んだ。

「こんなところでカタギの家族と普通に暮らしている段階で『ひょっとして』――と思ってましたけれど、伊織さん。あんた……『零崎』じゃないの？」

「……え、えーと……」

　戸惑う伊織に、不快そうに舌打ちする薙真。

「んだよぉ……違うのかよ――」

　少なくとも外面《そとづら》だけは丁寧であった――薙真の口

調が崩れる。

「んだよんだよぉ……うっとおしいなあ……うっとうしいなあ――もう……もう……もう……！」

低い……唸《うな》るような声。俯《うつむ》いて、ぶつぶつと、低く呟《つぶや》く。がしがしと、草履でテーブルの脚を蹴《け》る音が聞こえた。俯いているので、表情は読めない。

「偽装じゃなくてマジもんかよ……どういうこったよ……どういうこったよ……意味わかんねえじゃんかよ……こんなことならマインドレンデルに先に当たってりゃよかったぜ……クソが。あの地獄野郎、まさか『人形』ごときにやられちゃいないだろうな……」

豹変した口調で、ひとりごち続ける薙真。酷く粗雑で乱れた独白。どうやら先までの丁寧語調は、薙真の地ではないようだった。

「あ、あの……」

「……ああ、もう気にしなくていいですよ。これ食べたらすぐ帰りますから。お邪魔しましたね、どうも僕の勘違いだったようです。ご迷惑おかけしました。申し訳ありません。いやあ、それにしても、これ、おいしいですねえ。何ていう料理なのか、よければ教えてもらえないですかね？　くす、くすくす」

口調こそは戻ったが、しかし動作は乱暴なままで、薙真はテーブルの上の食事をがつがつと平らげにかかる。外見にそぐわない、健啖《けんたん》ぶりだった。

「ったく……とんだ無駄足でしたね――無駄骨でないだけマシですか。兄さんに言わせれば『最悪』じゃなかったってところなんでしょうけれどね――」

「あ、あの！」

どうにもラチの明かない態度の薙真に対し、伊織はついにテーブルを叩いて怒鳴った。

「その料理は豚《ぶた》腎臓の炒《いた》め煮といってわたしの好物です！　いや、じゃ、じゃなくて、そ、そんなことよりわたしの家族はどこへ行ったんですか！　この時間ならあなたじゃなくて家族の人たちがここに座っているはずなんです！」

「ああ……？」

不思議そうに顔を起こす薙真。そして心の底から伊織を馬鹿にしたように「はっ」と意地悪く笑って、殊更伊織を挑発するような口調で、

「あの連中は演出の邪魔でしたから、あっちの部屋の中に積んでありますよ」

と——言った。

『積んである』。

いくら鈍感であるといってもその表現が意味するものを理解できないほどに——無桐伊織は鈍感ではなかった。そもそも、ついさっき、それを連想できる程度には、その表現が意味するものと似たような体験を——他ならぬ自分の身体で味わってきたところだ。

血染めのセーラー服。

手に残る感触。

バタフライナイフ。

否定の発想は浮かばない。

むしろそれが自然だ。

むしろそれが必然だ。

全てに、余すところなく、説明がつく。

特に意味はない、と薙真は言った。

意味はない。

この男——意味もなく。

意味もなく——わたしの家族を。

家族を！

「——ぁあああああああああああああああっ！」

行動は迅速《じんそく》だった。いつの間にか握り締めていたフォークをつかんだまま、椅子から飛び上がってテーブルから乗り出すように、その切っ先を、袴姿の変態のこめかみ目指して——腕を振るった。靖道を刺したときと同様に——それ以上に、何を考える暇《ひま》もなく、身体は動いていた。

「え？　あ、うおうっ！」

寸前まで伊織のその動作に気付かなかったらし

く、というより予想すらしていなかったらしく、どこか余裕のあった表情を一変、狼狽を隠す様子もなく椅子ごと後ろに反って、フォークの一撃を避ける。彼の前髪をかすめる形で空振った伊織の右腕を、薙真はがっしっと握り止めた。

「危ねえ危ねえ……くす――くすくす。驚いた、びっくりしちゃいました、まるで別人じゃないですか、こりゃこりゃ」ぐう、と、握る手に力がこもる。「ほとんど予備動作なしでしたね。この僕ともあろうものが、フォークで殺されてしまうところでした」

「――すいません、痛いです」

伊織は手を開いて、自分からフォークを離した。

「ごめんなさい。もうしないですから手を離して下さい。無抵抗ですよ、ほらほら」

「……拍子抜けしますね、随分」呆《あき》れたように手の力を緩める薙真。表情に余裕が戻ることはなかったが。「さっきの迫力は？　家族を殺された怒りと恨みはどうしました？」

「手首の痛さには替えられません」反対側の手を頬に当てて笑顔を作る。「ほらほらー。可愛いですよー。女子高生ですよー」

「……いいでしょう」

薙真は手を離した。

同時に伊織は椅子から立ち、そのまま三歩ばかり後ろに下がる。握られた形に痣《あざ》になってしまった手首をさすってから、泣きを入れておいて今更かもしれないが、きっと薙真を睨みつける。

「……ったく……そのわけのわからなさは、間違いなく『零崎』なんですがね」やはり今更だったらしく、伊織の視線にも大して感じる風もなく肩を竦《すく》める早蕨薙真。少しずれた眼鏡の位置を訂正した。

「どうなんだかよくわかりませんけれど……兄さんなら何と判断するところなんでしょうか。……まあ、……そうですね。どっちにしたところで今の動き……大事をとって殺しておきますか」

雨は降りそうにもないけれど一応折り畳《たた》み傘《がさ》くらい持って行こうかな、というくらいの調子で、薙真はそんな台詞《せりふ》を言う。そして隣の椅子に立てかけてあった薙刀を手に取った。ここでチャンバラをするつもりはない――というあの台詞は、家族の件を除いたところで、大嘘《おおうそ》だったらしい。

嘘吐きは嫌いだ、畜生。

軽く二メートルを越えるその大薙刀を、軽く中段に構えて――早蕨薙真は無桐伊織に相対する。間にテーブルがあるものの、そんなものが障害物足り得ない、あってもなくても同じであろうことは、伊織にも感じ取れた。

少なくとも素人ではないし――

多分、そんなものじゃない。

思い知る。フォークでの不意打ちが外れた時点で、もう伊織に勝ちの目は残っていなかった。咄嗟《とっさ》のことだったとはいえ、あれが唯一の、最後のチャンスだったのだ。

夕方に会ったあの針金細工と同じタイプ。

簡単なことをやってしまう種類の人間だ。

とても――怖い人間だ。

とてもとても――怖い人間だ。

とてもとても――壊れた人間だ。

なんなんだよお、と伊織は思う。

こんな目に遭うような憶えなんか一つもない。そりゃあ、品行方正なことばかりの十七年ではなかったし、色々いけない悪戯もやったし、人に迷惑をかけたことがなかったとはいわないけれど――こんな抜き差しならない状況に陥《おちい》るような憶えは、本当に、一つだってない。

つい数時間前まで普通に生きていたのに。

生きていたんだ。

普通だったんだ。

それが、どうして。

いつの間にか、何もしない内にこんな状況か。

人を殺すつもりなんか全然なかったし――殺され

る憶えも全くないというのに。天罰が下ることにも天誅《てんちゅう》を下されることにも、付き合うほどの理由は、全くないというのに——

どうして、こんなことに。

「なんなんですかあ——ぜろざきって、一体なんなんですか！　そんなのわたし知りません！　全然知らないんですよお！」

「『零崎』が何なのか？　はは、そんなの僕が知りたいですよ。僕に訊いちゃあいけません。何なんでしょうね、『零崎』。兄さんは何か知ってらっしゃるようですが、僕の兄さん、無口でね。僕にゃちっともさっぱり教えてくれないんですよ」喋りながらも、じりじりと距離を詰めてくる。軽佻《けいちょう》なようでいて、伊織に対する警戒を少しも緩めていない。「どうも——うん、なーんかよくわかりませんね。まるでちぐはぐだ。可能性としては——そうですね、ひょっとして伊織さんは『零崎』になりかけているって感じなんですかね？」

「…………？」

『なりかけている』？

どういう意味だ？

ていうか何言ってんだこいつは。意味とかそんな問題じゃない、火星語で喋ってるんじゃないのか。もう付き合いきれない。いい、もういい、もうここはわたしの家じゃない。秘密だったけれど実はわたしは家なき子だったのだ。だからさっさと逃げよう。母をたずねて三千里。けれど逃げ切れるか？　それが現実的な問題だった。既に伊織はここまで帰ってくるのに相当の体力を消費していたし、今いるこの位置は、既にあの薙刀の射程距離範囲に入ってしまっている。目立つ動きをした段階で、ほんの間《かん》隙《げき》もなく、薙真の薙刀はこちらに突き出されてくることだろう。それが避けられるとは思わない。

でも、逃げないと。

何とかして——逃げないと。

「……………」

つーか、なにゆえに薙刀。
薙刀？ 薙刀……。薙刀ねえ……。
ま、いいんだけどさあ。
それにしてもこの人、こんなふざけた格好で、薙刀を隠しもせずにこのマンションまで来たのだろうか。それが成功したことは、血染めのセーラー服での帰還に勝るとも劣らない奇跡だ。それとも、ここに到着してから着替えたのだろうか？ それもそれで随分と間抜けな話だけれど。本当に演出を大事にするタイプらしい――が、そんな理由で殺されちゃたまったものではない、と思う。

お父さん、お母さん、お姉さん、お兄さん。

本当に――殺されたのだろうか。薙真の言葉はタチの悪い脅し――ということは、ないのだろうか。伊織を動揺させるための、はったりということも

――と。

緊張に耐え切れず、伊織の気があさっての方角にそれたその僅かな油断を突くように――薙真は薙刀の刃部分をこちらに向けて、やや上斜め向きに突き上げてきた。その切っ先がめがけているのは喉からあごにかけての部位。何の容赦もない。脅しも何もへったくれもない、正しく一撃必殺、急所狙いの攻撃だった。

見えてはいる。

ぎりぎり見えてはいるが――身体は動かない。後ろに跳んで避ければいいことは分かるのだが、自分の運動能力ではそれが不可能だということも、また分かる。人生における第三の危機から逃れることは――どうやら、できないようだった。

終わり？
終わる。
終わる？
何が？

ざくり。

「――ひうあぁ！」

骨肉が裂ける音がして――伊織は悲鳴をあげた。

ただし、あげた悲鳴は伊織のものだが裂けた骨肉は伊織のものではない。喉を切り裂かれてなお悲鳴をあげられるほど伊織の声帯は特殊ではなかった、靖道がそうであったように。

裂けた骨肉は――伊織の目の前で裂けたのは、薙真の後ろの窓から飛び込んできた――放り込まれてきた、人間の首だった。

小学生くらいの女の子の顔。

その中心を、薙真の薙刀は抉《えぐ》っていた。その首が楯――緩衝材《かんしょうざい》となって、伊織はノーダメージで済んだようだったが――この状況を素直に喜べるほど、伊織の神経は太くなかった。

「な、あ、あああ！　うわぁああ！」

生首の衝撃に伊織は驚きと共に一歩引き、薙真の方も「――ああっ⁉」と、薙刀を引いて後ろの窓を振り返る。窓ガラスは大きく割れていた。首が放り込まれるときに割れたのだろう――と判断する暇《いとま》こそあれ、その穴から次々と、人間の生首がリビングの中へと飛び込んできた。

「……ひいぃ⁉」「――なぁあ⁉」

伊織は恐慌し、薙真は驚愕《きょうがく》する。

テーブルの上にがしゃがしゃと音を立てて、着地する数々の首。一、二、三、四――五つ。最初の一つを合わせて、合計六つ。合計六つの生首が、窓から飛び込んできたことになる。ああ、できるものなら想像してみて欲しい、人間の首が群れをなして空中を乱舞しているその様《さま》を。夏の夜の百怪談さながらの様相だった。

「――有浜夜子《ありはまよるこ》、北田《きただ》倉彦《くらひこ》、梶埜《かじの》窓花《まどか》、雅口紘章《まさぐちひろあき》、上月《こうづき》真弓《まゆみ》、池橋陸雪《いけばしりくゆき》――」

そして最後に、フレームごと窓がこちらにぶっ飛んできた。薙真はそれを薙刀の一振りで払って見せ――ベランダの方向に残心する。伊織もつられるように、その一方向を注視した。

「――全員、『不合格』」

がらんと空いて覗いたそのベランダには――不気味なほど大きな鋏を指の先で回転させている、針金細工のようなシルエットの男がいた。

「うふふ――うふふふ」

零崎双識。

零崎双識が、笑っていた。

「――……!」

舞台に。

舞台にもう一人、人殺しが――殺人鬼といって間違いないほどの人殺しが登場した、とてもとても怖い人間がもう一人増えた――ただそれだけのことだというのに――普通に見れば状況は何も変わっちゃいないというのに――むしろ悪くなったとしか言いようがないというのに――それなのに。

伊織は、がくりと肩の力が抜けて――

その場に、しゃがみ込んでしまった。

それは恐怖ではない――安心だった。

これ以上ないくらいの、安心感だった。

しゃきん、と鋏が鳴る。双識は、鋏を閉じたまま、その先を早蕨薙真の胸元へと向けた。

「うふふ。うふふうふ――うふふ。どうやら殺戮《さつりく》には間に合ったようだね――おい、そこのいかにも怪しい変態くん」

あんたがいうかよ。

「私の妹に手を出すな」

妹じゃねえよ。


（有浜夜子――不合格）

（北田倉彦――不合格）

（梶埜窓花――不合格）

（雅口紘章――不合格）

（上月真弓――不合格）

（池橋陸雪――不合格）


（第二話――了）

第二話　早蕨薙真（1）

薙刀。

日本刀に準じた形の刃をその先端につけた、長い柄を持つ武器である。刀身の長さによって大薙刀、小薙刀と区別され、更にその形状によって、静型《しずかがた》、巴型《ともえがた》と分けられる。

知名度としては同じく刃物を武器とする剣道（並びに居《い》合道《あいどう》、抜刀道《ばっとうどう》——）に遠く及ばないが、しかし世の中のことなんであれそれが言えるように、知名度と内実は関係がない。

まず特筆すべきはその射程距離範囲の広さである。比較的女性の遣《つか》い手が多い武術であるがゆえか、薙刀は防御主流の格闘技——合気道や少林寺拳法などと同じ後《ご》の先《せん》を取る護身術だと思い込まれている節《ふし》もあるが、それは大きな誤解でしかなく、実際、薙刀の技にはかなり攻撃的なものが多い。槍や長巻《ながまき》などと同じ系統の長柄武器なので、そもそも自分のそばにまで敵を近寄らせず、敵の刃の届かない場所から安全に攻撃ができるからだ。そして武器そのものが持つその威力だって半端ではない。てこの原理と遠心力を利用して繰り出される薙刀の斬撃は、非力な者がふるっても下手な太刀や半端な鎧ならば容易にへし砕いてしまう。

一対多の状況を念頭に置いた技も多々ある、極めて実戦的な武術——ではあるが、実際に薙刀遣いと相対するという機会は滅多《めった》にないことだろう。その長柄はあまりにも目立ち過ぎるし、持ち運びに便利とは言えないからだ。戦闘中以外における扱いこそが厄介である得物《えもの》——そんな風にも言える。

ゆえに。

『二十人目の地獄』、『自殺志願《マインドレンデル》』、零崎双識にしたところで——薙刀遣いと向かい合うのは、これが初めてだった。

◆　◆

「伊織ちゃん！　お兄ちゃん助けに来たよ！」

「やめてくださいやめてください！」伊織は叫んで、部屋の端にまで一気に、這うように逃げた。薙真からも双識からも等しく距離を取る。「ああ、もう、こんなの嫌過ぎます！」

　どうしてこんなことになっているのか全然わからない。何がどう悪くてこんなことになってしまったというのか。クラスメイトに殺されそうになってうっかり殺し返しちゃって、自首しようと思った直後に変な針金細工が現れたかと思うと実はまだ死んでなかったクラスメイトにとどめを刺して、慌てて自宅にまで逃げてきたら時代錯誤の薙刀男が人の晩御飯を勝手に食べていて、どうやら家族を皆殺しにしたらしいその薙刀男に殺されそうになったところでベランダから六つの生首と共に変態が伊織のことを助けに来た。

　どんな不条理小説の粗筋《あらすじ》だよ、これは。

「だ、大体あなた、なんでベランダから現れたんですか！　ここは十階ですよ！　生首を六つも持ったままクライミングしてきたんですか！」

「うん？」双識はくるくる回していた鋏を一旦止めた。「ああ。お隣さんのベランダから伝ってきたのだよ。お留守だったのでね」

　現実的な解答だった。

「じゃ、じゃあ、え、えーと、双識さん、どうしてここがわたしの家だって分かったんですか！」

「兄妹愛のなせる業《わざ》だよ。可愛い妹のためなら、兄に不可能はないのさ」双識はにやりと、格好よく笑った。「具体的には高架下でもみ合った際に制服の胸ポケットから生徒手帳を抜き取っておいたのだ」

「ただのスリじゃねえかよ！」

　人殺しの上に変態で、しかも大嘘つきだった。

伊織は立ち上がって、二人から更に距離を取ろうとするが、もうこれ以上逃げ場はなかった。選択の末、伊織は薙真に近い方へと移動した。正体不明の敵と正体不明の味方なら、それは後者の方が微妙にタチが悪いように思えたし。

「ちなみに僕は伊織さんの後をつけて、伊織さんがマンションの先でうろうろしている隙に先回りさせてもらったんですけれど——」と、薙真は言う。薙刀の刃先は双識に向いたままだが、表情には少し余裕が戻っている。「——さすがはマインドレンデル。『人形』の六体程度じゃ、箸《はし》にも棒にもかかりゃしませんか」

　そして薙真はぶん、と薙刀を振るった。その大薙刀の射程距離範囲内にある家具、テーブル、椅子、ソファやテレビなどの調度が——加えてそこらに散乱していた六つの生首が、全部まとめて砕けて吹っ飛び、薙真の周囲に広いスペースが出来上がる。今の技は大掃除のときに便利そうだな、と伊織は思ったが、無論、便利がどうとかいうどころの話ではない。薙真は部屋のあちこちに吹っ飛んだ生首を尻目に見て、「しかし容赦がないですね」という。

「マインドレンデルさん——分かってるんでしょう？　電車の中での彼にしろ、この六つの首の持ち主さん達にしろ——全員、ただの『空繰《からくり》人形』だってのは、分かってたんでしょう？　その程度の事情が見抜けないとは思えない。あなた、曲りなりにも『零崎』なんですから」

「——……」

　双識は薙真の言葉に沈黙で応えたが、しかし伊織としては黙っていられるはずもない。精一杯の勇気を奮《ふる》って、「そ、それってどういうことなん……でしょう？」と、どちらにともなく訊いた。

　だって、それは。

　多分、伊織にナイフを向けた——

　夏河靖道の話でも、あるはずだ。

「要するにね、伊織ちゃん」答えたのは双識だった。「彼らは可哀想に、催眠術《さいみんじゅつ》で操られていたのだよ！」

「そろそろ終電なので失礼します」

玄関に向かおうとする伊織を、「ああ、待って待って待って待って待って！」と、双識は慌てて引き止める。

「伊織ちゃん、何を言ってるんだ。きみの家はここじゃないか。終電に乗ってどこへ行くつもりだい？」

「ＪＲと阪急を上手に乗り継いでアリバイを作ってくるんです」

「そんな話じゃないだろう」

「いまどき催眠術なんていっても説得力が皆無ですよう」伊織はぶんぶんと首を振る。催眠暗示。そんな設定、十年前だって誰も信じない。「不条理は生首だけで十分ですよう……泣けてきました」

「催眠術という言葉が悪いのなら洗脳といえばいいさ。なあ、伊織ちゃん」双識はベランダから一歩、リビングへと這入ってきた。「たとえばの話だが、人間を一人、地下の小さな密室に閉じ込め、一ヵ月間毎日毎日調教を施せば――その人物の価値観や倫理観など、どうにでもすることができるだろう？　人間を人形に変えてしまうことなどそれほど大した手間ではないさ。新興宗教の巧妙な手口を例にあげれば分かりよいだろうな」

「――……」

「世の中にはこずるい悪党連中が大勢いるからね。そういう洗脳活動を専門とする一団もあるくらいだよ――『操想術』なんていうんだけれど、正直、聞いて気分のいい話じゃないね。人間の人格に、内面に踏み込んでしまおうというのだから性質《たち》が悪い。性質の悪さにもほどがある。本当、可哀想だよねえ。操られていた人形くん達には心底同情を禁じえない」

「その全員をぶっ殺しちまったあなたがそれをいいますか」薙真が笑う。「それに性質の悪さでいうなら——あなた達零崎一賊の方がずっと上でしょうよ。あなた達を超える属名なんて、『殺し名』七名の中でさえ、匂宮と闇口しか存在しないってんだから」

　零崎——

　またそれだ。

　伊織は首を傾げる。

　一体なんなんだ、零崎って。

「零崎というのはね、伊織ちゃん——」伊織の表情を見て取ったのか、双識が言った。「——いうならば殺人鬼の集団さ。山賊とか海賊とか、あるだろう？　基本的にはああいう感じだね。現代風にいうならば——そう、家族《マフィア》かな」

　しゃきん——と、鋏を鳴らした。

「そして私は一賊の長男——零崎双識。家族《ファミリー》を守るのは長男の仕事というわけで——若き薙刀遣いくん。できたての妹のために『二十人目の地獄』は、きみに相対させてもらうよ」

「……そうですか」

　そして二人は一歩ずつ、更に距離を詰めた。

「なるほどね——今ようやく了解がいきましたよ、マインドレンデルさん。マインドレンデルさん、今、この娘を——伊織さんを勧誘中だったってわけですね？」

「勧誘中……？」

　妹——と言っていたのは、そういうことだったのか？　伊織は双識を見るが、もう双識は伊織を見ていなかった。既に二人の距離はかなり近く迫っていて——双識の鋏からすればまだ全然話にならない距離だが、薙真の薙刀の間合いに、双識の足が重なろうとしていた。

「皮肉なものですね……となると、あの『空繰人形』の存在が——新しき『零崎』の覚醒《かくせい》に一役買ってしまった——ということになるわけですか。零崎の覚醒——海亀の産卵に立ち会うよりも、更に貴重だ。それでなくとも、女性の『零崎』なんて稀有《けう》だというのに――」

「――ふむ」

そこで何を思ったか、双識は鋏を背広の内へと仕舞った。薙真は不審げに眉を寄せたが、中段の構えを解いたりはしない。対して双識は平然としたものだった。策略なのか天然なのか、どこかゆとりのあるポーズを、さっきから全く崩そうとしない。

「どうやらきみはお人形さんじゃなさそうだし、薙刀遣いくん、名前を訊いておこうか、名前を」

「早蕨薙真――と言いますが……しかしがっかりさせないでくださいよ、マインドレンデルさん」薙真は言う。「和平交渉なんて真似をされたらせっかく僕が演出したこの場面が台無しだ。僕の持つ魅力が何一つ発揮されないままに終わってしまうじゃあないですか」

「和平交渉？　そんなことはしないさ。きみには交渉など無意味だろうからね――しかし『早蕨』か。うん、憶えのある名だな」うふふ、と双識は笑った。「では薙真くん。私は不勉強にしてその武器――薙刀というものをよく知らないが、それが狭い室内用の武器でないことくらいは分かる。折角掃除をしてくれたところを何だけれど、どうだろう、お互い全力を出し合うために、ステージを変えないかい？」

「……意味が分かりませんが」

「正々堂々ってのが好きなのさ、私は」双識は言う。「何でもありの勝負よりもルール厳守のフェアプレイってのが好みでね。――というよりも、ここで私がきみを圧倒したところで、どこかにすっきりしない気分が残ると思うのだよ。きみに対してとても『卑怯《ひきょう》』な手段を用いて勝ってしまったような、申し訳のない気分になってしまう。私の嫌いな言葉のベスト3は、不誠実、無責任、非人情でね――殺す相手にも殺し合う相手にも、常に友好的でありたいのさ。ねえ伊織ちゃん？」

「は、はい？」

「このマンション、屋上は開放されているかい？」

「え、あ、はい——まあ」

しどろもどろに答える伊織。状況についていけないことこの上ない。ここは伊織の家だというのに、伊織は完全に置き去りだった。おいおい、ひょっとしてこの人達、これから決闘でもやらかすつもりですか？　どういう流れでそういうことになったんだ？　完全に——伊織の理解を超越している。

「か、開放されてるです。だからわたくしめは天気のいい日はそこにお布団《ふとん》を敷いて日向《ひなた》ぼっこをするですよ」

「いーね。うん。あまりにも本編に関係なさ過ぎるけれど非常に微笑《ほほえ》ましいエピソードだよ。それでは薙真くん」双識は人さし指で天井を示した。「我々の決着は屋上で、というのはどうだい？　いわゆる頂上決戦という奴だ」

頂上決戦は意味が違う。

「…………僕は」

薙真は一応——構えを解いた。けれど丸っきり気を緩めている様子はなく、双識をきつく睨んでいる。

「相手がそういうことを提案してきたときにはね——何を企《たくら》んでいるのか、考えることにしているんですけれど。しかし——まあ、零崎の考えることなんざ、考えて分かるはずもありませんね」

「それは結構。不理解は別に今更だよ」

「——分かりましたよ。先に行って待ってます」

ぐるん、ともう一度薙刀を振って——その柄を右肩に置き、ベランダへと向かう。双識の横をするりと通り過ぎ、薙刀をかがめてベランダに出たところで——薙真は伊織を振り向いた。

目が合う。

薙真の目と、伊織の目が。

伊織は思わず姿勢を正したが——しかし、薙真は別に、何も言わなかった。ただ単純に、にっこりと——笑っただけだった。さっきまで伊織に見せていた、どこか相手を挑発するような笑みではない、余裕たっぷりの優越の笑みではない、そう、なんというのだろうか——

哀《あわ》れむような笑みだった。

その表情に、伊織は戸惑う。

どうして……？

どうして、わたしは——

あんな男に、まるで同情されているかのような、あんな眼で——見られているんだろうか……？

と。

その場でそのまま跳躍し、薙真の姿が消える。

「え？　あ、あれえ⁉　あ、あの人、飛び降りちゃったんですかあ⁉」

「いいや、飛び上がったのさ」

言いながら、双識が伊織に近付いてくる。伊織はベランダに近付く振りをして、それから逃げた。双識はそんな様子に肩を竦《すく》め、「やれやれ」と言った。

「文明人なんだからちゃんと階段を使えばいいのに。あわてんぼうさんだよねえ。奥田《おくだ》右京亮《うきようのすけ》もさながらだな。『騒ぐなっつーの！』てね。伊織ちゃん、知っているかな？」

「もうわたしは何も知らないです……」

「知らないか。……ならば具体的な解説が欲しいかな？　伊織ちゃん」

そう言いながら、くるりと向こうを向いたと思ったら、しかし双識は伊織に背中を向けたまま後ろ跳びに、伊織のすぐそばにまで移動してきた。

逃げられなかった。

「か、解説と言いますと——」

「私も全てを理解しているわけではないがね、一応の説明ができないほど今の状況を認識できていないわけではないのだよ。その——」と、散らかった室内をぐるりと見る。「——お人形さん達のことも含めてね。しかし『早蕨』か——『匂宮』の分家だね。そろそろ世代交代している時期だろうから……確か三兄妹だったかな、あそこは。えーっと——」

思い出すように額《ひたい》に指を当てる双識。

「——太刀《たち》遣いの長男、薙刀遣いの次男、弓矢遣いの長女——だったかな。よく憶えていないが、となると今のが次男くんか」

「い、いえ、あの人の出自《しゅつじ》がなんであろうとわたしの知ったことじゃないんですが——」伊織はじりじりと後ろに下がりながら問う。「その早蕨さんが、どうしてわたしの家に？　いえ、さっきの話から推察するに、わたしがやすちーに殺されそうになったのも——あの人の所為《せい》っていうか——あの人の責任っていう、そんな感じだったんですけれど——」

「具体的な解説が、欲しいかい？」

「————えっと」

その質問には——正直、迷うところがある。

今、この時点で伊織が考えていること——というより、今この時点で伊織が望んでいること、それはたった一つだけ。

かかわりあいに——なりたくない。

逃げたい。

どこかに逃げ出したい。

もう決闘でも殺し合いでも好き自由にやってくれ、ただしわたしの知らないところで。薙刀でも鋏でも何でも構わないから、わたしの目の届かないところで——自由に振舞ってくれればいい。

お願いだから、関係しないで。

「……でも」

それでも——残念なことに。

伊織は、今現在——今このとき、別段、無関係な第三者でありながらに巻き込まれているという——そういう立場ではないのだ。なにかの巻き添えを食っているわけでもなければ、大事件の余波を受けているのでもない。もしもそういう立場の者がいるのだとすれば、それは夏河靖道であり——お父さんでありお母さんでありお姉さんでありお兄さんだ。

残念なことに。

この話の主役は——無桐伊織、本人だった。

「――欲しいです。説明」

「うふふ、いい言葉だね。そしていい目だ、いい覚悟だ」双識は――楽しそうに笑った。「全てに見放された零崎にこそ、その覚悟は相応《ふさわ》しい」

「…………」

しばし睨み合う形になる、双識と伊織。

いや――睨み合うというより、見詰め合う形で。

殺人鬼と殺人初心者は向かい合う。

「ならば私に背中を向けるんだ、伊織ちゃん」

「……こうですか？」

「両手を後ろに回して揃えてくれ」

「……こうですか？」

「ねえ、伊織ちゃん」

「はい？」

「頭が悪いと言われたことはないかい？」

その瞬間、ぎゅ、と自分の両手首が締まるのを感じた。肩が後ろに引っ張られるような感じで少しバランスを崩し、そこを双識から足払いを受け、薙真によって綺麗に掃除された床の上に倒された。両手が封じられているので衝撃が殺せず、もろに肩を打ってしまった。

「手錠じゃあないよ。特殊なゴム紐《ひも》さ。まあゴムとは言っても、人間の力じゃ伸びも縮みもしないけどね」双識は韜晦《とうかい》するように両手を広げる。「私の『自殺志願《マインドレンデル》』なら切れないこともないが、刃が傷みそうだから避けたいところだ。とにかく普通のやり方で解くことは諦めた方が賢明くんのよい子ちゃんだね」

「な、何するんですかあ⁉」

「妹を束縛したのさ」

「変態！　変態！」

「安心しなさい、別に手籠《てご》めにしたりはしない。それをやると近親相姦《そうかん》になっちゃうし。近親相姦はまずいだろう、近親相姦は。そのゴム紐はね、とりあえずの応急処置って奴さ。それさえつけておけばきみは無闇に人を殺さずに済む。別に意地悪でそうしているのではないよ？　誤解しないで欲しいのだけれどね」双識は大袈裟に肩を竦める。「きみの溢れんばかりの性質は私から見ても少々危険でね、これでも少し怖いのだ、勘弁してくれ。ま、それを抜きにしても、制御できるようになるまで、きみのその両手は封じておいた方がいい。殺人鬼とはいえ、いつもいつも人を殺して回られちゃ迷惑《めいわく》至極《しごく》極《きわ》まりないからね」

「せ、性質ってなんですかあ！　わたし、無我夢中で刺しちゃっただけですよう！　わざとやったんじゃないんです！」

「殺したことが問題なのじゃない。殺し方も問題じゃない。意志が伴っていたかどうかも、問題じゃないのだよ。きみが——伊織ちゃん、きみが殺せる人間であるという事実だけが、問題なのさ。解説するとは言ったけれどね、正直きみについては私の方が訊きたいな。どうして今まで日常の世界に埋没できていたのだい？　私の弟でさえ、そこにいられたのは中学卒業までなのだぞ」

「何言ってんだか全然さっぱり分かりません！」

「そうだろうね。はいはいはい。ちょっと脚を失礼するよ。大丈夫大丈夫、スカートの中を見たりはしないから」

　あやすようにそういって、双識は床に這い蹲《つくば》る姿勢になっている伊織の両足首を持ち上げ、両手首を拘束したのと同じゴム紐で、まとめて縛り上げた。そして手首のゴムと足首のゴムを、もう一本、取り出したゴム紐で連結する。これで伊織は、完全に身動きが取れなくなってしまった。

「ではここでおとなしくしておいてくれ、伊織ちゃん。私は薙真くんの相手をしに行ってくるからね。すぐに戻ってくるから心配しなくても大丈夫」

「わたしは全然大丈夫じゃないです！　わたしのことをもっとちゃんと心配してください！」

「伊織ちゃん」

　双識が少し声音を低める。

眼鏡の向こうの眼が、今まで以上に細く、鋭く——伊織を見据《みす》えた。

「きみはこれから人を殺し続けなければならない。生きていこうとするならね。もうきみの前に『殺すか』『殺さないか』という二択はありえない。『殺す』——だけだ。『殺す』だけなんだよ、伊織ちゃん。『殺さない』としか考えられない人間が不健康であるよう、これはもう完全に救いようがない。私がそうだし、私の弟がそうだった。殺すことしか考えられないのではない、殺すことが前提なのだ。前提条件なのだよ。友人であろうと恋人であろうと諸《もろ》共《とも》だ。一旦自分の性質を露出してしまえば、もう引き返すことなどできないのだよ。百メートルを十秒で走れる人間は、百メートルを十秒で走れる人間でしかない。走った以上、百メートルに二十秒をかけることはできないのさ。試験で百点を取る人間は取りたくて百点を取っているわけではない、他の点数を取る方法を知らないのだ。零点を取る人間が十点を取ることは、そんなに難しいことではない。だが百点を取る人間が九十点を取ることは、不可能だ」

「…………」

「殺人鬼は孤独なのだよ。人を殺す者は本質的に孤独なのだ。孤独過ぎる。友人を持つこともできない。親友が現れることもない。恋人を作ることもできない。良きライバルすらも望みの外、苦しみを分かってくれる理解者もいなければ道を示してくれる指導者もいない。完全に一人きり、寂しく孤独で惨《みじ》めなものだ。伊織ちゃん、孤独がどんなものだか知っているかい？」

「…………」

伊織は——答えられない。

「孤独とはね、いてもいなくても同じということだよ。存在の否定だ。あり方の否定だ。それはね——とても悲しい。一人でいるのと独りであるのとは全然違うことなのだ。共に遊べる友達が欲しい。一緒にいられる親友が欲しい。愛してくれる恋人が欲しい。競い合えるライバルが欲しい。分かってくれる理解者が欲しいし、助けてくれる指導者が欲しい。独りは、嫌だ」

「…………」

「だから私達は一族《ファミリー》を――家族を作った。それが零崎一賊の原点さ。匂宮や闇口とは本質的に違う」

『零崎』――『一賊』。

兄。弟。妹――一族。

家族。

「理解できないって顔だね。別にいい。私は別に望みを捨てろと言っているわけではないさ。ひょっとしたら――私のいうことは完全に間違っていて、きみはまだ引き返せるのかもしれない。今の時点ではきみはまだ『正当防衛で身を守った一人の善良なる一般市民』でしかない。やすちーを殺したのは私だし、客観的に見れば、きみはまだあちらに戻れるだけの余地がある。だからこそ、今はきみを拘束《こうそく》させてもらうよ。きみの将来に、幾許《いくばく》かの希望を――幾許かの選択肢を残しておくために。どちらにしても――どちらに転ぶとしても……それがきみのためだろう」

「わ、わたしのため――ですか？」

「先ほども言ったが――私にはわからない。それほどの性質を十七歳になるまで抑えてこられた理由というものがね。きみがこれまでに千人の人間を殺したと聞いても私は驚かないが、一人も殺していないというのは異常が過ぎる。今回の件だって――お人形さんに襲われなければ、きみは殺したりしなかったのだろう。薙真くんの言葉を借りれば、それはさぞかし『皮肉』なことなんだろうが――きみはここで『覚醒』しなかった可能性の方が高い。これがどういうことか分かるかい？」

「わ、分かりません」

「ああ、私にも分からない。だからたった今、私は仮説を打ち立てた」双識はやや深刻な調子で言った。「――きみは本来ありえない可能性なのだよ。幾かなり特殊な可能性だ。孤独でない殺人鬼という可能性——可能性というよりは希望かな。きみはまだ試験を受けていない。零点なのだか満点なのだかまだ不確定だ。きみはこれからどうなるのか分からない——だからこその希望だ。ゆえに私としては出来うる限りのフォローはさせてもらうよ——零崎の兄としてね。安心したまえ、きみの兄貴は頼れる男だ」

そして双識は伊織に背を向け、玄関口へと向かう。ベランダから飛び出すような無茶をやらかすつもりはないらしい。

「…………」

あのとき——双識は言った。『自分の人生の転機には何者かが現れてくれるはずだ——なんて考えは傲慢を通り過ぎて滑稽《こっけい》なものだ』と。人生の苦境にたったところで都合よく自分を助けてくれるヒーロー——そんなものは登場しない、と。

けれど。

今彼がやっているのは——正に、そういうことではないのだろうか。断片的な説明を受けたところで伊織には相変らず現状が理解できていないけれど——けれど、最初に彼と会ったときに感じた気持ち。そしてベランダから颯爽《さっそう》と登場した双識のシルエット。

安心。

心が——安らいだ。

今だって、薙真に向かい合わんとここから出て行こうとしているが——その行動は全て、伊織のためと言ってもいいんじゃないだろうか？　今回の件は、先に考えた通り——やはり、双識と遭遇したところで、ことが始まったわけではない。ことは、あるいはとっくの昔から始まっていて、双識は、そこに後から現れたのだ。巻き込まれたのは双識の方である、と言ってもいいくらいだ。そして彼は、よくよく考えてみれば、伊織に何も危害を加えてなどいない——むしろ二度も助けられている。

ならば——

この拘束も本人の言葉通り、伊織を助けるためのものなのかもしれない。

そう思った。

そう思うと、もう、何も言えなかった。

「ああ、そうそう」

玄関を開けたところで、双識は振り向いた。

「私としてはスカートの下にスパッツをはくのは外《げ》道《どう》だと思うのだよ、伊織ちゃん」

「しっかり見てんじゃねえかよ!」

◆　◆

早蕨薙真は零崎一賊の怖さを知らないわけではない——むしろその恐ろしさを、己《おの》が身でもってよく知っているつもりだ。ましてその相手が『二十人目の地獄』、首斬役人・零崎双識とくれば——その相手をなめてかかろうと思うほどに愚《おろ》か者ではない。

零崎双識に対しては勿論——無桐伊織に対しても、薙真は全く油断などしてはいなかった。軽佻《けいちょう》さも浮薄さも、余裕も動揺も、あるいは伊織に一瞬見せた苛立《いらだ》ちのポーズも、薙真にしてみれば所有するカードの一枚に過ぎず、早蕨薙真本人、彼自身ではない。

そして——

早蕨薙真、最大のカードはこの大薙刀。

この得物をもってすれば、たとえ零崎双識が相手であろうとも十分に拮抗《きっこう》しうると——薙真はそう考えている。自分の兄を除けば、たとえ相手が何者であろうとも——自分の圏内に侵入することなど不可能だと、そう認識している。まして、先ほど見た双識の得物——『自殺志願《マインドレンデル》』、あの鋏で攻撃が可能な範囲はナイフと同等、それ以下だ。いくら双識のリーチが異常に長いといったところで、薙刀をかいくぐってまで、薙真の身体には届かないだろう。あのまま、狭い室内で立体的に泥試合——ということになれば、確かに多少は不利だったかもしれないが、この広く開けた屋上でなら、『二十人目の地獄』に対しても確かな勝機がある。それも——かなり確信的な勝機が。それほどまでに、早蕨薙真にとってこの大薙刀《カード》の存在は絶対だった。

それはもう、信仰と言い換えてもいい。

薙真は己よりも、己の得物を信頼していた。

「ひょっとすると——首尾よくいけばここでケリがついちまうかもしれないですよ？　兄さん——」

薙真は呟いて——

ぶん、と薙刀を振るい、その刃先を——屋上の、出入り口へと向けた。それと同時に扉が開いて、向こうから、針金細工のような、全体的に細長く、なかでも奇妙に手足が長い——

殺人鬼が、現れた。

既に鋏を構えていて、臨戦態勢という感じだ。

妖怪のようだ——と思った。

さっきからそうだ。さっきからずっとそうだ。

どうにも——人間と相対している気がしない。ベランダから突如として、何の前触れもなく双識が現れたときも——それから、先刻、伊織がこの身に、フォークの切っ先を向けたあのときも。

それから。

妹と二人で、初めて『零崎』と対峙した——

あのときも。

全然——人間と、相対している気がしない。

この感覚を——自分は知っている。

そう、それは——人間ではなく。

もっと、どうしようもないモノ。

強いとか、弱いとかではなく——

本当にどうしようもないようなモノ。

自分とは全く違う種類のモノ。

ありえないモノを——前にしている。

ありえないモノと、相対している。

そんな気がして——ならない。

「お待たせしたかね？　薙真くん」

人間でないモノが――声をかけてくる。

何の警戒心もなく、つかつかとこちらに歩み寄ってきた。薙真が薙刀を中段に構えると、ようやく双識は脚を止めて「うふふ」と笑う。

「なんだか滑稽だよね――こういうのは」

「……何がですか？」

「いやいや……考えてもみたまえよ。大の男が二人、平和な片田舎《かたいなか》の町で、何の変哲もない平和なマンションの屋上で、顔を合わせたかと思うと殺し合いだよ。それも――鋏と、薙刀でね。これで私が御獄新陰流の使い手だったなら、少しは絵にもなるのかもしれないが」

「――余裕ですね、マインドレンデルさん」

「ところできみはどうしてそんな珍妙な格好をしているのかな？」双識は薙真の台詞に肩も竦めず、薙真の服装を指さした。「そんな格好で往来を歩けば何もしてなくとも逮捕されそうだよ。いや、決して和服を軽んじているわけではない。しかしどうしてきみはそこまでして――袴に稽古着、和式の眼鏡、鉢巻でしばった髪に草履――そして得物も薙刀ときている。どうしてきみはそこまでして『普通』『当然』から外れようとするのだろうな？」

「何を言っているんですか？」

「正直に言うと私はきみを憎悪《ぞうお》しているのだよ。妹の件を抜きにしてもね――私が欲しくて欲しくてしようがないものを、そうも簡単に溝《どぶ》に捨てるような真似をされるとね――無関係でも他人事でも頭に来る」双識は少し顔を伏せた。「溺《おぼ》れている子供を見れば、無関係でも他人事でも助けようと思うだろう？ 同じ感情だよ、これは。『零崎』ならざるきみには決して理解できないだろうがね」

「……口喧嘩をしにきたわけじゃないでしょう、マインドレンデルさん――さっさと始めましょうよ。恐らく、五分でケリがつく」

「こりゃまあ大した自信だ。自信というより既に狂信だな。うん、愉快だね。うふ、うふふ、愉快愉快」双識はそう言って、再び脚をこちらに向けて動かし始める。「ならば胸を貸してあげるよ。逃げたくなったらいつでも逃げなさい、それは恥ずかしいことじゃないし、それならば私も『自殺志願《マインドレンデル》』を汚さずに済む。一日に六人も七人も断ち斬っていりゃ、さしもの『自殺志願《マインドレンデル》』といえど、後二年と持たないだろうからね」

「――それはいくらなんでも、『早蕨』を甘く見過ぎじゃないですか？　マインドレンデルさん」

　あまりにこちらを軽んじた――というより、もう侮辱的ですらあるその言い方に、さすがに薙真は不快そうに表情を歪ませ、反論する。双識はあと一歩――半歩で、薙真の間合いに這入る。対して双識の、『自殺志願《マインドレンデル》』の間合いまでには、まだまだ十分な余裕がある。圧倒的に有利なのは――こちらのはずだ。

「甘く見過ぎねえ――私は正しく認識しているつもりなのだがね。悪いことを言ってしまったかな？　ならば謝ることに躊躇《ちゅうちょ》はないが」

「……そりゃああなた達『零崎』や僕達の本家でもある『匂宮』を含む『殺し名』七名に比べれば、僕達分家如きの知名度なんてのは低いかもしれませんが――知名度と内実は別物ですよ。たとえば、この大薙刀のようにね」

「勘違いを一つ正してあげよう」

　双識は間合いの一歩寸前で、再び脚を止めた。どうやら薙刀の間合いを、見切ってはいるらしい。

「今きみが言った『殺し名』七名だが――しかしこの私の個人的な意見としては、そんなところに『零崎』の名を並べられるのは遠慮したいところなのだよ。『匂宮』は『殺し屋』で『闇口』は『暗殺者』。『薄野《すすきの》』は『始末番』で『墓森《はかもり》』は『虐殺師』、『天《てん》吹《ぶき》』は『掃除人』、『石凪《いしなぎ》』にまで至っては『死神』ときている――どいつもこいつも鳥肌が立つほどおぞましくっておそろしい『悪』党どもだ。――だがね、薙真くん。私達零崎一賊はそのどれでもない

――『殺人鬼』なのだよ。最初からきみ達如きとは存在している次元が違う。場合によって殺したり殺さなかったりしているきみ達と一緒にされると不愉快だし、きみ達だって不愉快だろう。きみ達にとって人殺しは仕事なのだろうが――零崎にとって人殺しは生《い》き様《ざま》だ」

「――――――っ！」

「さて、それでは」

零崎双識が――

二十人目の地獄が――

自殺志願が――

「零崎を、始めよう」

平然と、早蕨薙真の間合いに這入った。

（早蕨薙真――試験開始）

（第三話――了）

第四話

早蕨薙真（2）

兄様。
わたしは――悲しい。
わたしは――悔しい。
とても――憎らしい。
無力さが。
脆弱さが。
力不足が。
か弱さが。
わたしは――弱いのですね。
とてもとても弱いのですね。
至らず。
届かず。
役立たず。

兄様達の、足を引っ張ってばかり。
いつもいつも――兄様達の、邪魔ばかり。
ここで果てるのも――お似合いというもの。
わたしのような半端者には、相応《ふさわ》しい。
相応しい――引き際でしょう。
けれど、兄様。
兄様。
わたしは――悲しい。
脆《もろ》い我が身が酷く悲しい。
わたしは――悔しい。
弱い我が身が酷く悔しい。
とても――憎らしい。
儚《はかな》い我が身が酷く憎らしい。
信じていたのに。
信じ続けていたのに。
真実だったのに。
真実だとばかり――思っていたのに。
略奪された。

虐殺された。
全てを失ってしまいました。
なんて——軽い。
なんて、この身の軽いこと。
わたしにはもう何もありません。
どうしてなのでしょう。
なのに——どうしてなのでしょう。
わたしは今——とても、楽になりました。
解き放たれたように——楽になりました。
悲しいのに。
悔しいのに。
憎らしいのに。
とても——楽になりました。
今まで思いもしませんでしたけれど。
今まで考えもしませんでしたけれど。
わたしは、無理をしていたのかもしれません。
もしかして。
脆い癖に、硬い振りをして。
弱い癖に、強い振りをして。
儚い癖に、潔い振りをして。
全てのことに、無理をして。
兄様達に、迷惑ばかり。
確かなことなんて一つもありません。
わたしは何も知らないのです。
わたしは何も知らなかったのです。
でも、それでよかった。
わたしは何もいらないのです。
わたしは何もいらなかったのです。
ただ、兄様達と、一緒に。
兄様達と一緒にいられれば——それで。
そのために。
それだけのために——無理をしてきました。
もしかせずとも。
脆い癖に、硬い振りをして。
弱い癖に、強い振りをして。
儚い癖に、潔い振りをして。

全てのことに、無理をして。
だから――こうして。
こうして死んでいくのが――心地いい。
わたしは悲しくありません。
わたしは悔しくありません。
わたしは憎らしくありません。
誰のことも――己のことさえも。
誰のことも、許せます。
ああ、ごめんなさい。
とても申し訳なく思っております。
わたしを許さないでください。
どうかわたしを許さないでください。
わたしはとても――幸せです。
こんなときに幸せで――ごめんなさい。
兄様――
兄様は悲しいですか？
兄様は悔しいですか？
兄様は憎らしいですか？

兄様は、悲しいのですか？
兄様は、悔しいのですか？
兄様は、憎らしいのですか？

兄様。
ねえ、兄様。
わたし達は一体、何なのでしょう？
わたし達は一体――どういうものなのでしょう。
どうしてわたし達は――兄様達は。
わたし達兄妹は、こんな風なのでしょうか。
どうしてこんなことになったのでしょう。

誰も選ばせてはくれなかった。
誰も学ばせてはくれなかった。

死ぬとはどういうことですか？
殺すとは――
どういうことなのでしょうか。

◆　◆

「…………」

さっきは納得したけれどやはりちっとも全然とことん限りなく隅から隅まで納得がいかなかった。手を後ろで縛るのはまあいい。足首を縛ったのもとりあえず許そう、寛大さをもって。けれど、その二つを連結してしまうとは一体全体何事だ。身動きが取れないどころか、背骨がみしみしと音を立てているではないか。こんな状態では這《は》って移動することすらできやしない。じっとしているだけで、既に十分な苦痛だ。

伊織は憤懣《ふんまん》やるかたなかった。

分かりやすくいうと、むかついていた。

「……こうやって——こうすれば」

全身の力を振り絞って、伊織は自分の身体をごろりと裏向けてみる。そうしてみると、背中が少しだけ楽になった。ようやく伊織は一息つけたが、しかし一息ついているような場合では今はない。少しでも楽になったなら少しでも楽になったなりに考えなくてはならないことがある。

たとえば——そう。

そう、ひょっとして、この裏返った状態でなら——ある程度の距離ならば、移動することが可能かもしれない。ならば——ある程度の移動が可能だというのなら——

隣の部屋に、確認に行くことができる。

家族の死体を。

父親を。

母親を。

姉を。

兄を。

己の目で確認することが——できる。

「…………」

けれど——結局、伊織はそれを諦《あきら》めた。

第一の理由は背中が痛かったからだが、しかしそれだけでなく——その行為には何の意味もないように思えたからだ。日記をつけるというような行為には何かしらの意味があるかもしれないが、しかしその日記を読み返したところで、過去が改竄《かいざん》されるわけではない。早蕨薙真が始末したといった以上、そこにはどんな容赦も存在するわけがないのだ。理屈じゃなく、それは薙真のその眼を見れば——事実として、理解できる。あれは——そういうものだ。

だから伊織は、確認に行く必要なんてない。

必要ないのだ。

「…………あれ？」

必要？

必要——だって？

なんだそりゃ。

随分とまあ——冷めた考え方じゃあないか。

夏河靖道のときもそうだったけれど——あのときもまるで緊迫感なんてなかったけれど、今回はそうじゃない。大して知りもしないクラスメイトのこととは違う、これは自分の家族のことだというのに。

自分の家族を相手に、必要だとか不必要だとか——それはいくらなんでもお寒いってものじゃないだろうか？

あれ。

これは——どういう手違いだろう。

わたし——何か、おかしくないか？

わたし——何か、おかしくなっていないか？

それでなくともひょっとしたらという可能性はあるし、それに、たとえ殺されていたとしても、処置次第によっては蘇生する希望だってあるかもしれないというのに。

「可能性……希望か」

双識——零崎双識は伊織のことを、そう呼んだ。

その意味は、全然分からない。

彼が何を言いたかったのか、分からない。

彼の言葉のほとんどを伊織は理解していない。

少なくとも敵ではないらしい。

一応のところ——味方らしい。

伊織を、助けてくれるらしい。

「でもお兄ちゃんじゃないですよう……」

つーかあんな兄は嫌だ。

お兄ちゃん。

お兄さん。

兄貴。

兄様。

どう表現しても同じだけれど。

「……ぐ」

仰向《あおむ》けになってさえいれば確かに背骨にかかる負担は少なくなったようだったが、しかしこのポーズだと脚の方にじわじわと痛みが寄ってくることが分かってきた。そもそも伊織は身体が柔らかい方ではない。前に屈伸《くっしん》九十度、後ろに屈伸十三度というのが、伊織の柔軟能力のその全てだ。こんな姿勢をとり続けていれば、全身の骨が金属疲労（？）を起こして骨折してしまいかねない。

「本来ならもっと真面目に考えなくちゃいけないことがあるはずなのに……どうしてわたしは太ももの痛みについて思考しなくちゃいけないんですか……」

嘆いていても始まらない。

仕方なしに伊織は、身体を傾け、重心をぐい、と、上半身の方へと移動させた。そうすれば脚にかかる負担が多少なりとも減るだろうと思ったからだ。しかし、結論から言えばこれは大失敗だった。

首である。

首が、ぐきりと音を立てた。

酷く嫌な音だった。

「うぐがおおおおお！」

アキレス腱を切られた恐竜みたいな悲鳴をあげて、リビングの床をごろごろと転がる伊織。無論、そんな『ごろごろと転がる』なんてことが可能な体勢ではない。腕が、脚が、手が足が、背中が胸が、そして再度首が、続けてみしみし——否、べきべきと音を立てる。熱した鉄板の上に猫を放ってその踊り様を楽しむという悪趣味が世にあるらしいが、このときの伊織の様子はまさにそれを想起させるものだった。

壁に身体が当たったところで、ようやく伊織の跳ね回りは停まった。あと十秒でもこの地獄が継続していれば、本当、伊織は冗談でなく骨折していたことだろう。あの針金細工、とんでもない結び方で拘束してくれたものだ。何かコツでもあるのだろうか。それともこのゴム紐自体に秘密があるのかもしれない。

「ふう——何にせよ伊織ちゃん危機《きき》一髪《いっぱつ》です」

と——

自分で勝手に陥った危機から何とか無事に生還した伊織は、自分が背中をぶつけた壁を見上げて——

見上げたところで愕然とする。

それは壁ではなかった。

まだ伊織はリビングの中心近くにいて、壁からは全然遠かった。ならば、伊織を骨折の危機から救った形になるそれは何なのか——調度類は薙真があらかた薙ぎ払ってしまったというのに——

それは一人の男だった。

「——え？　あ」

いつの間に。

と、思う暇もない。

どころか相手の姿を明瞭に捉える暇すらなく——

「結構。手間が省けた」

伊織は意識を失った。

男は日本刀を提《さ》げていた。

◆　◆

金属同士が打ち合う音が連続して響く。

大薙刀の刃と、大鋏の刃。

早蕨薙真と、零崎双識。

殺し屋と——殺人鬼。

零崎双識の『自殺志願《マインドレンデル》』は、二枚の刃がそれぞれ両刃で、総計四つの攻撃部位がある。防御する場合、その部位で攻撃を受ければ得物《えもの》の傷《いた》みが早まるので、必然鎬《しのぎ》——あるいはハンドル部で防御することになる。無論、最悪の場合はそんなことを言ってはいられない、直接に刃部で受けて、相手と力比べをする羽目になる。

最悪、の場合。

そして——これが十度目の最悪だった。

「——驚いたね」

飛び跳ねる様に、一気に後ろに五歩下がって、薙真から距離を取ったところで、双識は呟く。

「いや、本当に大したものだ——大薙刀」

鋏を構え直す暇こそあれ、そこに薙刀を大上段に構えた薙真が間合いを詰めてくる。さっきからずっと、このパターンの繰り返しだった。双識が間合いに這入ろうとすれば薙真が先んじて攻撃し、双識を間合いから追い出したところで今度は自分から詰めてくる——その繰り返し。

「——とにかく、斬撃が速い」

一撃を鎬で受ける。

響く金属音。

双識は痩せ身でこそあるものの、体格通りに力は強い、普通ならばここで得物ごと相手を弾き飛ばせる。けれど、薙真の大薙刀での斬撃を、双識は受けるだけで精一杯だった。

「——つまり速いだけでなく重い」

遠心力とてこの原理——そして使い手自身の腕力。それらが合わさってとんでもない規格の破壊力を発揮している。できうる限りその威力を受け流し、受け殺している双識ではあるが、それでも既に腕に痺《しび》れが現れていた。

薙真が薙刀を引くのを見てから、一瞬遅れのタイミングで、ようやく双識は『自殺志願《マインドレンデル》』のその刃先を薙真の喉元に向けるが——

「——しかし、これが届かない」

空振りだった。

回避動作、というようなものではない。薙真はほんの半歩ほど、身をずらしただけである。それだけのことで、双識の刃は、双識の攻撃は、薙真にとって受ける必要すらないものになるのだった。

対して、双識は先ほどから一度も、薙真の薙刀をかわせていない。このまま同じパターンを繰り返していれば、遅かれ早かれ薙刀の刃は双識の肉体をえぐることになるだろう。

「では、ここで逃さず、更に内に這入《はい》れば——」

連撃。

鋏のハンドルをそのまま回転させて逆手に持ち替え、自慢の長い両脚で一気に相手の間合いに侵入する。ここなら十分に刃先は届く。しかも相手の刃——薙刀の『中身』というのは近距離がその攻撃範囲に含まれない。長柄の武器の弱点——それは近距離戦である——

と、考えたのが大間違いだった。

浅はか。

薙真はくるりと薙刀を反転させ、その柄の末端——『石突《いしづき》』という部位で双識の腹を突いてくる。これにも十分な、一周分の遠心力がかかっているので威力は尋常ではない。刃物ではないから斬られることはないというだけだ。その衝撃で一歩下がったところに、蛭巻《ひるまき》の柄による胴払いが炸裂《さくれつ》する。ただの歴史好きであり、武に知識の薄い双識にしてみれば知るよしもないことだが、薙刀や槍、長巻など、長柄の武器の使い手は、往々にして同時に杖術や棒術も極めているものである。ゆえに長柄の武器の攻撃部位は先端だけでなく——その全体。攻撃部位を四つしか持たない双識の鋏とでは、その応用が段違いなのだった。

「——そして結果」

双識は間合いの圏内から叩き出された。

そこに、繰り返される斬撃。

金属音。

十一度目の、最悪だった。

「――ちょっとタンマタンマっ！」

双識は思わず声を荒げた。

とんでもない。これ以上続ければ刃が傷むとかそういう話ではなく、この場で『自殺志願《マインドレンデル》』の寿命が終わってしまう。この愛刀に代替はないのだ。折れたらそこでおしまいである。

双識のその「待った」に対し、薙真はやや躊躇したようだったが、結局、踏み込みかけたその脚を停止させた。双識のあまりに情けない声に、やる気を殺《そ》がれたようだった。

「……いや、ごめんごめん。さっきの言葉、謹んで訂正させてもらうよ。きみを完全に侮《あなど》っていた。『胸を貸す』なんて恥ずかしいこと言っちゃったね。赤面ものだ、赤面もの」

「――そんなふざけた得物を使わなければ、もっとまともに戦えるのではないですか？」薙真は、どうやらずっと抱いていたらしい疑問を口にする。「僕の薙刀だって相当なものですけれど――いくらなんでも鋏ってのはあり得ないでしょう。小学生の凶器ですよ、それは。僕らはそんなものを凶器とは呼びません。それは文房具です」

「文房具ねえ――これはこれで思い入れがあるのだけれどね。この私にしてみれば」

「思い入れなんてつまらないこと言っていないで、こういう薙刀か――あるいは太刀でもナイフでも、そういうものを使えば相当な使い手になれるでしょうに、マインドレンデルさん」

「言ったろう？　零崎にとって殺しは仕事じゃないのだよ。趣味でもない。生き様――という言い方でぴんとこないようなら、そうだね、いうならこれは遊び《あそび》だよ。何事も余裕がないとつまらないだろう？」

「遊びでやってるような人達が、真面目にやっている人間に勝てるとでも——思っていたんですか？」

「おっと、過去形だね。しかしそれを思い上がりと評することはやめておこう。同じ轍《てつ》は踏みたくないからね」双識はおどけるように首を振る。「しかし——こんなことは別に訊かなくてもいいと思っていたのだが、ここまで苦戦するとなると、あえて訊かなくてはならない。きみ達——『早蕨』の、今回の件における目的は何なのだい？」

容易に倒せる相手ならばその目的などいちいち知ったことではないといわないばかりのその言い草に、構えを解かないままで、薙真は答えない。双識は「ふうん」と、そんな薙真を眺めてから、続ける。

「そもそも納得いかないのだよね——『早蕨』の本家は『匂宮』だろう？　あそこは正しく『殺し屋』の中の『殺し屋』、生粋《きっすい》の殺戮血族だ。『空繰人形』を使用するような無粋はしないはず。洗脳統制主義の『時宮《ときのみや》』とは対極の対極の更に対極に位置するきみ達に、そんなスキルとパラダイムはなかったと思うのだけれど」

「…………」

「どうして主義を曲げてまで零崎に——私達に敵対しようとする？　先ほどのきみの言葉を真似るわけではないが——『早蕨』なら、零崎一賊の恐怖はよく知っているはずだろう」

正体不明の殺人鬼集団——零崎一賊。

一賊郎党、共通する特性もなく、一賊郎党、守るべき規則もなく一賊郎党、破るべからざる禁忌《きんき》もなく——はっきりしていることといえば一つだけ。

一賊に仇《あだ》なす者は皆殺し。

「——それは逆に言えば、そっちから手を出さない限り、私達も出来うる限り我慢するということだよ。まして平和主義者のこの私だ。まして殺しを仕事と割り切っているきみ達だ。偶然で殺されてしまうということもあるまいに」

「――知ってるともさ」

薙真は音立つくらいの歯軋《はぎし》りをして――答えた。

「知ってるも何も僕の妹は零崎一賊に殺された」

「――――ほう」

さすがに――双識は、驚きの表情を浮かべる。

「きみ達は確か三兄妹だったか――長男の太刀遣い。次男の薙刀遣い。そして長女は――弓矢遣い」

「ええ。その名もそのまま早蕨弓矢《ゆみや》と言って――僕にとっちゃあ可愛い妹でしたよ。誇りともいうべき――僕の妹です。兄さんも合わせて、僕達三人のコンビネーションは無敵でした」

「近距離の太刀に中距離の薙刀、遠距離の弓矢――か。時代錯誤であることを除けば確かに、三人まとめて相手にするのは厳しそうだ――」何せ、その内の一人、中距離の薙真だけで既にこの状況だ。三人揃えばどんなことになるのか、双識にも想像がつかない。「……それを突破した者が私達の一賊にいるというのかい？」

「『早蕨』の名誉のために言い訳させてもらえば、そのときは――僕と弓矢の、二人だけでしたがね。兄さんは席を外していました」

「二人でも、相当大したものだろうよ。正直なところきみの攻撃に弓が加われば、私にはどうしようもない。よければ聞かせてもらえないかい？　きみの妹を殺したというその『零崎』――どんな殺人鬼だったかな？」

「残念ながら名前までは知りませんね。零崎で有名人なんてのは『マインドレンデル』の零崎双識を除けば、『ペリルポイント』と『シームレスバイアス』、あとは精々『ボルトキープ』くらいのものでしょうが。正体不明過ぎるんですよ、あなた達は――だから、僕らはこんな回りくどい、使いたくもない手段を使わなくてはならない羽目《はめ》になる。……見たこともないただのガキでしたよ。顔面に刺青が入っていたのが、特徴といやー特徴でしょうか」

「――成程」

零崎双識の顔が真剣な面もちへと変わった。いや——真剣というよりは、渋い、困惑したような表情である。

ガキで——顔面刺青。

その上で殺人鬼。

『早蕨』の次男と長女を相手に大立ち回りをやらかして、結果としてそれを突破しうるだけの能力を有する『零崎』——

それだけ聞けば、双識にとってもう十分だった。

つまり——そういうことか。

いや、いや、いや。

これは弟がやらかした不始末か。

「……あの小僧。敵を生き残らせたのか」

なんて——甘さだ。

気まぐれでそうしたのか、あるいは殺しきれなかったのか、それとも単純に逃がしてしまったのか知らないが——双識の知る弟の性格ならば、最初の可能性が一番高いと思われるが——どうだったところで、二人を敵に回して一人しか殺さないなど、零崎一賊の構成員としては愚の骨頂もいいところだ。敵対した者を殺すだけではまだ足りない、それでは恨みと憎しみが残る。怒りや憤り、悔しさや悲しさが残る。

皆殺しにしてこそ——

初めて、恐れと戦《おのの》きが生まれるのだ。

殺す者は殺すことでしか生き残れない。

二人敵に回したときは二十人殺す——零崎一賊。

あの愚弟《ぐてい》——

ちゃんと教えたはずなのに。

「……納得いったよ。つまり動機は復讐か」

「古典的だと——思いますか？」

薙真はすり足で、双識との間合いを詰める。返答如何によっては、その場で間髪入れずに斬撃を繰り出そうと言わんばかりだ。

「今時そんな理由で人を殺すなんて——ましてあなたの言うところの『仕事』者が零崎一賊と敵対するなんてのは——滑稽だと思いますか？」

「――いや。全面的に支持するよ」

その言葉は双識お得意の韜晦でもなければ皮肉でもなかった。まさしく、心の底からの同意だった。否、同意どころではない、これはもっと積極的な感情だ。つい今しがたまで殺しあっていた目の前の青年が、一くくりされていることに嫌悪感すら憶えている『匂宮』の分家であるところの『早蕨』の次男が――十年来の友人のように思えてきた。

妹のために――復讐。

妹のために。

家族のために。

零崎一賊に敵対するという危険を冒してまで、己の主義を捨て、探索用に『空繰人形』を使用してまで――妹のために、復讐を。

見事だ。

実に、見事だ。

美しい。

「…………」

勿論。

しかしそれは、だから殺さないとかだから殺されてやるとか、そういうことではない。それとこれとは、全く次元の違う問題である。

「薙真くん。一つだけ質問させて欲しいのだが――どちらが先に手を出したのかな？」

「あ？」

「……いや、失礼。そんなことは、やっぱり関係ないのかな。どちらから手を出したにしろどんな事情があるにしろ、きみの妹を私の弟が殺したという事実は変わらない、同じことだ。弟の不始末は兄の不始末――茶化すのはやめた。お遊びはここまでだ。真面目《まじめ》に相手をしよう」

言って双識は『自殺志願《マインドレンデル》』を連結している中心の螺子《ねじ》を外し――がきん、と、二枚の刃へと分解した。

そして一方を右手に、一方を左手に。

両手に刃物を構えた。

「――くす」

早蕨薙真が――笑う。

「くす――くすくす。少しは武器らしくなったじゃないですか――マインドレンデルさん。けれど一振りだろうが二振りだろうが、そんな短いのじゃ、どうやったって僕の首には届きませんよ」

「なあに、方法はあるのだよ、右京亮くん」

双識はにやりと笑って、一歩前に進む。

「私はこのままきみの間合いに這入り――まずはきみの斬撃を、右から来れば左で受け、左から来れば右で受ける。続いて余ったもう一振りを――きみの喉笛目掛けて投擲する」

「……投擲《とうてき》?」

「きみの妹の話がヒントだよ。飛び道具なら、間合いもへったくれもないだろう。無論ナイフの投擲ではきみの棒術の前に弾き飛ばされるのが落ちだろうが、交差攻撃《カウンター》ならば――その心配はない」

ナイフとは斬ったり刺したりするだけがその使い道ではない。スローイング用の投げナイフだって数多く存在しているし――解《ばら》して形状を鋏から崩した『自殺志願《マインドレンデル》』ならば、その用に十分に足る。

課題があるとすれば薙真の斬撃を片側だけの鎬で……片腕だけで受けなくてはならないという点――それも、今までの戦闘で散々痺れてしまったこの腕で、受けなくてはならないという点だ。双識だってそれは十分に自覚しているし――無論、薙真にだって見えているだろう。

「その『まず』が可能だと思いますか? カウンター……確かに悪くありません。攻撃せんとするときには必然受けの方に隙ができるというのは、それは俗説の通りですからね。けれど――それはまた、そちらにも言えることです。攻撃せんとしながらに防御することがどれほどの難易度か、不理解というわけではないでしょう? マインドレンデルさん」

ましてこの僕の薙刀を――と、薙真は言う。

関係ないよ、と双識は更ににじり寄る。

「関係ないのだよ、そんなことは。可能か不可能かなんて話は、この段階ではもうしていないのだよ、早蕨薙真くん。今こうして策戦を口に出したのは、零崎双識がきみに敬意を表したからさ。誠意――だと思ってくれれば、それでいい。もうここから先に言葉はいらない。きみは私を存分に殺せ。私はきみを存分に殺す」

　それが――最後の言葉。

　双識は一気に、薙真の圏内へと侵入した。攻撃を誘うように、ではない。ここで薙真が攻撃を躊躇うようならそのまま両の刃で喉元と心臓を同時にえぐらんと既に刃物を構えた状態で――飛び込むように薙真の圏内に這入った。

「う……くっ！」

　薙真は退くべきなのかそれとも押しのけるべきなのか、一瞬だけ迷うように身体を震わせたが――しかし「おおおおおおおおおおお！」と、決意の咆哮《ほうこう》をあげ、薙刀を繰り出した。

　ただし斬撃ではない。

　突撃――だった。

　右足を踏み込んで。

　その刃先を双識の心臓に向けて。

　斬撃には軌道というものがある。薙刀のように威力と速さに重点を置いたその武器では、中途でその軌道を変化させることが難しい――ゆえにその軌道が読み易く、ゆえにその軌道が受け易い。避けることは難いかもしれないが、一撃一撃の防御自体は不可能というほどのものではないのだ。しかしそれは弱点というほどの特徴とは言えない――その防御ごと打ち砕くのが、薙刀という武器なのだから。

　が、斬撃主体の武具とはいっても、先に部屋で伊織を相手にしてみせたように、刺撃の技も存在する。その上薙真は棒術や杖術だけではない、槍術だって十分に手だれている。斬撃に慣れた敵に対して不意打ちとして出すには最適の技だった。剣道でもそうなのだが――『突き』という技はそれに対する防御がない。杖や生身の拳ならば『捌《さば》く』という手段があるが、刃物相手にそれをするのはとてつもなく危険である。防御するにはミートポイントがあまりにも小さ過ぎるのだ。まして薙真の突撃はナイフなどで捌ける威力ではない——

「やはり突いてくるか——」

と——零崎双識。

「——ならば避ければいいだけだがね」

双識はその大薙刀の刃先をくるっと螺旋《らせん》するように躱し——一瞬、自分の間合いにまで、薙真に接近した。

「————え?」

唖然としたような薙真の声。

それはそうだ。これまで一度だって双識は薙真の斬撃を躱《かわ》さなかった。速度においては圧倒的に薙真の方が優勢だったのだ。まして直線距離で繰り出す不意打ち、捌かれることがあっても躱されることなど——ありえないはずだった。

しかし薙真のその認識は半分までは正しく半分からは過ち。双識が先ほどまでの攻撃を躱せなかったのは演技でなく本当だが——それは大薙刀ゆえの遠心力があってこそ。てこの原理すら登場しないただの突きなら——そしてそれが不意打ちでなく予測できていた突きだったのなら、双識にとってそれは躱せない速度ではないのだった。

更に付け加えることもう一点。

『突き』という攻撃は——今までの斬撃と違い、攻撃手は攻撃後に極端な半身の姿勢になってしまう。右脚か左脚、どちらかを極端に踏み込まなければその突撃に十分な威力がこもらないからだ。ならば——

「踏み込んだ反対側に這入り込めば——棒術による近距離防御が一瞬だけ、遅れる」

双識の狙いは交差攻撃《カウンター》などではなかった。

双識の狙いは牽制《フェイント》——だった。

技の連動《コンボ》の難易度の高い『突き』を出させること

こそが——零崎双識の真の狙いだったのだ。

「——くっ！」

早蕨薙真は脚をクロスさせながら薙刀を構え直そうとする。けれどそれは零崎双識が『自殺志願《マインドレンデル》』を組み直すのよりもまだ遅い。

「早蕨薙真くん」

双識は酷く冷めた声音で言う。

「きみは『合格』だ——圧倒的に正しい、まさしく『正義』そのものだ。その正しさを胸に抱いたまま、私に殺されて死ね」

『自殺志願《マインドレンデル》』の片刃が、身体をこちらにむけたところの早蕨薙真の胸に——深々と突き刺さった。

◆　◆

「——よお」

町内のゲームセンター。

丁度ゲームオーバーになったところで、柘植慈恩は背後から声をかけられた。

そのときの慈恩は酷く不機嫌だった——彼が密かに思いを寄せていたクラスメイトの女子（赤いニット帽を頭にかぶった、どこか抜けた可愛らしい女の子）が、他の男子（スポーツマンぶった、むかつく男）に連れられて下校していくシーンを目撃したというとても個人的な理由で——酷く不機嫌だった。

不機嫌にかまけて、夜になっても帰宅せず、バイトもサボってゲームセンターで適当に時間を潰していたのだ。そんなところを知らない奴から声をかけられるなどというのは、慈恩にとって鬱陶《うっとう》しいだけのことでしかない。

けれど、慈恩は振り向いたところで驚くことになる。それは——知っている顔だった。いや、直接知りはしないのだけれど——聞いたことのある顔だった。それも、つい昨日聞いたばかりの顔である。

背はあまり高くない。染めて伸ばした髪は後ろで縛られており、覗いた耳には三連ピアス、携帯電話用のストラップなどが飾られている。それより何より眼を引くのは、スタイリッシュなサングラスに隠された、その顔面に施された――禍々《まがまが》しい刺青だった。

「――よおっつって、俺は挨拶してやったつもりなんだけどな」

「あ、ああ――」慈恩は内心の動揺を隠して、とりあえず応える。「な、なんだ？　なんだお前」

「俺？　俺は……そうだな、ま、人間失格ってところかな？」わけのわからないことを言って、顔面刺青の少年は肩を竦める。「お前に声をかけたのはよ――なんっつーか、ちょいと道を訊きたくてな――つっても別にお前から人生を説いてもらおうとかそういうことじゃない。かはは」

つまらないことを言って（いや、マジでつまらねえ）、一人で笑う顔面刺青の少年。やけに無邪気な、人懐《ひとなつ》っこい笑顔だった。慈恩が反応に困っていると、顔面刺青の少年は切り替わったように真剣な表情になり、「実は兄貴を探してるんだ」という。

「特徴的な阿呆《あほう》だから眼につくはずなんだよ。阿呆みてーに背が高くて阿呆みてーに手足が長くて、阿呆みてーにオールバックで阿呆みてーに似合わない背広、阿呆みてーに古めかしい銀縁眼鏡。んでもって阿呆みてーに危ない鋏を持ってるんだ」

「――あ、えっと――そういう奴なら、昨日――見たぜ」迷いつつも、正直に答える慈恩。「この辺で、弟を探してるって――」

「……そうかいそうかい。弟を探しているってかい。そいつはなかなか――傑作だぜ」

かはは、と顔面刺青の少年は笑ってみせる。

「どこにいるか分かるかい？」

「いや、そこまでは、ちょっと……」

「そっか。そんじゃ、もう少しこの辺うろついてみるかな。あんがとよ、これ、お礼」

ぴん、と弾いて、こちらにコインを投げよこす顔面刺青の少年。ゲーセン用のメダルかと思ったが、それどころか十円玉だった。メダル一枚よりもまだ安い。

「……十円？」

「阿呆、よく見ろ。ただの十円玉じゃない。なんと驚き、ギザ十だぜ？」

「…………ありがと」

「いやいや。心配すんな、こう見えてもっつーか、見ての通り、俺は気前がよくて格好《かっこう》いいんで有名なんだよ」

　んじゃあな、と言って、軽く手を振り、顔面刺青の少年は慈恩に背を向ける。

　その――瞬間だった。

　十円玉を受け取った慈恩の右手――その一寸下の右手首がぱっくりと裂け、そこから溢れるように真っ赤な鮮血が流れ出たのだ。

「ひ、い、いぃいいいい!?」

「ん？」

　その悲鳴に顔面刺青の少年はこちらを振り向く。

「……あ。あちゃ、悪い。殺しちまった」

　その言葉と同時に。

　手首だけではない、身体のあちこちが同時に裂けた。一体どこにこれだけの量が詰まっていたのかというような血流が、慈恩の身体中から溢れ出す。

　真っ赤に。

　全てが真っ赤に、染まっていく。

　呼吸も、光も、痛みも、悲鳴も――

　全てが鮮血に染まっていく。

　なんて――

　赤い。

「あ。あああああああああああああ！」

「そーんなじゃらじゃらと金属飾《エモノ》ってるからだぜー？　本当、危ないっつーの。これからは気をつけろよ？　あー……ま、ほんじゃ、俺、急いでるから、ばいび」

　気さくな笑顔でそれだけ言って、何事もなかったかのように去っていこうとする顔面刺青の少年。その小柄な後ろ姿は、すぐに慈恩の視界から消えてしまう。いや、そうではない。眼球すらも裂けてしまい、単純に視界が暗闇に包まれただけだ。

柘植慈恩はその場に——椅子やゲームの筐体《きょうたい》を、蹴飛ばすように倒れ伏せ——

「——あ、あ——あ」

そして最期の意識で考えた。

ああ……、成程。

あれが——今のが。

出会えば『死』ぬ——

かかわっただけで『死』を意味する。

『悪』という、概念か。

（早蕨薙真——合格）

（第四話——了）

第五話

早蕨刃渡（1）

弟——零崎人識《ひとしき》に下されている、一賊の統一見解は——異常につかみどころのない、よくわからない子供——といったところで、双識も、形の上ではそれに反対し文句を唱えている振りをしているが、それは実に言いえて妙だと考えている。奇矯者揃いの零崎一賊の者は多かれ少なかれ、全員そのように外側からは観測されがちではあるのだが——それにしたって、内側の者からさえもそう判断される弟は——やっぱり、異常ではあるのだと思う。表現の仕方は色々とあるが——とにかく、さっきまで東を向いていたと思えばいつの間にか西を向いていて、こちらが慌ててその視線の先を確認している内に、もうその視線を南にやっている。それに気付く頃には、そんな風にきょろきょろしているこちらを、にやにやしながら見守っている。そんな種類の『よく分からなさ』を、零崎人識は備えているのだった。

たとえば零崎一賊きっての異端にして変わり種——『自殺志願《マインドレンデル》』にしたって、たとえば恐らく現時点では一賊で一番有名な殺人鬼であろう『寸鉄殺人《ペリルポイント》』にしたって、たとえばただでさえ恐れられている一賊の中でも、最も荒々しく最も容赦のない手口で、一賊史上もっとも多くの人間を殺したと知られる『愚神礼賛《シームレスバイアス》』にしたって、あるいは、たとえば、一賊の中でただ一人、確固たる意志の下殺す相手の条件に限定をつけている、無差別殺人を殊《こと》の外《ほか》嫌う『少女趣味《ボルトキープ》』にしたって——性質はともかく、ことその性格という一点に関しては、零崎人識の前では霞《かす》んでしまうだろう。人識とためをはれるような存在は——零崎一賊のそう長くない歴史の中においては——人識の『両親』くらいしか、いなかった。その二人はもう死んでしまっているので、どうしても過去形になってしまうが。

零崎の中の零崎。

だから人識は、一賊の中でそう呼ばれている。

子供――というほど子供でもない。

ただ、双識は弟を好き勝手にさせておけない。

常に手元においておかないと――不安になる。

あんなものの存在が――

あんなものが『零崎』の中にあると知れれば――

さすがに黙っていない連中が現れる。

今回の件も――どうやら、それに近いようだ。

そう――

零崎人識。

零崎の中の零崎。

弟は――この世で唯一、血統書つきの『零崎』であるがゆえに――零崎一賊の破滅を、避けようもなく含んでいるのだった。

だから――零崎人識。

奴の存在は、一賊内においても、一種の禁忌。触れてはならない、タブーに近いものがある。

もっとも、弟自身はそんなことに自覚があるのかないのか、いつでも飄々《ひょうひょう》としたものだし、何がしたい奴なのかまるで不明瞭である。双識が人識を零崎一賊に――家族に招いた後でも、奴は中学校に通い続け、本人は高校に進学する意思もあったようだ。生活そのものが破綻《はたん》しなければ、きっとそうなっていたことだろう。卒業後――十五歳になってから今現在に至るまでの零崎人識の歴史は、そのまま、兄、零崎双識との、兄弟による隠れんぼの歴史だったと言い換えてもいい。

ハイド・アンド・シーク。

異常につかみどころのない、よくわからない存在であるところの零崎人識について言える、ただ二つの正しい事柄の一つが――奴の持つ、とんでもない、どうしようもない放浪癖、なのだ。

放浪の理由は、分からない。

「どこかに行きたいわけじゃねえんだよ――」

「歩くのなんか、大嫌いだ」

「俺に行きたい場所なんかねえよ」

訊かれれば、人識はそんな風に嘯《うそぶ》く。

「たださぁ――」

「俺ァ、すっげえ会いたい奴がいるんだよ」

「誰なんだかさっぱりわからねえが――」

「俺ァ、そいつに会わなくちゃならない」

「そうすれば――」

「何かが、どーにかなるんだよ」

零崎双識はそれを聞いて――それを聞いたとき。

数年前のその段階で。

弟――零崎人識を理解することを放棄した。

分からない、と思うのではなく。

分かろうとすることを、やめた。

思いつきのようなその言葉。

言い逃れのようなその言葉。

結局――その言葉が、弟の本音《ほんね》なのだ。

こいつは、本音すら、嘘なのだ。

本当のことすら、こいつには嘘だ。

こいつには本当のことなどないのだ。

だったら、理解できない。

理解することなどできない。

理解など――したくもない。

だから、双識は理解を放棄して――

ただ、受け入れることにした。

それが――家族というものだ。

ただし、人識の方が、兄――零崎双識に対して、どんな感情を抱いているのかについては、さっぱりわからないというのが、正直なところだった。どこかに放浪していたところで、見つけてしまえば、大して抵抗することもなく、素直に双識の指示に従う。人識のことは、かなり、本当に子供だった頃から知っているが――あいつには反抗期がなかったように思う。ただ、それは、単に従うために従っていただけのような――そんな風に思う。双識には、弟がどうして自分に対してそんな素直に従うのか、まるで読めないのだ。

感情が読めない。

よく――分からない。

やはり、よく、分からないのだ。

ただし、零崎人識について言える、ただ二つ事柄の内のもう一つ――それに基づいて、零崎人識は、双識に対してどう思っているかはともかくとして、その兄が長年使っている凶器――『自殺志願《マインドレンデル》』については、並々ならぬ興味を示しているようだった。

零崎人識は――尖《とが》ったモノが大好きなのだ。

尖ったモノ。

刃物である必要もない。

凶器である必要もない。

ガラスの破片でも、鋭い糸でも、あるいは紙の断面でも――鋭く尖っていれば、零崎人識は、それを愛した。

それは偏執《へんしつ》、といってもいい。

幼児の時分《じぶん》から、触れれば切れるようなぎらぎらしたモノを――人識は、好んで収集していた。言うまでもなく零崎一賊に属する者共は、諸共全員が『殺人鬼』。その肩書きを全身に余すところなく、抱きかかえるように背負っている。その一線だけに関して言うならば、まるで全員――それこそ、『自殺《マインド》志願《レンデル》』から『少女趣味《ボルトキープ》』に至るまで、まるで全員、一切の格差はない。双識自身を含め、一賊、それぞれの『殺人鬼』がそれぞれなりに、己の人生観、哲学、境界条件を有してはいるものの――それだけは、そここそが、他の『殺し名』辺りとは一線を画しているところだ。

しかし。

零崎人識は違う。

零崎人識の場合はそうではない。

零崎人識は人を殺すための道具として、『尖ったモノ』を収集していた——今も続けている——わけではなかった。そういう意味では、逆に、人識ほど、人殺しに対して淡白な殺人鬼はいない、と言えるほどだった。

そう——いうならば、原意。

カッターナイフを与えられれば、一賊の者なら、普通はそれで『人間』の頸動脈を切る。あるいは、『人間』の眼を突く。あるいは、『人間』の手首を狙う。『少女趣味《ボルトキープ》』ならば、内臓を狙うかもしれないし、零崎双識ならば、『自殺志願《マインドレンデル》』に持ち替えることだろう。

しかし。

零崎人識は違う。

人識はそれで——鉛筆を削る。

丁寧に、丁寧に、鉛筆を削る。

その鉛筆で、人を刺す。

まるで、尖り具合を確かめるがごとく。

そうして『まだまだだな』とでも呟くだろう。

尖った存在を——求める。

尖った物体を——作り出す。

まるで、それはもう、性のように。

まるで、それはもう、咎《とが》のように。

尖ったモノを収集する。

「なあ、兄貴——」

と、人識はよく言った。

何度も何度も繰り返し。

嫌というほどよく言った。

「それ——手放す気はねえのか？」

「俺にくれよ」

「俺は、それが欲しいんだ」

そんな様子は、玩具が欲しいとねだる、ただの子供のようだった。双識はその度に苦笑して「これはあげないよ」と言ったものだ。

「これは、俺にとって大切なもので――ね。俺はお前みたいに浮気者じゃない。女にも獲物にも、一途《いちず》な男なのさ」

「ふん――」

弟は笑った。

いや、弟はいつでも笑っている。

笑っていない弟を、双識は見たことがない。

「――だったらこうしようぜ。兄貴が死んだら、俺がその馬鹿《ばか》っぽい鋏をいただく――と」

「形見ということか？」

「廃品回収ってことだよ」

「ふん――まあ、好きにするさ。さすがに地獄にまで、愛する凶器を道連れにするわけにはいかないからな――」

地獄本人が何言ってんだよ――と人識は言った。

「――かはは。なら――あれだ。俺が兄貴をぶっ殺して、無理矢理その鋏を奪う――ってのもありなわけだ」

「ま……ありといえばありだな」

「余裕じゃねーか。俺如きにゃあんたを殺すことができないとでも思ってんのか？　俺なんかいつでも殺すことができるとでも、そう思ってんのか？」

「さあ、どうだろうな」

「ちっ――」

弟は、不機嫌そうに舌打ちする。

その表情は、笑っているが。

無垢《むく》――といってもいいくらいに。

「なんにせよ、俺はお前と殺し合うつもりなんかさらさらないからな。そんな問いは、問い自体が最初から無効だ」

「じゃあ、もしもの話――つまりはただの妄想《もうそう》ゲームだけどよ――俺と兄貴がサシで殺し合ったら、どっちが生き残る？」

弟の問いに――兄は答えた。

「どちらが生き残るかというのならば間違いなく俺だろうが――どちらが相手を殺傷しうるかというの

ならば、それは間違いなくお前だろうな」

「へえ。そいつはどうしてだい？」

「兄を殺す弟というものはこの世に存在しても、弟を殺す兄というものはこの世に存在しないからだ」

「そーでもねーだろ。こんな世の中なんだからさ、弟を殺す兄だって、探しゃどっかにいるだろうぜ」

「弟を殺す兄。そんなものはもう存在としては兄とは呼べないのさ。そいつは最早《もはや》人ではないし、そいつは最早鬼でもない。ただの獣《けもの》か——あるいは化け物さ」

「はあん——獣か化け物か」

そいつは——傑作だ。

そう——

確か、あいつは、そう言った。

そう言って、一層に、笑った。

双識は——それを憶えている。

よく、憶えてはいるのだが——ただし。

今の自分の状況、今の自分の有様《ありさま》を思えば——たとえ真偽の程を定かにしない、ただの仮定の話にしたところで——弟相手に生き残れるかどうかという問いにすら、頷《うなず》けるかどうか、疑問だった。

「…………」

マンションの開かれた屋上で零崎双識は一人——大鋏《マインドレンデル》を右手にくるくると回転させながら、大の字になって横たわっていた。スーツの袖《そで》が僅《わず》かに、真っ赤な鮮血で汚れている。その血は、つい先ほどまでこの場で死闘を繰り広げた相手——薙刀遣い、早蕨薙真のものだ。

その薙真の姿は、今はもうない。

「——一日の内に二度も、捕捉した目標《ターゲット》に逃走を許すとはね——『二十人目の地獄』も今は昔、か」

少し自虐的に呟く。

しかし——これは本当に驚きの事態だった。双識にとって、この現状はにわかには信じられない、理解に時間を要する種類のものだった。

双識は間違いなく確実に薙真の胸に鋏の刃を突き

立てたというのに——それはあと一センチでも食い込んでいれば、もう取り返しのつかない致命傷になったはずだというのに——

まさか、そんな時点からの逆転があろうとは。

まさか、あんな地点からの逆転があろうとは——

そんなことは、想像もしていなかった。

「というより……胸に刃物が刺されば普通はそこで諦めるものだ。それでも尚闘争の意志を失わずに脱出を試みるとは——全くもって大したものだ、薙真くんは」

しかし無論——それだけではない。

『生きる意志』やら『戦う決意』などという、そんな精神論的なものだけで生き残れるほどに——零崎双識は『敵対者』として甘くない。薙真が双識から逃げ切れた最大の理由は——

彼が突撃の際、右足から踏み込んできたことだ。

当然、それを回避する双識は、自分から見て薙真の左側に入り込まねばならず——『自殺志願《マインドレンデル》』での攻撃動作は右手で行うことになった。

右の手。

それは夕方——伊織によって傷を負わされた側の、手である。大したことのない、ほんの僅かな怪《け》我《が》ではあるものの——その大したことのない、ほんの僅かなその差異こそが、双識を挫《くじ》き薙真を救った。果たして薙真は致命傷を逃れ、マンションの屋上から飛び降り、零崎双識からの逃走に成功した。

「うふふ——逃げてもいいとは言ったものの、逃がすつもりなんてさらさらなかったのだけれどもね——」

省察を終えて——双識は、その針金細工のような身体をバネ仕掛けのように跳ね上げ、寝転んだ姿勢から一気に立ち上がる。大鋏をくるりと血振りし、背広の内へと仕舞った。

「参ったな。ああいう種類は零崎双識にとって不得手だ。不得手極まりない。実力が格下でも資質が低序列でも、そんなこととはまるで交渉なくぎりぎりで生き残れる英雄的な『戦士《ベルセルク》』――そんなものは最早概念として『生きる屍《リビングデッド》』に近い。零崎双識は殺人鬼だ。死体なんぞを殺せるものか」

こんな状況を、あの脳味噌《のうみそ》の足りない弟ならばまた『傑作だ』などと評するのだろうが、残念ながら双識には苦境を楽しむような趣味はない。こちらの手の内をある程度まで晒してしまった今、早蕨薙真は――そしてその『兄』は――圧倒的なまでに警戒しなくてはならない、どうしようもないくらいの『敵』だった。

「『妹』が殺された――と言っていたかな。時間があればその辺りの事実関係を調べておいた方がいいのかもしれないね。……っと、その前に今は伊織ちゃんだ。あのまま放っておけば背骨がぽきぽきっといい感じに折れちゃうからな」

思い出したようにそう言って、踵《きびす》を返す双識。扉を開けてマンション内に戻り、階段を降りる。口笛なんかを気楽そうに吹いてはいるが、言ってしまえばそれは虚勢で、その頭の中では、今後の対策をめまぐるしく考えていた。

――とにかく。

一度接敵した以上、してしまった以上、早蕨薙真は『敵』だ。双識個人の『敵』ということではない、零崎一賊全体の『敵』――万難を排して満を持して抹殺しなくてはならない。たとえ背後にどんな事情があるとしても――だ。

――そして。

同時に伊織の問題もある――問題としてならこちらの方がより厄介だ。『零崎』集合外の『零崎』を相手にするのは、弟のとき以来二度目だが――彼女の場合、概念としてはともかく存在としては、まだ一人も人を殺していない以上、『殺人鬼』とはいえない。弟のときのケースも、あれはあれで特殊といえば特殊――特殊としかいいようがないくらいに特殊ではあったが、少なくとも弟の場合、双識と出会ったときには既に『人を殺すモノ』だった。

しかして——伊織の場合は。

「ま、この私と——他の『零崎』と接触してしまった以上、共振作用でがんがんどんどん『性質』が『進行』してしまうことだろうけれどね——朱に交われば何とやら。『可能性』やら『希望』やらの言葉を使うには、やはりいささか頼りない」

そして更に——元々の双識の目的。

弟の探索に関しては、現時点において、完全に停止している状態だった。

これで合わせて課題は三つ。

零崎双識の身体が一つしかない以上、何かを優先させ、どれかを後回しに、いずれかを二の次にせざるを得ないのだけれど——

「——無理をせず合理的に助っ人を呼ぶのが手っ取り早いのかもしれないね——だが二度も逃げられたなどという恥を晒すのも、一賊の長男としては避けたいところだな」

ぶつぶつと呟きながら、伊織を残してきた無桐家の玄関を開ける。入ってすぐそこのリビングに伊織が縛られて倒れて悶絶している——はずだったのだが。

リビングには誰もいなかった。

誰、一人。

「………………ん？」

双識は首を傾げながら、靴も脱がずにリビングに踏み込む。薙真が掃除したところなので、隠れるような場所はない。念のため隅々まで確認してみても、やはり誰もいない、誰の気配もない——が、その広々と閑散とした部屋の白い壁に——

——『早蕨』の二文字が刻まれていた。

刃物で削られたかのような荒粗《あらあら》しい文字。

それだけで——十分だった。

「長兄が太刀遣い——だったか。おやおや」

双識はさして慌てた素振《そぶ》りもなく肩を竦める。

「ひょっとしてこいつはあれかな？　伊織ちゃんは

誘拐されてしまって——双識さんはそれを助けにいかなくちゃならないって、そういうシチュエーションってわけなのかな？」

手の込んだことだ。

休む暇もない。

あの薙刀遣い——道理であっさりと逃走したと思った。勝てるようならあそこで決着をつけてしまってもよかったが、取り立てて性急に勝負を急ぐ必要は、あちらにはなかったということか。

「ならば伊織ちゃんの手足を縛っておいたのは逆の意味でも妙案だったわけだ——下手《へた》な抵抗をしなければ、余計な負傷もせずに済むだろう」

無事でいるのかどうか——は分からないが、そこは早蕨の長兄とやらに期待するしかないだろう。しかし、彼らの目的が双識単体ではなく、零崎一賊総体である以上——伊織もまた、その標的の一部であるのに違いはない。彼女が現在人間と『殺人鬼』との境界線上にいることなど——考慮してはくれないだろう。ならば、五体満足を期待するのは無闇かもしれない。

「ま、悪くとも拷問《ごうもん》に遭って腕の一本脚の一本でももがれる程度だ——人質などというのは命が無事でなくては意味をなさないからな」物騒なことを平然と呟き、双識はリビングを後にする。「しかし——ことここまで本格的に零崎一賊に敵対しようとは、随分と圧巻なる『正義』だ——意地でも一人でこの手でこの刃で、直式《じきしき》に片付けたくなってきたよ」

そして、双識は廊下に出、流れるような動作で、特に気負いも躊躇《ためら》いもなく、隣の部屋の戸を横に引いた。途端、その部屋の中から、むわっとした、嫌な臭いが漏れてくる。

血と——肉の臭いだった。

部屋の中には四体の死体があった。

可能性も希望もない——

ただ四個の死体。

ただ四個の肉塊。

「伊織ちゃんのお父さん――お母さん――お姉さん――これは弟さんかな？　お兄さんかな？　判然としないね」

　双識は、死体を一つずつ、丁寧に検分する。

「全員薙刀で一斬りか……ま、あの薙刀術。素人さんではひとたまりもないだろうからな」

　確認作業を終えて、四つの死体から再度距離を取り――双識は、黙禱するように、彼らに向けて手を合わせた。そのまま一分ほど静寂し――やがて、似合いもしない神妙な表情で、双識は口を開く。

「あるいはあなた達のような家族に囲まれていたからこそ――彼女は、今まで健全に生きてこられたのかもしれません。多分彼女にとって――彼女のこれからにおいて、あなた達と過ごした十七年は、かけがえのない、他の何とも代理が利かない――輝いた、価値のある宝石に位置づけられることでしょう。彼女をここまで『守って』くれて本当にありがとうございます――」

　双識は四人に背を向けた。

　無桐伊織――赤いニット帽の彼女。

　彼女の日常は、本日、転換した。

　彼女の日常は、本日、転倒した。

　彼女の日常は、本日、倒壊した。

　彼女の日常は、本日、崩壊した。

　それはもう――誰の責任でもない。

　早蕨兄弟のせいではないし、あちらに言わせればことの原因であるらしい、双識の弟のせいでもないし、無論双識のせいでもないし――そして。

　多分、彼女自身のせいですらない。

　誰のせいでもない――だけれど。

　彼女が――無桐伊織が無桐伊織として、ここまで日常にあれたのは――間違いなく、この四人のお陰だ。それだけは、絶対に間違いない。間違えようが、ない。

「あなた達はそれを誇っていい――私はそれを尊敬する。あなた達は間違いなく満点での『合格』です

――だからここから先は、この私に任せてください。あなた達の大事な『家族』は――私の妹は、私が守ります」

　リビングに戻って、双識はその壁にかかっている電話の受話器を手にする。素早く二十四桁の番号を入力し、目的の相手に回線を繋げた。

「――ああ、少しばかり面倒というか……厄介なことになった。これからこの街で本格的に動くことにする――後の『処理』はよろしく頼むよ。昨日の電車での件も含めてね。人外同士の殺し合いだ、構うことはあるまい。どちらが死んだところでマイナス1だ、あんたらにとってそれは好都合な話ではないか。ことがうまく運んで共倒れになってくれればマイナス2だしな。あんた達は黙って情報を弄繰《いじく》り回してくれればそれでいい――では頼んだよ、氏神《うじがみ》さん」

　通話を終えて受話器を置き、双識はその手で『自《マイ》殺志願《ンドレンデル》』を取り出す。それは彼が現時刻をもって臨戦態勢に入ったことを意味した――恐らく、伊織を無事内に助け出し、早蕨兄弟を絶殺するまで解かれることのない、臨戦態勢に入ったことを意味した。

　始まった零崎は、敵が消滅するまで終わらない。

◆　◆

「――ううううううう」

　無桐伊織は――唸っていた。

「……うなー」

　別に意味はない、唸るくらいしかすることがないだけだ。無論、その気になれば叫ぶこともできるし怒鳴ることもできるだろうけれど、それは疲れるのでやらない。省エネ精神は大事だ、限られた体力を大切に。

　気がついたときには――意識が戻ったときには、両手首を縛るゴム紐と両足首を縛るゴム紐とを連結していた三本目のゴム紐が解かれていて、比べてみれば伊織は随分と楽な姿勢になっていた。ただしそれはあくまで比較した上での話であって、状況そのものが改善されたとまでは言い難い。現状は現状で、惨憺《さんたん》たるものだった。

現状――

ゴム紐で縛られたままの両腕を、縄か何かで天井《てんじょう》に吊るされて――足首が完全に宙に浮いた状態で、伊織は拘束されているのだった。自身のニット帽を前方にずらされ、目隠しまでされて。

「……き、『緊縛女子高生』ッ！」

身体を張ったギャグも、聞き手不在では虚しく響くだけだった。

「……うなー」

客観的に判断する限りにおいて――どうやら自分は誘拐されてしまったらしい。目隠しをされていても、ここが自分のマンション、そのリビングでないことくらいは分かるし――記憶に残っている最後の意識で、双識でも薙真でもない、四番目の登場人物が現れたことは、しっかりと認識していた。多分あの男――男だったと思う――に何らかの手段で気絶させられ、ここまで（さて、どこだろう？）連れてこられた――という、話の流れなのだろうと思う。三本目のゴム紐を切ったのも、ならばその男の仕業か。

「……それだけは感謝してもいいですね」

しかし、この現状。

天井から腕を吊られて足がついていないこの現状も、過酷であることにかわりはない。伊織は身長に比していうなら体重の軽い方ではあるけれど、それでも腕が千切《ちぎ》れてしまいそうだった。

全く……。

どういうこと、なのだろう。

もう悩むことすら馬鹿馬鹿しい。

それでも無理矢理仮説を立てるなら――あの男は……多分、あの和装の薙刀遣い、早蕨薙真の仲間なのだろう。双識がそんなことを呟いていたような憶えがある。太刀遣いの兄がいるとかなんとか。おぼろげな記憶に頼る限り、伊織を誘拐したあの男は、日本刀を提げていたように思う。

零崎と——早蕨。

抗争のようなもの——なのだろうか？

ニュアンスは違うようではあるが——そう考えれば、理解はしやすい。よくわからないが、伊織はどうやら『零崎』サイドに属するらしいから——ならばこの状況は非常に危ういということになる。何せもろに『敵対者』の手中にあるというのだから、もうまな板の鯉《こい》もいいところだ。

「…………」

それでも。

この期《ご》に及んで——

未だ、伊織には、どこか危機感が足りなかった。

緊張していなかった。

真剣に——なりきれていなかった。

不真面目というわけではないにしろ……。

というより、伊織の心中のどこかに、はっきりと——安心している、そんな部分があった。それはたとえるなら、『どんな状況にあろうと、きっとあの人が助けに来てくれるだろうから大丈夫——』というような、そんな種類の安心感だ。

つまり——零崎双識。

あの針金細工だった。

どうしてだろう？

いつの間に——わたしはあの人のことを、ここまで頼りにしていたのだろうか。そんな機会など一度もなかったはずだ。第一印象は『変態』以外の何物でもないし、その後だって似たようなものだ。ベランダから助けに来てくれたものの、結局助かりはせずにこの現状。ひょっとしたら今頃あのマンションの屋上で、早蕨薙真に殺されてしまっているのかもしれない。交わした会話だってほんのわずかで、その大半は意味不明。信頼するに足るだけの機会など皆無に等しい。

なのに。

伊織はこうも――彼を信じている。

伊織はこうも――彼を頼っている。

助けてくれると――信頼している。

「…………」

まるでそれは家族のように。

何もしなくとも――どんな理由もなく――何の原因もなく――むしろその対極でありながらも――当たり前のように、信じている。

思えば最初からそうだったのかもしれない。

靖道を刺したときの現実感のなさも。

これまでの人生の、現実感のなさも。

原因は――同じなのかもしれない。

そうだとしたら、驚きだ。

伊織は――出会う前から、双識を信じていた。

「――何ていうのかな――こういう気持ち」

くすりと――伊織は笑みを漏らした。

「なんっつーか……『滑稽』じゃなくて――そう。『傑作』――だよね」

そのとき――

ぎぃい、と、金属のすれるような音がした。

恐らくは蝶番《ちょうつがい》の軋《きし》む音――誰かがこの部屋に入ってきたのか。いや、それはここが部屋だと仮定したらの話か。伊織が吊るされているこの場所が室内であるとは限らない、こちらこそが屋外であり、誰かがどこか屋内から出てきたという線もありうる。空気の停滞具合からすれば恐らくは前者のはずなのだが、目隠しをされている伊織にはそれを自信を持って断定することはできない。

現れたのは――日本刀を提げた男だった。

髑髏《どくろ》マークの入った野球帽を被り、ごてごてとした紫色のサングラスをかけている。口元が隠れるくらいに襟《えり》の立っただぼだぼのトレーナーに、同じく三サイズは大きいのではないかという茶色いハーフパンツ。それにそこの分厚い派手な装飾のバッシュ――更に身体中を彩るアクセサリーの数々。その全てが、左手に提げている日本刀と驚き呆れるまでにそぐわない。

無論、伊織にその姿は見えない。

再びぎぃいという音がした。扉を閉めたらしい。そのまま足音が近付いてくるのが分かって——そして伊織の近くで、その足音が止まる。

「——随分と余裕のある表情」

その声の冷たさに——伊織は怯む。

構わず、日本刀の男は続ける。

「成程——これが零崎一賊。真に壮絶——しかし殺人鬼同士の信頼ほどに汚らわしい物体など存在せん。実に——最悪だ」

「…………？」

混乱の伊織に——日本刀の男は名乗りをあげた。

「俺は早蕨刃渡《はわたり》という——敵対するモノはことごとく『紫に血塗られた混濁』などと呼称するがな」

「……は、はあ——」

その物騒な二つ名を聞く限りにおいて——伊織のこれから先の展開は、暗闇に近い模様だった。

「え、えーと、ですね」

伊織は混乱を混乱のままにしながらも、とりあえず口を開く。とにかく沈黙だけはまずい、沈黙だけは。黙っていると相手のいいようにばかり話をもっていかれてしまう。それは、零崎双識や早蕨薙真を相手に、嫌というほど学んだことだった。

「あ、あの、まずここから降ろしてもらえないでしょうか？　わたくし、見ての通り細腕の少女です。か弱いんです。実は病弱ですし、ごほ、ごほ」

「…………」

相手が沈黙してしまった。

だけどめげないぞ。頑張れ自分。

「ごほ、ごほ……ゴッホ！　『ひまわり』！」

ひまわりのような笑顔を浮かべてみた。

反応はなかった。

「…………」

「…………」

「…………」

「…………」

「お前は餌《えさ》だ」

やがて、何事もなかったかのように男——早蕨刃渡は言う。

「『二十人目の地獄』を呼び出すための餌——餌は吊るしておかねば意味がない」

「そんな……ブラックバス釣ってるんじゃないんですから……」

「それにしても珍奇。『零崎』は生来の者にして生来の物ではない。その事実、知ってはいたが、こうして『変異』していく経過を我が目で見る機会があろうとは——思いもしなかった」

「人を天然記念物みたいに言わないでくださいよう……」伊織はふるふる首を振る。「それより、えーと、刃渡……さん、刃渡さん。あの、薙真——早蕨薙真って人は、あなたの弟さん——ということで、よろしいんでしょうか？」

「然《しか》り。不肖《ふしょう》の弟だ——」刃渡は冷たい声で言う。「恐らくはもうじきにここへと帰還するはず。弟の力を軽く見るつもりはないがそれでも『地獄』相手に勝利を収めることはなかろうよ」

「…………」

「弟は——どうにも甘くてな」

やはり——兄弟なのか。そう言われてみれば、確かに声色なんかはそっくりだ。けれどもその態度は全くの真逆、あの軽佻浮薄っぽい薙真の部品はこの男のどこにも感じ取れない。同じような声であっても——その温度がまるで違う。薙真の声音は、ここまで冷たくはなかった。

と、いうより。

伊織は今までこんな冷たい声を聞いたことがない。絶対に『日常生活』ではありえない、日常生活では絶対に獲得できない、所有したくても所有のしようがない、そんな温度——

『紫に血塗られた混濁』。

「……『地獄』っていうのは、あの、あの人、双識さんの——こと、なんですよね？」

「然り。貴様の『兄』だ」

「…………」

　双識が伊織の兄であるというのはどうやらもう暗黙の事実になってしまっているようだった。往生際《おうじょうぎわ》悪く未だ認めていないのは伊織ただ一人だけらしい——いや、その伊織にしたって、今にしてみれば、もう半ば認めてしまっているようなものなのか。

　半ば。

　少なくとも、自分は何か変わってしまっている。

　何か変異している。

　何かが変異している。

　昨日までの自分なら、宙に吊るされたりなんかすれば、臆面もなく泣き喚《わめ》いていたことだろう。

　それは——どういうことになるのだろう。

　泣かなくなった。

　それなら強くなったのか？

　それとも弱くなったのか？

　半ば。

　ならばもう半ば『変異』が進めば——

　そのとき、自分はどうなっているのだろう。

「なんで——どうして双識さんを狙うんですか？」

「人の心配をしている場合でもない。零崎双識を狙っているわけではなし、標的は零崎一賊、『零崎』そのもの。いわば貴様もその範疇《はんちゅう》内——生きたままその縛《いまし》めが解けるなどと——ゆめゆめ勘違いせんことだ」

「……あ、あはは、あの、その台詞、『いずれ伊織ちゃんを殺しちゃうぞー』って意味にも取れるんですけれど」

「それ以外の解釈ができるなら貴様の日本語能力も大したものだ」引き攣《つ》ったような薄ら笑いの伊織に対し、にこりともしない早蕨刃渡。「零崎一賊は総勢わずか二十四人の小集団——貴様を含めても二十五人。全員を殺滅することはそれほどの難易度でもない」

「…………」

二十四人の殺人鬼集団というのも大概のように思えるが、しかしそれを全滅させるといってのけるこちらの早蕨刃渡も、なかなかどうして尋常でない。

「幾人かの不明瞭を除けば零崎一賊の内、一、二を争う実力者の名が零崎双識――『二十人目の地獄』、マインドレンデル。逆にいうなら奴を殺滅しうるようならば零崎一賊鏖殺《おうさつ》も不可能とはいえまい」

「な、なんでそんなことをするんですか……漫画とかじゃないんですから、殺し合いなんて、そんな」

「…………」

何故そんなことをするのか――という質問に対しては、早蕨刃渡は答えなかった。それは今までの沈黙とは違う、頑《かたく》なな拒絶を感じる沈黙だった。

何故だろう。

ひょっとして、答えないのではなく――

答えたく、ないのだろうか……？

何にしろ――沈黙はまずい。

「そ、その……じゃ、話題を変えましてー。じゃーん。えっと、ここ、どこなんでしょうか？」

「そのようなこと、教えるとでも思うか」

「で、でもですね。わたしを誘拐しても、場所が分からなければ双識さんも助けようがないじゃないですか。ないですよね？」『助ける』ことが前提であるかのような自分の物言いを意識しながら、伊織は続ける。「だからですね、せめて大まかな場所だけでも……」

「その心配は無用。零崎一賊は同志で同士、『共鳴』――否、『共振』か、共振し合う。大まかな場所ならば俺が出向いてわざわざ知らせるまでもない。放っておいても向こうから勝手に突き止めよう。よって、貴様も、ここがどこなのか……知る必要はない」

「…………」

「これは『零崎』全員に共通して言えることだが、

マインドレンデルは相当の自信家。奴ならば誰の助けも借りずに一人でここにまでやって来ることだろう——そのときこそ『地獄』、最悪の終焉《しゅうえん》の刻《とき》」

「……あなたの方こそ、随分とまあ自信家さんじゃあないですか？」

『ないですかぁ（↑）』と、強引に挑発するようなイントネーションで、伊織は刃渡に言った。とにかく、このままではまずい。刃渡は今にも、伊織との会話を終えて、この場から立ち去ってしまいそうな雰囲気だ。縛られ吊るされている伊織にできることといえばこうして会話をすることくらい……ならばできる限り、刃渡から情報を聞き出さねばならない。刃渡の怜悧《れいり》冷徹《れいてつ》、冷静沈着な態度を——この男の冷たさの牙城《がじょう》を、まず崩さねば。それは場合によっては危険な行動かもしれないが、危険というなら、今の伊織の前に、果たして危険でない選択肢というものは、もうないのかもしれないのだ。

「あなたの弟さん、薙真さんだって、ひょっとしたらもうやられちゃってるかもしれませんしー、あなただって、双識さんに勝てるとは限りませんよ？　わたしを人質に使ったところで、果たしてどれほどの効果があるものか」

「…………」

お。返答がない。

もしや効いているのだろうか？

ならば畳み掛けよう。和平交渉をするのだ。

「何せ双識さん、あなたに言わせれば『最悪』なんでしょう？　最悪に勝とうなんて無理ですよ、無理なんですよ、無理無理。最悪っていうのは、何せ、最悪なんですから」

「…………」

「さ。だから今すぐこの拘束を解いてですねー、わたしと仲直りをしましょう。そうすれば許してあげます。大丈夫、わたしは心が広いんです。何せ女主人公ですから」

「……………」

ここで『身も心もヒロインってか？』と突っ込ませて、ぎゃふんと一件落着というのが伊織の筋書きだったのだが、ものの見事に失敗したようで、刃渡からは沈黙以外の何物も返ってこなかった。

「……それもいらぬ心配」

　ざり、と、踵《きびす》を返す音。

　ああ——立ち去るつもりらしい。

　せめてつま先が地面につくようにして欲しい。

「俺にしたところで『零崎』の恐怖は既知《きち》の内。ならば何の対策も立てずに向かうほど愚かではない」

「……じゃ、あなたは双識さんに対抗する策があるってことなんですか？」

「最小、二つある」

「……その内一つは、わたしですか？」

「否——」

　刃渡は言う。

「——貴様など一種の保険に過ぎん。とても策と言えるようなものではない……それに貴様はマインドレンデルだけに対する人質ではない、零崎一賊総体に対する人質。非力な貴様ならそれに相応しい、そこでいつまでも『零崎』を招くのが貴様の役割だ」

「……わあ、最悪だぁ」

「——最悪という言葉をそう簡単に使うな。吐き気がするわ。忌々《いまいま》しい」

　冗談めかした伊織の台詞に、少し語気を強めて、刃渡は言った。どうやら『最悪』という言葉に、何やらのこだわりがあるらしい。

「で、その二つの策というのは？」

「教えるわけがなかろうよ」

　当然のようにそう答えられ（まあ、当然だ）、そしてぎぃいと、扉の閉じられる音が続いた。

「…………」

　取り残された伊織。

　手首は痛いままだし、わけは分からないままだ。

　全く、ヒロインとは思えない体《てい》たらくである。

「……ざ、『ザ・ハングマン』！」

無論、返答はない。

しかも図的に逆位置だった。

……意味は、『無意味は犠牲《ぎせい》』。

◆　◆

早蕨弓矢――弓矢遣い。

早蕨薙真――薙刀遣い。

早蕨刃渡――太刀遣い。

一人一人では一長一短ある、偏《かたよ》った武術しか使えないそれぞれの『早蕨』ではあるが、故事にもあるよう、三人がその能力を揃えれば、そのときは無敵に近い実力を発揮した。それこそ『早蕨』の本家的存在であるところの殺戮奇術集団『匂宮』にだって引けを取らないくらいに。

そもそも、三人で一つのモノとして――刃渡も薙真も弓矢も、創作されたのだ。一応長兄である刃渡が指揮をとってはいたものの――特に、三人の間に明確な序列はなかった。三人が、それぞれにそれぞれごとに動き――最上の結果を、常に、収めてきたのである。そう――三人揃えば『二十人目の地獄』だって物の数ではない。早蕨刃渡はそう考えている。こんな手の込んだ真似など、こんな柄にもない真似などするまでもなく――零崎双識などなで斬りにできることだろう。

しかし。

今はその三角の一つが欠けている。

こちらは――万全ではないのだ。

あるいは薙真なら否定するだろうが――一対一で向かえるほどに零崎一賊の構成員は温《ぬる》くない。それは単体としての零崎双識についてではなく、そう、たとえばあのニット帽の小娘――無桐伊織といったか――にしたところで、話は同じだ。『匂宮』と『闇口』の後塵《こうじん》を拝しながらもなお、『零崎』が『殺し名』の内で一番の恐怖と忌避の対象である理由が、そこにある。

だから。

だからこそ、策が必要になる――

「…………………!!」

『零崎』の娘を監禁してあるその小屋から外に出たところで――早蕨刃渡は『それ』に気付いて脚を止めた。刃渡は咄嗟に太刀を抜きかけたが――かろうじてそれを思いとどまり、その刃を仕舞う。

「……来て――頂けたのか」

低く――酷く、冷めた声で『それ』に問う。

『それ』は――いるのかいないのかわからないようなあやふやな存在感で、薄暗い中、かすかに人間の輪郭を保っている。いつからそこにいたのかわからないような不確かさをもってして、刃渡を窺うように――そこにいた。ぼんやりとして、その姿はよく見えない――かろうじて、着ているその衣服が赤色であるのがわかる程度だ。それ以外には全てが虚ろで、何も判然としない。

赤色は――完全に、その存在を閉じていた。


「正直なところ、当方としてはあまり期待していたわけではなかったのだが――」

刃渡はなんともない風に言葉を繋げるが――しかし警戒は解かない。いつでも刀を抜けるように構えているし、隠すことなく殺気を放っている。計算というよりは感情の問題で――そうせずに『それ』に対することは、刃渡には不可能だった。

そんな刃渡に対し、赤い輪郭《りんかく》は「はっ！」と軽く笑って、肩を竦める。刃渡の発する殺気に対しても、まるでそんなことはどうでもいい、どうにでもなることだといわんばかりに、まるで怯むところがない。

「零崎一賊には個人的な『貸し』が一つばかりあってね――それに今のままじゃこの展開、圧倒的に『不公平』だろ。勝負《ストーリー》として面白みに欠ける」挑発するような――というよりはただ単に皮肉げな物言いで、赤い輪郭は言う。「不公平は是正しなくちゃね。弱きを助け強きを挫《くじ》く――ってのが信条だ。末の妹を欠いた今の『早蕨』じゃあ、いきなりマインドレンデルを相手にするのは難題だろうからよ」

「助太刀《すけだち》して——頂けるのか」

「勿論——頂けるものさえ頂けるなら、どんな難題でも請け負うってのもまた、信条でね。あんたらと違って、こちとら基本的にゃあノンポリなのさ。復讐も何も関係ない……楽しければどーでもいいんだよ——楽しければ。楽しければ楽しいほど、どーでもよくなっちまうのさ」

「——ならば結構。是非もない」

刃渡が頷くと、赤い輪郭は『にやり』とシニカルに笑って、唐突に消えた。丸っきり、音も気配も何もなく。最初からここにいたのかどうかも怪しい。なんだか、幻覚を見せられていたような気分だ。

構えを解いて、一つ、息をつく刃渡。

「然り。敵に回すのも至極《しごく》おぞましいが——味方に回すのも真に恐ろしい女よ……しかし確かに」

早蕨刃渡はつまらなそうに呟く。

「『最悪』の相手は『最強』以外に不在だろうよ」


（無桐博文《ひろふみ》——合格）

（無桐美春《みはる》——合格）

（無桐羽燕《はつばめ》——合格）

（無桐剣午《けんご》——合格）


（第五話——了）

第六話 死色の真紅（1）

赤色。

それは数ある色の中でもっとも人間が意識する色である。たとえば闘牛士が闘牛場ではためかせる赤い布、あれは闘牛よりも観衆を沸《わ》かせるための意図が強い。信号機における警戒色の例など、強《し》いて挙げるまでもないだろう。

赤色。

おおむねその色が暗示するのは『情熱』『勝利』『優勢』『祝福』『愛情』『熱血』――そして何より。

『強さ』――である。

◆　◆

「――目薬でうがいしたみてーな気分だな」

顔面の右半分に刺青をいれたその少年は、言葉の通りに心底不可解そうな表情をして、その首斬り死体を検分していた。

とある人気のない高架下、である。

その場所には、顔面刺青の少年が今見ている学生服の首斬り死体の他にも六体ばかり、老若男女を問わない死体が、所狭しと転がっている。それらも同様に首を斬られているのだが、この学生服の首斬り死体に限っては、そばに本人のものだと思われる頭部が転がっていた。

「学生服ねえ――懐かしいってなもんだ。もっとも、面構《つらがま》えからすんと中学生じゃなくて高校生か――ネームプレートはねえな」顔面刺青の少年は死体のそばにしゃがみ込んで、更に詳しく検分を進める。「この馬鹿馬鹿しいほど鮮やかな手口――間違いなく兄貴の仕業《しわざ》じゃあるんだが……しかし、首が六つも足りないのはどういうわけだ？」

顔面刺青の少年は首を傾げる。

「つまり――兄貴は『六つの首』を持って『どこか』に移動したってことになるんだろうな……しかし仮にそうだとして、その『どこか』ってのはどこだ？　そして『どんな理由』があってそんなことをするのか、だよな……少女趣味のにーちゃんでもあるまいに、兄貴がわけもなくそんなことをするとは思えない……ん？」

そこで何かに気付いたように、頭部を片手につかんで、胴体の側と、切り口同士をつなぎ合わせてみる。元々一つだったものが分割されただけなのだ、無論その切り口同士はぴったりと隙間なくくっつく――はずだったが。

一箇所、綺麗に接着しない箇所があった。

喉仏の辺りがえぐられたように欠けている。

「……こいつは西洋ナイフでの傷だな。まるで兄貴の趣味じゃない――つーことはアレか？　兄貴でもこいつらでもない『第三者』がこの場に同席してたってことなのかね？」

呟きながら顔面刺青の少年は辺りを探り、そこに恐らくは凶器だと思われるバタフライナイフを発見した。ブレードが欠けてしまっていて、これではもう使い物にはならないだろう。

「こんなちょろいナイフで致命傷を与えられるなんざ、そいつもそいつでタダモンじゃねーな。しかしその割にはどっか手口が素人《しろうと》臭い……矛盾《むじゅん》してやがる。まるでこいつは『素人の殺人鬼』って有様だな……。ふうん――さて、こういうときあの欠陥製品なら、どんな『解答』を導き出すんだろうね――」

再びしゃがみ込んで、死体を観察する少年。

「兄貴が首を斬り落とすよりこっちの突き刺し傷のが先だな……というより、まるで最初の傷を隠す――『消す』ことが目的のように、故意に狙って重ねて首を斬り落としたって感じか。つまり……えっと、まずこの学生服のにーちゃんを『第三者』が殺そうとして――そこに兄貴が助太刀、した？　ふうん――助太刀ねえ。あの変態野郎が助太刀する対象っつーと――」

ぶつぶつと呟きながら考察を続ける少年。

そんな少年の背後に、ゆっくりと忍び寄る影があった。服の上からでも筋肉が分かるような大柄な男で、その両手にバールのようなものを備えている。目が虚ろで、表情もはっきりしない。全く接近に気がついていない少年の背後、後一歩というところで彼は脚を止め――そこで口を開き、

「零崎一賊の者だ――がばらっ！」

……そのまま、口を閉じることはなかった。

ん、と少年は振り向く。

そこには顔面の半分から上を欠き、そこから噴水のように真っ赤な鮮血を放出している、巨漢の姿があった。

「……ちゃ。悪い、殺しちまったか」

そして少年はこともなげに立ち上がる。

「とにかく――何か傑作なことが起こってることだけは確かだ。仕方ねえな……俺もこんなことしてる場合じゃねーんだけどなぁ」

面倒そうにそういいつつも、表情には酷薄そうな笑みを浮かべ、顔面刺青の少年は七体の――否、たった今八体に増えた死体を後ろに残し、その場から移動した。

◆　◆

無桐伊織が家族と住んでいたマンションから十キロほど離れた地点に――その森林地帯は位置している。森林地帯といってもそれほど大規模なスケールではない、森というにはいささか頼りなく、林というにはやや深い、山を背にしているせいで大袈裟に見えてしまうものの実際それほど大したものではなく、子供ならば遭難の危険はあるかもしれないが、大人ならばまず迷うことすらありえない、本来ならばその程度の森林だ。

本来ならば。

　本来ならば――その程度。

　地元では自然公園のような扱いを受けており、住民達の憩いの場を形成している――ということになっているものの、実際にこの森林に脚を踏み入れる者は皆無に等しい。皆無に等しいにもかかわらず――そこは『憩《いこ》いの場』として認識されている。認識されて、しまっている。知らず知らずの内に――そう認識してしまっている。その存在だけは誰もが確かに認識しているというのに、しかしどうしてだか、それを意識の外においている――意識の下に沈めている。ここはそういう空間。

　そういう――透明で不透明な空間だった。

「うふ――成程、『結界』か」

　その森林地帯の入り口前で――零崎双識はくるくると大鋏を回転させながら、にやにやと薄ら笑いを浮かべていた。

「それも――昨日今日に用意された新規の『結界』ではなさそうだ。うふふ、どうやらここで『当たり』らしいね――虱潰《しらみつぶ》しに回るのは骨が折れそうだったけれど、どうやらあちらさんとしても、さして隠れるつもりも隠すつもりもないらしい」

　あれから――十二時間が経過していた。

　太陽はとっくに昇り、雲ひとつない空からは強い日差しが降り注いでいる。これから行われることになる、文字通り殺伐《さつばつ》としたイベントにはあまりにも不似合いで、健康的に過ぎる天候だった。

　十二時間。

　ここを探り当てここに至るまで、期待していたよりは時間がかかったが、予想していたほどの時間はかからなかった。双識には同属本能とでもいうべき直感、蛇《じゃ》の道を知る大蛇《だいじゃ》のように、伊織の存在している場所をアバウトには特定することができるのだが――しかしそれをこうも早期に発見できた理由は、無論、それだけではないだろう。十二時間の間にあちこちから情報を収集し、この森林に至るまで三つの『外れ』を経験したし、『空繰人形』による妨害も多々あった。だから、どちらかといえば手間取ったという印象もないではないのだが——それにしたって、本気で『早蕨』が隠れよう、双識から見つからないようにしようとしているのならば——こうも安易《やすやす》と見つかるはずもない。

　つまりここは彼らの拠点《アジト》ではない。

　彼らが選んだ——決戦場所《キリングフィールド》だ。

「相も変わらず『匂宮』の一派は古風なやり方が好きだね——その点、『闇口』なんかよりはよっぽど好感がもてるのだが」

　さて。

　ではさしあたってこの『結界』に対してどう対処したものか。双識は三分十二秒ほどその対策に思考を費やしたが、結局のところ出した結論は『外から見てそれと分かる程度のレベルなら気にしなくても構わないだろう』だった。そもそも純粋なまじりっけなしの殺人鬼であるところの零崎双識は、そういった呪《まじな》い系統の知識が薄かったので、そんな結論を出してしまったことは仕方がないといえば仕方なかったが、仮に双識がもう少しだけ慎重でさえあれば、この『結界』に、こうも不用意には侵入しようとはしなかっただろう。

　結局。

　彼が零崎一賊の中ですら変り種であるその理由が——彼を更なる窮地《きゅうち》へと追いやることになる。

「では、往《い》くとするかね」

かろうじて道が見て取れる森林の中に一歩脚を踏み入れると、途端、視界が悪くなった。生い茂った木々が太陽の光をさえぎっているらしい。まるで極《きょく》相林《そうりん》のような有様だが、こんな町外れの森林公園如きでここまで樹々が生い茂るはずもない。やはりただの森林公園ではない——ならば何らかの罠があると見るべきか。『罠』。そんなものを張って待ち構えるというのは殺戮奇術集団、匂宮雑技団の流儀ではなく、むしろその対極に位置するものだが——しかし既にその流儀を捨てて『空繰人形』を使用している『早蕨』だ、最低限の用心はしておくべきだろう。

「――ただ、妹を殺されたくらいのことで、ここまで手の込んだことをするかというのは――実に疑問だな」双識は枝を払いながら、道を選びつつ、歩く。目的地は特に定めない、漠然とした勘に従うだけだ。この森林の中には何箇所か休憩《きゅうけい》用の小屋があるはずで、普通に考えればまずはその小屋を目指せばよさそうなものだが、しかし、そこに伊織が囚《とら》われているとも、また限らない。ならば下手な基準は設けない方がいいだろうというのが、双識の考え方だった。考え方というより、それは経験に基づく処世術といった方がよいのかもしれない。「薙真くんはどうだか知らないが――お兄さんの早蕨刃渡は、そんな感情的な人物ではないと聞いたしな」

　それはこの十二時間、情報収集をしていた間に仕入れた知識だった。

　太刀遣い――

『紫に血塗られた混濁』、早蕨刃渡。

　三兄妹の中で彼だけは――世代交代するその前から『役職』につき、『任務』を遂行していたのだという。『早蕨』は三つで一つの存在として知られていたが――存在として、明らかに長兄の存在は抜きん出ていたらしいのだ。実質、現在の『早蕨』の指揮権は刃渡にあると考えて間違いないだろう。

　しかし――どう考えても、零崎一賊に仇《あだ》なすというのは、組織のリーダーが下す判断として、正当なものであるとは思えない。勝ち残る見込みがあるのだとしても、払う犠牲があまりにも大きいし――わざわざ『殺し名』七名の均衡を崩す必要があるとも思えない。

　たかだか妹一人のために。

「――んん。しかし家族愛が『零崎』の特権だと思うのも勝手なお話なのかもしれないね――そんなことを言ったら、お話なんてものは大抵ご都合主義で勝手なものばかりなのだけれど」

　考えながら歩くにつれて、だんだんと——どんどんと、道が頼りないものへと変貌していく。既にこれでは獣道《けものみち》とすら言えない。だがそれは、自然の成長した結果というよりは、どこか人工的かつ作為的な匂いのする印象だった。

「成程——成程。うふふ、確かにここなら人外同士の決戦場所に相応しい。ただし、薙真くんの大薙刀はいささか扱いにくそうだな」

どころか、この状況では日本刀だって使い易いといえないだろう。むしろこの密林状態は双識の『自殺志願《マインドレンデル》』に有利だ。ほとんど独壇場《どくだんじょう》といっていい。超接近戦での泥仕合こそ、零崎双識の腕の見せ所である。それくらい『早蕨』にだってわかってるだろうのに、どうしてこんなところを決戦場所に選んだのか。馬鹿でもない限り、よっぽど自信のある『罠《わな》』——『策』でも準備しているのだろう。

「『策』ねえ——いつぞやの可愛らしい『策師』さんみたいなのだったら、私だって敗北のし甲斐《がい》があるのだがね——」

——才能やら性質やら——戯言《ざれごと》も甚《はなは》だしい。

——可能性やら希望やら——絵《え》空事《そらごと》も痛々しい。

——そんなものに頼るのは——三流の証拠です。

確か——あの子は、そんなことを言っていた。

あのとき。

二年前のあのとき——匂宮雑技団と零崎一賊とが、歴史上初めて、偶発的とはいえ共同戦線を張ることになった際——その敵対者の側にいた、妙に綺麗な髪をしたあの子は——零崎双識に対して、そんな言葉をいったのだ。

才能も性質も——そんなものに意味はない、と。

奇妙な少女だった、と回想する。

それは忘れがたい思い出だった。

しかも相当に苦々しい思い出だ。

だけれど、それでも双識は、どうしてだかあの子を思い出すときに——自然、頬《ほお》が緩《ゆる》んでしまう。

　年齢的には伊織と同じくらいだったと思うが——とても、同じフィールドで語る気にはなれない。否、百戦錬磨の零崎双識でも、あの子と同じフィールドで語れる人間など、これまで一人として出会ったことがない。

　実際あの子は、本当のところ何もしなかったし——あのとき、右往左往《うおうさおう》していたのは、あくまで匂宮雑技団『断片集《フラグメント》』の六人と、零崎一賊『自殺志願《マインドレンデル》』と『愚神礼賛《シームレスバイアス》』の二人、あとは取るに足らない雑魚《ざこ》どもだけで——あの子は、何もしなかった。完全に、完膚《かんぷ》なきまでに手玉にとられた形だった。いや、あの有様、手玉というよりは——手駒か。誰が勝ったのか何が敗北だったのか、何がなんだかまるで分からないままに、そのまま、混乱と混沌《こんとん》のままに事態は終焉を迎え、全ては有耶無耶《うやむや》の内に閉じてしまい——結局、常に事態の陰にあったその策師の姿を捉えることができたのは、零崎双識ただ一人だけだった。

　そのときも——何もできなかった。

　完全に、完膚なきまでに——手駒に取られた。

　同じステージに、あがることができなかった。

　そのとき彼女が口にした言葉。

　それは——双識の考え方の、否定だった。

——あなたは——間違っています。

——才能やら性質やら——戯言も甚だしい。

——可能性やら希望やら——絵空事も痛々しい。

——そんなものに頼るのは——三流の証拠です。

——あなたがたは——滑稽です。

——……苛々するわ。

——本当、斑々《むらむら》する。

——壊して——作り直したいくらい。

——それくらい——あなたは、間違っています。

——間違っていると、知りなさい。

　それら否定の言葉を受け入れるつもりはさらさらないが——彼女が零崎一賊に対する敵でないこと。

　それだけは確かに、理解できた。

あの子は——誰に対しても敵対などしていない。
何も敵視しておらず——何も邪魔に思ってない。
そんなステージに、あの子は立っていなかった。
多分——あの子には何もなかったのだろう。
何もしなかった彼女には、何もなかった。
才能も——性質も。
可能性も——希望も。
信じるものも、頼るものもなく——
所有するものすら何もなく——
己自身すら、なかったのかもしれない。
「ああ、そうか——それなら」
今に至って気付く。
一人だけ——いるじゃないか。
あの子と、同列に語れる人間。
あの子と同じフィールドにいる奴が。
たった一人——それも、すぐ身近に。
すぐ身近にいながら——まるでつかめない。
異常につかみどころのない、よくわからない。

「人識か……」

案外——弟の放浪癖の原因、あいつが『探している』というその存在は、髪の綺麗なあの子なのかもしれないな、と、双識は、センチメンタルなことを考えた。だとすれば、あの二人は、果たして出会えるものだろうか。出会えたとして——

　果たして、どんな会話を交わすのか。

ただの興味でなく——気になった。

出会えたらいいのに。

そう思った。

「…………うふふ」

「…………ん？」

と。

　森林に入ってから三十分ほど歩いたところで——双識は奇妙なものを発見する。行く手に見える、樹齢がかなりになると思われる極太の樹木——その幹に、釘で打ち付けられるようにして、一枚の赤い布がひらめいていたのだ。

何かの罠かと警戒するが、ただの布に罠も策もへったくれもあるわけがない。まさかあの布の向こうが異空間に通じているというわけでもあるまいし。周囲の気配を窺ってみるも、虫だのなんだのの下等生物が蠢《うごめ》いている息吹くらいしか感じ取れない。少なくとも『今』、『この場』に限っては、何の謀略もなさそうだ。

「うふ——なんだろうね」

近付いて、その布を手にとってみる。しかし何も起こらない、完全無欠に何の変哲もない、ただの木綿の布だった。何一つ、変わったところは見当たらない。

「んん……？　分からないな——なんだこりゃ。それとも何かの比喩なのかな？」

気になるといえば——色くらいのものか。

赤い布。

赤。

赤色。

それも、この赤は——

「ふうん……これは『死色の真紅』か——」

そこを——『ぽん』と。

後ろから肩を叩かれた。

当たり前の気軽さで、叩かれた。

「……え？」

確認した——何の気配もないことは確認した。

なのに——どうして。

誰が双識の肩を叩けるという？

空気でもない限り——叩けるモノなど。

双識はすっと振り向いて——

「　　　　　　　　」

誇り。

零崎双識は、口に出したことこそないものの、意識下に無意識下に『誇り』に思っていることがあった。それはたとえどんな対象が相手であっても、どんな過酷な状況にあっても、それに対して敵前逃亡を為したことがないということだ。『匂宮』『闇口』

『薄野』『墓森』『天吹』『石凪』、あるいは、髪の綺麗なあの子を相手にしたときだって。敗北したことは何度もあるが、それだって『名誉ある敗北』、『意味のある敗北』ばかりであり、心の底から敗北を認めたことなど一度もない。心を折られたことなど一度もない。戦略としての撤退の経験はあっても、本当の意味で、敵対者から、恐怖から『逃げた』ことなど一度もない——そういう己の『強さ』を、彼は『誇り』に思っていた。

　誇り。

　そして今、零崎双識は——

　その誇りを、放棄する。

「う、うあ、ぁ、あ、あ、!」

　臆面もなく悲鳴をあげ、彼は走った。

　走って、

　走って、

　走って、

　走って、

　走って、

　走って狂って、

　狂ったように逃走した。

　道もなにも関係ない。

目の前にある木枝を薙ぎ払うのも忘れ、それらが鋭く身体を打つのも構わず、とにかく、方向も方角も関係なく、純然たる速度にだけ重点をおいて走った。

「あ、あ、あああ、あああ、ひ、ぐ――」

舌が絡《から》んで言葉にならない。

知ったことか。

喉が詰まって呼吸ができない。

それがどうした。

木々が邪魔して髪が乱れる。

構わない。

気がつけば眼鏡がない。

どうでもいい、どうせ伊達《だて》だ。

今は。

今は。今は。

今は。今は。今は。

今は、今だけは、今こそは、逃げなければ――

「ぐ、うあっ！」

地面を這っていた木の根につまずいて体勢を崩す。しかしそこはさすがに零崎双識、顔面から無様に転んだりはせず、空中で前転するようにして尻から落ちた。が、その表情に余裕は全くない。がくがくと震えていて、どう見ても正気を保っていなかった。そのまま、転がるように移動して、近くの樹木の陰に、その身を隠すように、背をつける。

「な、な――」

背広に手を入れる。『自殺志願《マインドレンデル》』を仕舞ってあるその反対側。取り出したのは煙草の箱とジッポー。

震える手で煙草を一本取り出して、口に銜《くわ》える。

「――なんでなんでなんで」

がし。がし。がし。

ジッポーをする。

けれど手が震えているからか、火がつかない。

「――なんでなんでなんで」

がし。がし。がし。がし。

火がつかない。

火がつかない。

火がつかない。

「——なんで火がつかねえんだ！　ジッポーってのは火ィつけるための道具じゃねーのかよおおおおおおっ!!!」

声を荒げて——怒鳴る。

理性を失い感情を乱し。

それでも双識はジッポーをする。

がし——と。

ようやく火がともる。

赤い赤い炎が、大きく現れた。

そして——

そして、その赤色の向こうに。

「眼鏡——落としたぜ」

更に赤い——真紅の死が見えた。

◆　◆

ぎぃい、と扉の開く音がした。
続いて——静かな足音。
来た——と伊織は身構える。
今まで三度に亘《わた》り、刃渡と名乗ったあの男はここ（屋内？　屋外？）にやってきて、二、三、質問をしては帰っていった。察するに、どうやら刃渡は、伊織が何か企《たくら》んでいるのではないかと警戒しているようだ。勿論《もちろん》伊織にこの場を切り抜けられるだけの何かを企む頭などないのだが、それでも相手が警戒する分には勝手というものだ。むしろそれを和平交渉のチャンスと見て、伊織の方が積極的に色々喋っていたのだが、あちらさんは大体においてそれを無視してくれた。どうやら刃渡はコミュニケーション能力において重大な欠陥があるようだ、と伊織は判断した。しかし、もうそろそろそんな悠長なことは言ってられなくなってきた。どれだけ時間が経過したのかわからないが、いい加減吊るされている腕の感覚は、ひょっとしたら壊死《えし》してしまっているんじやないのかというくらいになくなっていたし、もっと切実で直截的《ちょくせつてき》な問題として、おなかもすいたし喉もかわいた、お風呂に入りたいトイレに行きたい。つまり女の子の女の子的な問題が次継《つぎつぎ》と頭角を現してきているのである。こんな非人道的な人質の扱いが、南極条約で認められているわけがない。

足音が止まった。

よし、と伊織は覚悟を決める。

ここで一言、びしっと言ってやるのだ。

「あふり——」

ひゅん——と風が流れるような音があって、そしていきなり——何を思う暇もなく——何を感じる暇もなく——伊織は重力に引きつけられた。

分かりやすく言えば、落下した。

「ひ、ひあぅ!?」

悲鳴をあげる暇もあればこそ、伊織は無様《ぶざま》に、脚から倒れこむように、全身を打つ。それほどの高さに吊られていたわけでもなかったらしく、衝撃自体はそんな大したことはない。けれど目隠しをされているので、恐怖は通常の三倍だった。

「わ、わわわわ」

慌てて両手をつく。どうやら自分を吊っていた縄だかロープだかが切断されたらしい——そして同時に両手を拘束していたにっくきゴム紐も解かれたらしい。両手を左右に広げてつくことができた。混乱しながら、伊織はあたりを手探り、そこにあった『何か』を反射的につかみ、それから、反対側の手で、目隠しのためにずらされていたニット帽を正常位置に戻す。よし、これで落ち着く。

「……………」

どうやら——ここは簡易なプレハブ小屋の中のようだった。今まで目隠しされていた伊織の視力でも問題ないくらいに薄暗く、しかも殺風景で、中には、椅子やらの他には何もない、そんな広くもない室内。窓らしきものがあるにはあったが、内側から木片で打ちつけられていて、密室効果は完璧。やれやれ、道理で暑苦しかったわけだ。天井を見上げれば、丈夫そうな梁《はり》が何本か走っていて、伊織はどうやらあそこから吊られていたらしい。

「——やはり、そうなんですね」

唐突な台詞。

伊織が驚いてそちらを見れば——

そこには早蕨薙真がいた。

時代錯誤な和装に身を包んで、その脇に大薙刀を抱えた——早蕨刃渡の弟。異様に冷めた眼で、見下すように伊織を見ている。いや、冷めた眼というよりは——そう、あのときと同じような。

哀れむような眼。

「……あ、ああ、あなたは」

ずるずると後ずさる。

気がつけば両足首の拘束も解けていた。これはつまり、薙真がその大薙刀で解いてくれた——ということなのだろうか？　あの刃渡という男はどうした？　いや、それよりも、薙真がここにいるということは、双識は？　あの——あの変態の針金細工は、一体どうなったんだ？

「マインドレンデルさんなら無事ですよ」

言って薙真はぐい、と上着をはだけてみせる。そこには、見るだけで怖気《おぞけ》の走りそうな、深い深い傷口が存在していた。既に血は止まっているものの、跡形もなく回復するだろうとはお義理にも慰《なぐさ》めにも言えそうもない。なまじ薙真が整った造形をしているだけに、見ていられないほどに醜い傷だった。

「——もっとも、『今現在』、今このときにまだ無事であるかどうかという保証までは、僕は致しかねますがね。なにせ今——とんでもないのが相手をしているらしいですから」

薙真の声は——冷めている。

冷めているというより、冷たい。

兄の、刃渡と同様に——冷たい。

冷たく、静かだ。

「え。えーっと」伊織はふらつく脚で立ち上がる。長時間吊るされていたので、身体がうまく働かない。「な、薙真さん——」

『敵』にさん付けで呼ばれるというのも変な話ですよね」薙真は無理矢理作ったような表情で苦笑する。「まして——あなたの目前にいるのは、あなたの家族を屠《ほふ》った張本人だというのに」

窺うように。

疑うように。

薙真は伊織を鋭く見据える。

冷めた——瞳。

冷たい瞳。

「…………」

「——そうですか。やはりそちらも、同様にそうなんですね」

反応に困っている伊織の姿を見て、納得したように頷く薙真。しかし、伊織の方は全然納得なんてできていない。

「あ、あの、どうしてこれ、解いてくれ——」

両手首のゴム紐を示そうとして、そこで伊織は更に混乱することになる。いつの間にか自分は右手に、物騒な抜き身の刃物を持っていたのである。いわゆる匕首《あいくち》と呼ばれる種類の和式短刀。

どうして。

どうしてこんなものが、わたしの手に。

「実験ですよ、ただの実験」

薙真はつまらなそうに言う。

「そしてその結果は実に芳《かんば》しくありませんでした——ね。あなたは目隠しを解くよりもまず、状況を認識するよりもまず、そこに落ちている刃物を手に取った。それはもう、本能的な行動であるとしかいい表す仕様がない——」

「…………」

人と会えば——人を殺すことしか考えられない。身の安全よりも人を殺す方法を第一に思考する。

いや。『殺す』と考えてすらいない。

『殺す方法』を思考してすらいない。

「あなたは――『零崎』伊織さん。あなたはもう、人を殺したところで『罪悪感』も『罪責感』も抱くことが――ない。自分の家族を殺した男を目前においても――もう、『殺意』を憶えることがない。それは何故なら、『殺意』はいつも、あなたの隣にあるものなのだから――」

「ち、違います違いますっ！」

伊織は思わず大声をあげて、薙真を否定する。

「も、もう、みんなして勝手なことばかりいわないでください！　わたしの話も聞いてください！　わたしはそんなんじゃないですよ！　わたしはどこにでもいる普通の女の子なんですっ！」

そんなんじゃない――と否定しながらも。

匕首を手放すことができない。

それどころか――

いつの間にか、それを薙真に向けて構えている。

こんな普通の女の子が、どこにいるのか。

薙真は――そんな伊織の姿に、ため息をつく。

マンションで遭遇したときのような軽佻浮薄《けいちょうふはく》さはどこにもなく――兄の刃渡同様に冷たくて――しかし、むしろ今の、陰鬱《いんうつ》な調子の彼こそが、あるいは装飾を取り払った、本当の早蕨薙真なのかもしれなかった。

「ねえ――どんな気分なんですか？　ある日突然、気付いたときには問答無用に『殺人鬼』になってしまうだなんて」

「……う、うう」

「カフカの『変身』じゃないですけれどね……。朝起きたらいきなり『殺人鬼』になっているなんてのは『朝起きたら夜だった』くらいの衝撃があるんじゃないでしょうかね――『才能』というのか『性質』というのか、そんな区別は知りませんけれど」

「そ、そんなこと――」

「何をやるにしても、天性の『天才』って奴はどうしようもなく、そしてどこにでもいるんですよね——まさに真に問答無用に」

「…………」

「人は——自分の才能を選べない。別に紫式部にしたって、『源氏物語』を書きたかったわけじゃないんでしょうよ。もしも彼女の名が『源氏物語』と共にしか語られないというのなら——彼女の人生は、彼女の存在は、まるで、ただの自動的な書記装置じゃないですか」

「そ、装置——」

「装置でないというのなら——歴史という名の舞台の上での役割《ポジション》、といったところですか。しかし僕らみたいにロクでもない役割《ポジション》を押し付けられるくらいなら、存在意識《アイデンティティ》なんてない方がマシだと思いませんか？　その辺の、何の目的も何の思想も何の意識もなく適当に、ただの書割《かきわり》の背景として生きている『普通』の連中にでも混じった方が——よっぽどマシだとは思いませんか？」

「…………」

なんなんだ——と伊織は戸惑う。

一体何を考えて、薙真は伊織にそんなことを問うのだろう。そんなことを伊織に問う理由——そんなことを伊織に喋る理由が、まるで分からない。ひょっとして——双識と相対したときにでも、何かあったのだろうか。だとして——伊織から、一体何を聞き出そうとしているのか。

「伊織さん。『殺人者』と『殺人鬼』と『殺し屋』の違いが分かりますか？」

「え、ええ……？　そ、そんなの」

「分からないでしょうね。僕にも分からない。そんなのコロンボとコロンブスとの違い、アーカードとアルカードの違い、ハニバルとハンニバルの違いだと、僕は思うんですけれど」

「こ、恋と愛との違いとか、ですね」

薙真の真意がつかめないままになんとか話題を合

わせてみたが、「それは越前リョーマとコンバット越前くらい違います」と否定された。

「とにかく——とことんまで意味を突き詰めて考えれば、『殺人者』も『殺人鬼』も『殺し屋』も、何も変わらないと——僕は思うんです。どれにしたって、人を殺すモノだ。……だけど、マインドレンデルさん曰《いわ》く、それは決定的な差異らしいんですよ。……僕はね、『零崎』伊織さん」

ひゅん、と薙真は薙刀を回転させる。

「僕は『そういう風』に作られたんですよ。物心つく前から、『そういう風』になるために製作されてきたんです。多分——この世に生を享《う》けるその前から、それは決定していた。僕自身には選択の余地もなく何の決定権もなく——『そういう風』になるためだけに生きてきた。僕だけじゃない、兄さんも弓矢さんも——」くすり、と、ここで薙真は微笑む。「『三兄妹』なんていってもね、昔はもっと数がいたんですよ。候補は、——候補だけなら、結構いたんです。結果として——『そういう風』に完成したのが、僕ら三人だけだったというだけでね」

「…………」

「だけど……『零崎』は元々、『そういう風』に誕生しているんですってね。兄さんの言葉を借りれば『生来の者にして生来の物ではない』——でしたっけ。選択の余地も決定権もないのは同じだけれど——最初から『そう』なのと作られて『そう』なのとじゃ、全然違うんでしょうね。僕はそれを『運命』の責任にできるけれど——あなた方『零崎』には責任を押し付ける対象が存在しない。『死神』の『石凪』でさえ、自らの所業を『神』の責任にできるというのに——『零崎』は自分の責任ですらない。それは『生まれついて』のものですらなく、『生まれもって』のものでさえないのだから」

「…………」

「人殺の鬼——殺人鬼。正しくその言葉はあなた達にこそ相応しいのでしょうね——」

動機もなく道理もなく理由もなく利益もなく目的もなく黙想もなく原因もなく幻想もなく因縁もなく印象もなく清算もなく正当もなく狂気もなく興味もなく命題もなく明解もなく義侠もなく疑問もなく獲得もなく確実もなく暴走もなく謀略もなく尊厳もなく損失もなく崇拝もなく数奇もなく妄執もなく蒙昧もなく欠落もなく結論もなく懊悩もなく応変もなく益体もなく約束もなく正解もなく成功もなく執着もなく終焉もなく根拠もなく困惑もなく負荷もなく風情もなく決別もなく潔癖もなく超越もなく凋落もなく遠慮もなく演摘もなく努力もなく度量もなく帰結もなく基盤もなく霧消もなく矛盾もなく独善もなく毒考もなく傾向もなく敬愛もなく打算もなく妥協もなく煩悶もなく反省もなく誠実もなく静粛もなく瞠目もなく撞着もなく極端もなく曲解もなく偏見もなく変哲もなく安堵もなく暗澹もなく哀楽もなく曖昧もなく相談もなく騒動もなく喝采もなく葛藤もなく構想もなく考察もなく徹底もなく撤退もなく計算もなく契約もなく無念もなく夢幻もなく容赦もなく幼心もなく資料もなく試練もなく寂寞もなく責任もなく誹謗もなく疲労もなく体裁もなく抵抗もなく究竟もなく屈託もなく技量もなく欺瞞もなく要望もなく様式もなく選別もなく先例もなく検分もなく険悪もなく題材もなく代案もなく混沌もなく懇念もなく禁忌もなく緊迫もなく倦怠もなく権限もなく気配もなく外連もなく躊躇もなく中庸もなく敷衍もなく不安もなく解説もなく回避もなく規則もなく企画もなく陵辱もなく良識もなく虚栄もなく拒絶もなく防備もなく忘却もなく踏襲もなく到達もなく娯楽もなく誤解もなく惰性もなく堕落もなく叱声もなく失墜もなく嫌悪もなく見解もなく感情もなく癇癪もなく意見もなく威厳もなく境地もなく恐怖もなく作為もなく策略もなく嗜好もなく思想もなく。

純朴かつ潤沢な殺意のみで。

　人を殺す。

殺人鬼。

零崎――一賊。

血の繋がりではない、流血の繋がり。

「――違いますよ、それ」

伊織は――ゆるやかに、首を振った。

今度は静かに。

薙真の言葉を否定する。

確かに。

わたしはクラスメイトを殺したというのに、何の罪悪感も抱かなかった。家族を殺されたというのに、まるで悲しみを感じていない。家族を殺した張本人を目の前に、全然怒りが湧《わ》いてこない。

これは――双識と会っておかしくなった、ということではない。生まれて初めて人を殺して――あるいは殺されそうになって、何かが――『才能』だの『性質』だのが目覚めたと、覚醒したと、そういうわけでも――ない。

おかしくなったんじゃなく、おかしかったんだ。

おかしくなったのは、おかしかったから。

ただ、おかしかった部分が表層に現れただけ。

ずっと前から――いつからだったか、ずっと――

伊織は『そういう風』だった。

徹頭徹尾《てっとうてつび》、最初から最後まで――

伊織の人生の主役は、伊織だった。

どこにも到達できない。

追跡されている、イメージ。

逃げている、ヴィジョン。

ゴールのないマラソン。

終わりのない中途。

伊織は――無桐伊織は、ずっと、逃げていた。

そしてずっと逃げてきた結果が、この有様《ありさま》だ。

昨日突然、靖道に襲われたときに反撃してしまったところで『何か』が変わったわけではない――伊織は、終始一貫している。いきなり『そういう風』になったわけじゃなかった。支払いを延期して延期して、先延ばしにしまくった挙句《あげく》に利子が限界までたっぷりたまった、いわば借金みたいなものだ。

あるいは――怖かったのか。

伊織という人間が、一体『どういう風』なのか。

それを知るのが。

だから――真剣にならず。

何ともまともに向き合わず。

逃げるように――生きてきた。

家族が殺されたと聞いて――この薙真に、フォークの切っ先を向けた、あのときの感情は『怒り』で正しいのだろうか。家族の生死を確認しようともせず――今、こうして、文字通り親の仇《かたき》である薙真と普通に会話している自分に、そんな上等な感情があるのだろうか。

あれは、ただの『殺意』の発露ではなかったか。

殺意。

感情も理性も伴わない、それは性質。

いつか失敗し――どこかで間違えたその結果。

成程――だとすれば大した悲劇だ。

『間違った天性』。


薙真のいうことは、ほとんど正解といっても間違いでないくらいに――正しいように思える。

けれど――それは。

「……そういうことじゃ、ないんだ」

わたしは――お父さんもお母さんもお姉さんもお兄さんも好きだったし――人なんか殺したくなかった。誰が何と言おうと――零崎双識が何と言おうと早蕨薙真が何と言おうと、たとえ無桐伊織の本性が『どういう風』であったところで――そこだけは、譲らない。

絶対、譲らない。

絶対、許さない。

「多分――双識さんよりも薙真さんの方が正解には近くて……本質的には、本質的なところでは、双識さんと薙真さんは、そんなに違わないと思います」

「へえ」唇《くちびる》を吊り上げる薙真。「そんなに違わないっていうんなら――じゃあ、何が違うっていうんですか？　教えてくださいよ」

「それは……わかりません。　わかりませんけど……でも、わたしも双識さんも薙真さんも……一人一人、別の人間です。人間なんです。性格があって、人格があります。　装置なんかじゃありません。　装置なんかには――なれないんです」

どれだけ、それに憧《あこが》れても。

そうなれたら幸せと、わかっていても。

「だから、その……『殺人鬼』だとか『殺し屋』だとか――そんな画一的には、語れないはずです。そんな風に語っちゃあ――いけないんです」

「そりゃあ――大した答ですよ、全く。分類《カテゴリ》を嫌いますか？　感心しちゃいますね」馬鹿にしたように――伊織の言葉を受ける薙真。「分類《カテゴリ》を嫌う……はっ！　だったら貴様には何があるってんだ！　人を殺す以外何もねーんじゃねえか！　俺達にゃあそれしかねーんだろうが！　人を殺す以外のことは何も知らないし、何も持ってねーし、それしか信じるものなんかねーんじゃねえか！　貴様も俺もマインドレンデルも兄さんも――よお！」

激昂《げっこう》したようにいきなり怒鳴って、そして早蕨薙真は伊織に向けて薙刀を上段に構えた。伊織も咄嗟に、匕首を構え直すが、しかし何分完全なる素人、その構えはどこか滑稽な具合である。

「――伊織さん」

構えたまま――冷えた声に戻って薙真は言う。

「それでいうなら、あなたは『今現在』、『殺人鬼』でも『殺し屋』でもない――いうならただの『殺人者』。まだ完全に『零崎』になっているわけではないんです」

なりかけの『零崎』。

『変異』する経過。

そういわれたのだったか。

「だから――選ばせてあげますよ。『零崎』ではない、無桐伊織さんに――選択の余地と決定権を差し上げましょう。今なら――今現在なら。あなたは人間のままで死ねますから」

「………」

「正確にはただの一人だって絶命に至らしめていない今のあなたなら——『鬼』でも『人外』でもない『人』として——死ぬことができます。今ならね」

「……あなたと戦うか、あなたと戦わないか、ここで選べってことですか……？」

後ずさりしつつ、訊く。

しかしすぐに壁が背についてしまった。

逃げ場はない。

逃走は——できない。

もう逃げられない。

もう逃げられない。

もう——逃げられない。

「わたしは、そんな選択——」

「違います」

薙真はすぅっと動いて——

その大薙刀の射程範囲に、伊織の身体を入れた。

「僕に殺されるか自分で死ぬか——どちらでも好きな方を、選んでください」

「…………」

嫌だよ。


（早蕨薙真——追試開始）

（第六話——了）

第七話　死色の真紅（2）

およそ十年と少し前。
ことを最も単純に具体するならば――それはただ、一人の『彼』と、一人の『彼女』が、互いに向き合って『喧嘩』をしたと――それだけのことだった。

それだけのこと。

たったそれだけのことに――大統合全一学研究所、通称ER2システム（現・ER3システム）、その背後に四神一鏡を覗かせる神理楽の組織、更に加えて玖渚機関を中心とする一大コミュニティ、及び『匂宮』『闇口』『零崎』『薄野』『墓森』『天吹』『石凪』の『殺し名』七名、更にはその対極たる『時宮《ときのみや》』『罪口《つみぐち》』『奇野《きの》』『拭森《ぬくもり》』『死吹《しぶき》』『咎凪《とがなぎ》』の『呪い名』六名――それら全てが巻き込まれた。

繰り返していう。

『彼』と『彼女』が手を取り合って一致協力し、それらの組織に攻め入ったわけではない――『彼』と『彼女』は互い以外のモノを眼中に入れてなどいなかった。逆にいうならば互い以外のモノなどどうなってもよかった、どうでもよかったとそういうことで、ならばやはり、それら、『彼』と『彼女』以外の全ては、ただそこにいて、ただそこにあって、ただそれだけで――

巻き込まれただけなのだ。

巻き込まれただけなのに――それらの全ては、ほぼ壊滅状態に陥ったといっていい。あれから十年以上が経過したというのに――元のカタチに復元できたものなど、ほとんどないのだ。全てが、歪《いび》つに歪んでしまった。たった二人――たった二人の諍いに、世界そのものが駆逐されかかったのだ。

当時のことを語れる者はほとんどいない。

詳細《しょうさい》を知れるだけの範囲内にあった者はほとんどその生命を失ったし——かろうじて生き残った者でさえ、あえて口を開こうとはしない。頑《かたく》なに口を閉ざし、恐らくその口は死ぬときまで開かれることはないだろう。折角永らえた生命を——あたら粗末にするような者は、そうそういないということか。それとも——単純に思い出したくないだけなのか。それほどまでに——

『彼女』と『彼女』は禁忌なのだ。

禁忌の存在なのだ。

禁忌の伝説なのだ。

禁忌の神話なのだ。

禁忌の奇跡なのだ。

触れたくない。

たとえ冗談でも——触れたくないくらいに。

だから、その微少で極大の戦争、『世界大戦』の勝者が『彼女』であることを知る者もまた——ほとんどいない。

究極の赤色と称される『彼女』。

『彼女』は——『死色の真紅』と呼ばれる。

◆　◆

——最初の違和感は、あの赤い布。

「——く、は、は、は、あはははははははははははははははははは——」

必死に林の中を駆ける姿があった。

その長い手足と無駄に高い背丈を、ところ狭しと縦横無尽《じゅうおうむじん》、木々の隙間を縫《ぬ》うように、立体交差的に移動する。その際に適当な木々を破壊し、追跡の難易度を上げる細工《さいく》も忘れない。それは万事においてぬかりのない『逃走行為』だった。しかし、それだけ完全なる逃走活動を行っているにもかかわらず、針金細工のような体格のその男の表情には、まるで余裕というものがない。どころか、その表情は引き攣《つ》ったような、とても見ていられないような笑みで満たされている。

「は、はは、はは、あはははははは――！」

そして実際、大声で笑う。

全く――

本当に、笑うしかない。

零崎双識はそう自嘲《じちょう》する。

殺人『鬼』が追いかけられる鬼ごっこなど、そんなのは下手な洒落もさながらではないか。

究極の恐怖の中で、双識はそう思った。

「――ったく、なんでこんなことになるかね……。大体、どこなんだよ、ここは！」

先ほどからどれくらいの間逃げ続けているのか、想像もつかない。人生の残りを全て逃走に費やしてしまったかのような気分だが、実際は一時間程度のものだろう。けれど――その一時間で、既に十分なはず。あの地点から、東西南北どこへ向かったところで、この森林から脱出するには、十分なはずなのに。

「くそ、例の『結界』か――」

同じ場所を――ぐるぐる回っているような。

景色が、全然変わらない。

移動しているのに、移動していない。

双識は『結界』の理由に今にしてようやく思い至る。あれは双識の『侵入』を封じるためではなく、『逃走』を封じるためのそれだったのか。あまりといえばあまりに古典的な罠に引っかかってしまった。そしてその結果は――

「――考えうる限り、最悪だな」

ちらり、と後ろを振り返った。

そんな行為に時間を費やしている余裕など微塵《みじん》もないというのに、そうせざるを得なかった。何故《なぜ》なら――そんな光景は、滅多に見られるものではないのだから。

そこには、伝説が。

そこには、神話が。

そこには、奇跡が。

そこには、『彼女』が存在し――

しかも『彼女』は双識を追ってくる。

走って――ではない。

『彼女』はそんなエレガントでないことはしない。むしろのんびり、森林公園のハイキングを楽しんでいるかのような、そんな暢気《のんき》な足取りで――双識の足取りに、ぴったりとついてきているのだ。

片や全力で駆けている零崎双識。

片や暢気に歩いている『彼女』。

純然に考えれば双識が早々に逃げ切っているはずのこの理屈を覆《くつがえ》すのは――双識が立体交差的に駆けているのに対し、『彼女』は真っ直ぐ、一直線に双識へと歩いているという一点だ。

障害物――というものがある。

あるいは、遮蔽物《しゃへいぶつ》、とも。

この場合は、森林を構成する樹木がそれだ。

双識はその障害物を利用して、時にはそれを隠れ蓑《みの》に、時にはそれを移動手段に、時にはそれを眼くらましに、障害を『手段』に変換する。

だが。

『彼女』にとって――樹木などはそもそもにして障害ではないのだった。『彼女』を遮蔽できるものなど、この世界にはありえないのだ。

虫でも払うかのように手を薙ぐ。

それだけだ。

荒嵐《あらあらし》い手つきで、軽く薙いでみせるだけ。

それだけで――『彼女』の前から樹木は消失する。時にはそれはめきめきと音を立てて、時にはそれはべきべきと音を立てて、時にはそれは何の音も立てずに、障害を『無為』に変換する。

「理屈は単純――『空気に衝突して事故るトラックは存在しない』――」双識はあくまで立体的に逃走を続ける。これがぎりぎり、『彼女』との距離を保てる、唯一の手段だった。「とはいえ、ふざけんなよ――『鷹《イーグル》』どころか『熊《グリズリー》』じゃねえかよ、あんなの――！」

　必死をこいて逃走行為を続ける零崎双識ではあったが――しかしこれは考えてみればとんでもなく馬鹿馬鹿しい行為だと言えた。『彼女』がほんの少しでも本気を出せば――今ある両者間の距離など、あっというだけの間もなく詰められてしまう。いうならこれは『彼女』の余裕《あそび》だ。

　余裕――酔狂。

　『彼女』は鬼ごっこを楽しんでいる。

　双識は早蕨薙真に『何事も余裕《あそび》がなければつまらない』などといったが、成程、立場的に遊ばれるというのは、あまり気持ちのいいものではない。けれどそんな『気持ちの悪さ』などを不快に感じているだけの余裕すらも――今の双識にはなかった。

　絶対。圧倒。強大。覇烈。

　――赤色。

　なんて――美しい。

『早蕨』――とんでもないのを雇ってくれたもんだね。手が込んでいるだけじゃなく、随分と手がかかっている――」

　しかし、いつまでも混乱の中に甘んずる零崎双識ではなかった。さすがにこの辺りで、徐々にながらではあったが、平常心を取り戻し始める。とても冷静とは言いがたかったが、それでも『現状』を認識する程度の判断能力は戻ってきた。

「――『鷹』だろうと『熊』だろうと――一賊の敵に回った以上はこちらにとっても『敵』だ。いかな理由で赤色が『早蕨』に伍《ご》したのかはわからないけれど――やるしかないか」

　枝から枝へと飛び移りながら、背広の内に右手を忍ばせ、『自殺志願《マインドレンデル》』を取り出す。ただ、この時点で双識に、『彼女』に対して、真っ向から立ち向かうつもりなど僅かだってない。双識は『殺し屋』でもなければ『戦士』でもない、勝利や目的の達成に意味を見出すことはあっても、戦闘そのものには何の意味も興味も見出さない。あくまでも考えることは『逃走』だ。『彼女』との、無駄な争いは避けるに限る。双識の自称平和主義を差し引いても、こと『赤色』に限ってのみは、零崎一賊といえどそう判断せざるを得ない――

それほどまでに『彼女』は最強なのだ。

「それを理解した上で『彼女』を雇ったというのか……？　しかしいやしくもあの『匂宮』の分家でありながら、その行動はいささかプライドってものに欠けるんじゃないのかい……？」

それほどまでに――妹の仇にこだわるか。

早蕨弓矢。

「お前は全く罪作りだな、人識――」

『彼女』から少しでも距離を取ろうと上へ上へと向かうように枝から枝へと飛び移りつつ、双識が、苦々しい口調で弟の名を口にしたそのとき。

後方からの、追跡の足音が消えた。

今まで、木々が薙ぎ倒されるその音に隠れながらも、確実に双識の聴覚が捉《とら》えていたその無造作な足音が――ぴたりと停止したのだ。

そして――一言。

「飽きたな。鬼ごっこ」

そんな声がした。

酷く――ぞんざいな声音《こわね》。

思わず振り向くが――そこにはもう誰もいない。

そして。

ここに、『彼女』がいた。

助走の足音もなく――跳躍《ちょうやく》の脚音もなく――一息で飛び上がってきた『彼女』が、双識の上方で、空中に――存在していた。何の事前動作も何の予備動作もなく――『彼女』は十メートルの距離を、跳躍していた。

「――ひ」

悲鳴をあげる暇もない。

『彼女』がやったことは単純明瞭、ある程度身体が柔らかければ誰にだってできる。

右腕をぐいっと後ろに振りかぶって――

「……『地球割り』」

――振り下ろした。

「ぐぅ……ずあぁあ！」

ぎりぎりで――『自殺志願《マインドレンデル》』を持つのと逆の左腕で、それを防御する。否、防御できたとは言いがたい。それはただ、左腕で顔面を庇《かば》ったという、それだけの効果しか得られなかった。

腕が砕ける音を聞いた。

視界が急激な勢いで回転し、通常の十五倍以上の重力で地面に叩きつけられる。その反動で二メートルばかり跳ね上がり、再度、同じ位置に打ちつけられることとなった。その場にクレーターができなかったのが不思議なくらいの落下速度、隕石の気分を味わった。

「が、は、あ。あああ」

左腕。そして左側の肋骨《ろっこつ》。軒並み、滅茶苦茶《めちゃくちゃ》にへし折れている。左脚も――折れてこそいないが、酷く傷めてしまったようだ。

『彼女』はどこだ？

咄嗟に確認する。

見れば、『彼女』は、『彼女』の赤いその姿は、先ほど双識が手をかけていた太枝から、飛び降りているところだった。今の双識の地点からの距離、およそ五メートル――と、そこまで事実を認識して。

零崎双識は――にやりと笑った。

「――右半身は全くの無事……『自殺志願《マインドレンデル》』も、手放していない。そして――どうやら『噂通り』らしいな、『彼女』」

ぐ、と鋏を持つ右手に力が入る。

「……『最強』ゆえの『余裕』――それは『油断』と同義。だとすれば――つけ入る隙はある」

本来なら――今の一撃で勝負は決まっている。

否、それどころではない、最初、あの遭遇のときに――勝負は決まっているべきなのだ。双識の背後を容易にとっておきながら、その時点では何もしないなど――甚振《いたぶ》っているつもりなのかなんなのか、暢気に鬼ごっこを楽しみ始めるなど——それは、失策以外の何物でもない。

「その『むらっ気』——利用させてもらう」

双識は——生存を諦めていなかった。

　大丈夫、内臓が無事ならば問題ない。『ここ』を突破した後に早蕨の長兄とやり合わねばならないことが憂鬱《ゆううつ》ではあったが——それもこれも、自分の新しい妹のため——家族のためだ。家族のためならば、零崎双識は諦めない。絶対に。憧れの『彼女』から直式に殺されて死ぬのは、己の死に様として悪い選択肢ではないけれど——今はまだ、時期尚早だ。

「おいおい。どーした？　死ぬほど手加減してやってっつーのに、まさか死んじまったのかー？」

　言いながら、『彼女』が近付いてくる。まだ——遠い。この距離では『必殺』できない。しかも、狙うは——狙わなければならないのは『一撃必殺』。今の双識には、全くといっていいほど余裕がない。

余裕など、あろうはずもない。それでも。

「は。弱いなあ。実に弱い。弱過ぎる。弱くて弱くて弱くて弱くてたまらない。『二十人目の地獄』だとかいうからもうちょっと骨のある奴を想像していたけれど——なんてまあ貧弱だ」

「…………」

　息を潜めて待つ。

狙うは——首の一点。

それもノーモーションで繰り出せる一撃、剣道でいう『突き』だ。それは薙真が双識に使用した手段であり——そして伊織が靖道に使った手段だった。

　もっとも原始的であり、かつ有効。

　いかに『彼女』といえど——その具象が人体であることに変わりはない。ならば刃物を通さないわけがない。最も筋肉が薄い部位の一つである頸動脈を狙えば——勝機はあるはず。少なくとも、この場をどうにかしのげるだけの、その程度の勝機は。

「…………」

そもそもなら、こんな情けない形の『勝機』が存在するわけもない。手負いの獣が如何に厄介かなど、この世界に生きている者なら誰でも知っていることだからだ。とどめを刺すそのときにこそ最も警戒しなければならないのは、言うまでもない当たり前のことである。

だが『彼女』は——

あっさりとその距離を詰め、何の警戒心もなさそうに双識の間近にまで迫ってきて、脚を止め、あろうことか、しゃがみ込んで、その顔を双識に寄せてきた。

「んー？　あれ、本当に死んだの、かな——」

「——づあっ！」

刹那に。

『自殺志願《マインドレンデル》』の片刃の切っ先を喉元に向けた。

身体を捻じるように起こし、最短の速度で、しかし最大の重力を込めて、唯一の勝機に向けて『自殺《マインド》志願《レンデル》』をきらめかす。これで決まらなければもう終わり——『彼女』が身を躱《かわ》せばもう終わり。いくら『彼女』といえど、双識に対して二度と油断はするまい。

どうしようもなく乾坤一擲《けんこんいってき》、まさに一点突破、どちらにとっても一撃必殺！

「…………」

「…………」

結論だけ言えば。

『彼女』はその身を躱さなかった。動こうともしなかった。零崎双識が渾身《こんしん》で繰り出した『自殺志願《マインドレンデル》』の刃はまごうことなく、見事に『彼女』の喉を捉えた。にもかかわらず——

『彼女』は無事だった。

ことも、なかった。

刃は——皮膚にも刺さらず、停まっていた。

「…………は。はははは。あはははははは」

もう——これで本当に、笑うしかない。

もう——何も、することがなくなった。

もう――何も、なくなった。

「ははは――はは、あは、あはは」

現実的に刃物が通じない相手にどう戦えというのだろうか？　否、刃物だけではないだろう。たとえこの場に最新型のマシンガンがあったところで、『彼女』はその弾丸を避けようともすまい。否否、マシンガンなど物の数ではない。核ミサイルが群れをなして空から沛然《はいぜん》と降ってきたところで、『彼女』は悠々と鼻歌混じりで生き残ることだろう。いやむしろ、見渡しが綺麗になったと喜ぶかもしれない。地球そのものが消えたところで、平気の平左で火星にでも移住するに決まっている。

　余裕だとか、油断だとか。

　そういうレベルの話じゃない。全然、そんな話をしていないのだ。そんなレベルの低い話は――こっちが勝手にしていただけだ。

「は、はははははははっは、あはははは――」

　畜生。


　こんなところで――朽《く》ちることになろうとは。

　一賊の敵を殺すこともできず――『妹』を助けることもできず――否、問題はそれだけではない。この自分――マインドレンデルが倒れたとなれば、その『仇敵』である『彼女』に対して零崎一賊が動くことになる。絶望的に勝ち目のないそんな戦闘に、一賊郎党全員が挑まねばならない――己達の存在理由をかけて。『敵』は『敵』でなくなるまでに叩き潰す――それが零崎一賊なのだから。

　その結果に待っているものが絶滅だとしても。

　始まってしまえばもう終わらない。

　一人でも犠牲者が出てしまえば――

　それはもう、『無駄な戦い』ではないのだ。

「――それだけは」

　それだけは――避けなければ。

　こんな殺せそうもない存在にだけは――零崎双識は、殺されるわけにはいかないのだ。

　家族は。

家族は、俺が、守るのだから。

考えろ。

考えろ、考えろ、考えろ、考えろ。

全身全霊を使って思考しろ。

何かあるはずだ。何かあるはずだ。

何かがあるはずなんだ。

「は。なんだか全然つまんねーな。黙っちゃって、しょぼくれちゃってまあ。もう奥の手はないのかい？　楽しませろよ、マインドレンデルさん」

「…………」

「楽しいもの以外はいらねーぜ？　うん？」

『彼女』からの最後通牒《つうちょう》にも耳を貸さず——零崎双識は思考する。己にとって何か都合のよい事実はないか——ここまでの展開を思考する。ほんのわずかでもいい、それこそ奇跡みたいなもので構わない、何か、可能性は——

希望はないのか。

まず、最初のシーンだ。

赤い布。

あの、死色の真紅に染まった、布。

あの——布。

赤色。

「はん——」

がしっ——と、『彼女』に首をつかまれる。

「ったく——『早蕨』の連中も『零崎』のお前も——『妹』『いもうと』と、馬鹿みてーなくだらねー理由で命をかけるんだな——だったら」

そして信じられないほどの圧力が頸部《けいぶ》にかかる。

「その理由にのっとって、ここで死んどけよ」

◆　◆

早蕨薙真は——回想する。
自分には手の届かない——どうしようもないモノが、そんな存在が——この世にはあるのだと、初めて認識した、そのときのことを。

あの頃は——信じていた。

己の力を。

己の可能性を。

己の希望を。

兄と——妹と——そして自分——三人が揃って、一緒にいさえすれば——空にだって手が届くような、星々だってつかみとれるのではないのかというような——そんな淡い幻想を、信じていた。

しかし——幻想は脆くも儚《はかな》く打ち砕かれる。

打ち砕いたのは——本家の『殺し屋』だった。

そう——あのときも。

あのときも、薙真は、丸腰だった上、弓矢と二人きりだった。兄の刃渡は、薙真と弓矢よりも先に『仕事』に手を出していたし、それに一応三人の指揮官としての立場上、どうしても単独行動が多くなってしまっていたのだ。あの頃は、特にそれが頻繁だった。だが、武具が不在だったことなど、兄が不在だったことなど、何の言い訳にもならないだろう。それでもこちらには薙真と弓矢の二人がいて——しかも、相手、その本家の『殺し屋』はたった一人で、しかも、その両腕を——拘束衣によって封じていたのだから。

「ぎゃは——」

敗北。

完膚なきまでに敗北した。

相手は——本当に脚だけしか使わなかった。

「ぎゃははははははっ！」

その笑い声は——脳に焼き付いている。

本家と分家の違い——なんてものではない。

現役と見習いの違い——なんてものではない。

完全に、怪物だった。

完全に、どうしようもなかった。

その、矮軀《わいく》の、拘束衣の悪魔は——

どうしようもないモノだった。

まずは妹が倒れ、ついで薙真も倒れた。

相手は、ダメージなど全く受けていない。

もう駄目だ、と思った。

殺される――と。

「――ぎゃはは」

意識を失った弓矢をかばうように、彼女の身体に薙真が覆いかぶさったところで――ソレは笑った。

「――一時間、だ」

「………？」

「僕は殺戮は一日一時間って決めてんだよ――いやいや、今日はなかなか楽しめたぜ。あんがとよ、おにーさんおねーさん。まさか一時間持つとは思いもしなかった。薙刀使われてたらヤバかったかもな。ま、僕も両腕封じてるし、そこんとこはお互い様――ってことで」

「――う、ううう」

言葉が――返せない。

目の前のモノが自分と同じ言語を使っていることが、信じられない。何を言っても無駄で、こちらの言葉が通じるわけがないと、そういう確信だけがはっきりとある。

「いいセンスしてんぜ、おにーさん。……そんなおっかない眼で睨《にら》むなよ。心配しなくても、もう何もしねーさ。あんたにも――そのおねーさんにもよ。ぎゃはは、そりゃあ妹さんだったよな？　綺麗な面《つら》してんじゃねーかよ」

「…………」

「僕にも妹がいる――ここんとこにな」どうしようもないモノは、己のこめかみを、薙真に示した。「僕の場合はあんたらとは違って、協力関係じゃなく表裏関係なんだけど――正直、そっちの方が羨ましいって感じだ」

「う、羨ましい……？」

「あんたらは一緒の目的を追えるんだろ？　一つのものを、共有できるんだろ？　そいつは、僕にとっちゃあとっても羨ましいことなんだ。僕は常に――陰だから」

どうしようもないモノは、妙に自虐的《じぎゃくてき》な口調でいった。

「あんたも——妹は大事にすることだ」

そして——

その、どうしようもないモノは、去った。

以来、二度と会っていない。

直後、刃渡から、それは『人喰い《マンイーター》』、一人で二人の匂宮兄妹と呼称される、殺戮奇術集団匂宮雑技団最高の失敗作であると聞かされた。兄曰《いわ》く、両腕の拘束を解かせるほどに、薙真と弓矢に実力がなくてよかった——そうである。

失敗作、と聞いて、妙に納得いった。

そうだ——あんな『殺し屋』はいない。

あれは『殺し屋』なんかではない。

もっと他の何かだ。

自分達とは決定的に違う、もっと他の——どうしようもない何かだ。大失敗作だ。何かが失敗しなければ、あんなモノができるわけがない。

……あれから、たっぷりと時間も経過した。

今なら——少なくとも大薙刀を使いさえすれば、戦闘そのものは、たとえ両腕を使用されたところで——勝ち目がないとは思わない。今の薙真が『敵《かな》わないかもしれない』と思う対象は、早蕨刃渡、ただ一人しかいない。あの完膚なきまでの敗北は、結果からみれば確実にプラスになった。ひょっとすると、あの『殺し屋』の目的は、それ自体だったのかもしれないというくらいに、薙真と弓矢は成長した。薙真は、弓矢は、そして『早蕨』は、世代交代してから——確実に、史上最強の『早蕨』となった。

今となれば、あれは苦い思い出。

誰にでもある、挫折《ざせつ》の経験。

ありふれた——心傷《トラウマ》。

それでも——薙真は思う。

どうしようもない——どうにもならない、と。

いくら強くなっても——腕を磨いても。

たとえ、再戦して、勝てたとしても。

殺しおおせたとしても。

アレはやっぱり——どうしようもない。

どうしようもなく、自分とは違うモノなのだ。

手が届かない。つかみようがない。

強いとか、弱いとか。

殺すとか、死ぬとか。

そういう問題じゃない。

ステージが違う。

異常で、異様で、異形なのだ。

どうしても、ああはなれない。

アレはありえない。

アレになりえない。

次元が違う。

存在が違う。

全てが違う。

あんな感覚は、もう二度と味わいたくない。

——兄様。

——死ぬとはどういうことですか？

——殺すとは——どういうことなのでしょうか。

思えば——弓矢がそんなことを薙真に問い始めたのも、あの頃からだった。そんな、答えようもないような質問を——妹は二人の兄に繰り返した。

——わたし達は何なのでしょう？

——わたし達はどういうものなのでしょう。

——わたし達兄妹は、こんな風なのでしょうか。

——どうしてこんなことになったのでしょう。

刃渡はこれらの問いを、全て無視した。

元々、言葉数の多い兄ではない。

だから必然、薙真に答える番が回ってくる。

——死ぬとはどういうことですか？

——殺すとは——どういうことなのでしょうか。

そんなことは、わからない。

結局のところ、薙真はそう答えた。

考えて答えたわけではない。

というより、そもそも解答になっていない。

それでも——わからない、というよりなかった。

思い出したくなかったのだ——あの戦闘を。

深く考えたくなかったのだ——その問いを。

思うだけで、考えるだけで、不愉快だったから。

だけど、今から思えば——

妹の問いに、答えておくべきだった。

戦闘の傷を、思い出しておくべきだった。

問いの答を、考えておくべきだった。

そうすれば——

あのとき、対処できたのかもしれない。

弓矢は殺されずに——済んだかもしれない。

どうしようもないモノ。

全く同じ感覚を——味わった。

よく知っている——よく憶えている、あの感覚。

人ではないモノ。

この世のものではないモノ。

どうしようもない。どうにもならない。

どうしようもない——モノ。


そしてそれは——その感覚は。

『二十人目の地獄』と、刃を交えたときも。

彼と——言葉を交したときも。

そして今も。

今、このときも、ずっと続いていて。

それはそれは、本当に、どうしようもなく——

零崎一賊。

そう。

結局、そういうこと——なのだ。

自分とは違うモノ。自分には理解できないモノ。

決定的で、決まってしまっていて。

　零崎一賊は、きっと一人残らず、あの、匂宮雑技団製作の世紀の大失敗作と、同じだけの存在を、同じだけの特性を、明確に所有していて——


「——あっ」

くいん——と。

匕首を、薙刀の先で払いのけた。

払われた匕首は天井の梁に深く突き刺さり、落ちてこない。振られた薙刀はそのまま一回転し、持ち主の肩へと帰る。構え直すつもりもなく、早蕨薙真はそのままの姿勢で――

「これが現実ですよ」

と、『零崎』の伊織に対して言い捨てた。

　対する伊織は――これで丸腰である。刃渡が伊織を拘束する際（といって、するまでもなく何故か最初から拘束されていたらしいが）、身体検査をちゃんと済ませているので、彼女が他に、何も武器を持っていないことは確認済みである。

「いくらあなたが『殺人』の『天才』であっても――あなたがどれほどに『そういう風』であっても――あなたがどれほどに『どうしようのないモノ』であったところで――現時点において、あなたは素人で僕はプロです。この経験の差は、才能如きでは埋められません。

「う、うなー」

　伊織が唸って、薙真を睨む。睨まれたところで、薙真はそんなことにはまるで取り合わずに、「さあ、選択し直してください」と、要求した。

「僕に殺されるか自分で死ぬか――選んでください。いえ……」一旦、考えるように言葉を切る。「もっとも細かく、正確に説明するなら……そう、あなた個人の問題からするならば、僕に殺される方が、間違いなく『楽』です。自害の作法を心得ているとは思えませんしね――だから僕に殺される方を選択したなら、痛覚を感じる暇もなく、そっ首叩き落してさしあげましょう。けれど――その場合、あなたは『普通』じゃなくなる。『普通の女の子』なんかじゃあありえません。僕達はカタギの人を殺すことはありませんから、逆接、あなたはこちら側ということになる。『どうしようもない』ということが、どうしようもなく決定されることになる。けれど――」

「自分で死ぬのならあちら側、って言うんですね」

伊織は遣《や》る瀬《せ》無《な》さそうに薙真に言った。

薙真はそれに「その通りです」と頷く。

「本当は分かっているはずでしょう？　あなたがもしも『普通』であったなら――あなたの家族も死ぬことはなかったし、あるいはあのクラスメイトくんだって――命を落とすことはなかった。ああ――それから、マインドレンデルさん。今頃、あなたを助け出さんとしていたあのマインドレンデルさんも――林の中途で、終わっている頃でしょう」

何せ――兄の刃渡ではない。敵に回すのも味方に回すのもおぞましい、名前を口の端にあげることすらおぞましいようなあの女が動いているのだ――生き残れる可能性はまさしく零。薙真が双識の立場にあったとしたら、それこそ間違いなく自害を選ぶことだろう。あんな女と相対するくらいなら死んだ方がマシだ。そして――その解答は、薙真が今、伊織の立場にあったとしても――

同じだ。

人として死ぬか。

人外として死ぬか。

そんなの――選ぶまでもない、だろう……？

しかし――伊織は、まるで薙真の問いについてなど、そんな選択など考えもしていないかのように、

「え……双識さん、もうこの辺にまで――来ちゃってるんですか？」

と、論点でないところに問うてきた。

「ええ――もう、すぐそこまで来ていますよ。どちらにしろどちらにしたところで、無駄なんですがね。あまりにも……無駄だ。どうしようもなく……無為だ。僕には、そんなことをする気持ちがわからない」

と。

「――うふ」

途端――嫌な感じに、伊織が笑った。

その笑みはまるで――零崎双識のような。

そして彼女は、身構えた。

「――格好つけて死ねりゃそれでいーかなーなんて思ってましたけど……それを聞いちゃあ、そういうわけにゃーいかないみたいですね」

「…………？」

「わたしは『病弱で気の弱いあえかな』ってタイプじゃないですからね――『勝気でワガママ』しかも『お利巧さんで素直じゃない』って小悪魔タイプなんです。向こうはどんな目にあってもわたしを助けるのが『当然』ですけど……でも、向こうもピンチになってるってえのにこっちはあくまでむざむざ助けられるだけなんての――そんなの、ごめんです」

「……何の話です？」

「『妹』の話に――決まってるでしょう！」

怒鳴るようにいうや否や、伊織は薙真に向けて飛び掛ってきた。問答無用、文字通りの言葉どおり、直線に飛び掛かってきた。

その行動の意味が薙真にはつかめない。

その行動の真意が薙真にはつかめない。

何の武器も持たず――何の勝機も持たず、この自分に向かってくる理由とは――否、根拠とはなんだ？　その行動に一体どういう意味があるというのか。匕首くらいでも構えていればまだともかく――今の伊織は全く絶無の丸腰。そもそも攻撃の手段がないではないか。万に一つの、その一つすらも存在しない。圧倒的な実力の差が、まさか理解できていないはずもあるまい。いや、そういう、その手の計算が立たないからこその――『零崎』なのか？

――否。

違う、『零崎』には『投げやり』すらもない。

こいつらは――どうしようもないのだ。

今こうして向かってくる以上――そこには『必殺』しか存在しないはずなのだ。つまり何らかの意味、つまり何らかの理由、つまり何らかの根拠――つまり何らかの殺人手段があらねばならないのだ。

だが、マンションでのときのように、フォークをすら持っているわけでもない。他に、何か武器になりそうなものは？　縛っていた縄──ゴム紐──どちらも薙真が寸断している。あれでは鞭《むち》代わりにもならないし、首を絞めることも叶うまい。なら、一体、何が？

　分からないままに薙刀を構えるが、しかし如何《いかん》せん分からないままであるがゆえに、反応がやや遅れる。確信を持っての行動に出られない。既に伊織は圏内に這入っていた。この距離は、もう刃で払うには近過ぎる。薙刀を返し、一旦、石突で──

「……あ」

　思い──出した。

　最初のとき。

　あの高架下で、双識と伊織が接触したとき。

　あのとき──伊織は、零崎双識を退《しりぞ》けていた。恐るべきことに、ただの女子高生が──『二十人目の地獄』、マインドレンデルを、退けていたのだ。

　その両の手の──鋭き爪をもってして。

「──く！」

　咄嗟の判断で大薙刀を手放し、その返す手で、寸前にまで迫っていた伊織の左手首を押さえる。同時に、反対側の手首もぎりぎりで捉えた。その鋭い爪は──左は薙真の頸動脈の寸前、右は眼球のぎりぎりで、停止することになった。

「……不覚」

　もしも薙刀で払っていれば──どちらから薙いでいたとしても、その逆の側の爪が、薙真を抉《えぐ》っていたことだろう。そして、それが右だったところで左だったところで──致命傷だ。十分に確実に絶対に、どうしようもなく──死ねる。

「……おぞましい」

　これが──才能。

　これが──零崎。

　どうしようもない──モノ。

「──放して、くださいよう！」

　伊織は、両手をがっちりとつかまれているのを逆に利用して、その身体を宙に浮かし、手首を支点に薙真の腹に、両足を揃えた蹴りを炸裂させる。体重が軽いとはいえ、その体重の全てをかけての蹴撃、効果がなくもなかったが——

所詮、素人とプロとの差異。

筋肉に関しては鍛《きた》え方が違う。

びくともしなかった薙真は、そのまま伊織の両腕をひねるように返し、裏返しにして床へと叩きつける。両手を捉えられたまま衝撃を逃がすこともできず、伊織は前面から思い切り叩きつけられた形だ。更に薙真は容赦せず、その華奢な背中に自分の腰を据え、伊織の動きを封じた。

「ぐえっ！」

伊織が口から、潰された蛙の鳴き声のような音を漏らす。構わず薙真は、伊織の左腕を脚で踏みつけ、右腕を両腕でつかんだ。

「この爪は——危険ですね。爪の伸ばし過ぎは危険です。僕が手入れして差し上げますよ」

ぼそりと言って。

右手で伊織の四本の指をがっちりと固定し、左手の親指をそちらに揃えるように添えて。

生爪を四枚、同時に剝《は》いだ。

「あ、ぎ、いいいいいいいいい⁉」

聞くに堪えない悲鳴が響く暇こそあれ、薙真は慣れた手つきで、残った親指の爪も、冷蔵庫に貼られたシールのようにあっさりと剝ぐ。そして同じ手順で、暴れる右手を踏みつけて、続けて伊織の左手首をつかんだ。

「こちらは——一枚ずついきますか」

「い、い、いいいいいいいいいいいいいいいいいいいいいいいいいいい⁉　や、やだあ！　やだやだやだあ！　やめて！　やめてくだ——」

言葉にならない苦痛が伊織の指を襲う。

人さし指、小指、中指、親指、薬指。

順番に。

順番に順番に。

順番に順番に順番に。

順番に順番に順番に順番に順番に。

順番に順番に順番に順番に順番に。

一作業ごとにあがる悲鳴にまるで取り合わず、丁寧にして乱雑な手口で、薙真は伊織の十枚の爪を、一枚残らず剝がし終えた。

「あ……あ、あう……」

呻《うめ》く声には隠しようもなく涙が混じっている。それはそうだ、無理もない、当たり前といえば当たり前。生爪が剝がされる苦痛は深爪などの比ではない、大の大人であっても一枚二枚で音をあげる。まして伊織は昨日の夕方まで、正真正銘ただの女子高生をやっていたのだ。これほどの激痛を味わうのは生まれて初めてだろう。

「あう……う、う……」

ぐずりながら――伊織は抵抗をやめた。

薙真がつかんでいた手首を解放しても、それはだらりと垂れるだけだった。もう死んだように動かない。そんな伊織を――薙真は「くす――くすくす」と、せせら笑う。

「これで、本当に丸腰ですね。ピアノもさぞかし上手に弾けそうだ。ははっ」

「……やめてください……もう、許してください……」やがて、小さな声で、発音も不明瞭に、伊織が漏らす。「痛いのは嫌ですよう……え、えぐ、ぐ、あ、あう……指が……わたしの、指がぁ……ごめんなさい……謝りますから、もう、ひどいことしないでください……痛くしないでください……」

「…………」

「ひ、ひぐ……う。やめてください、やめてください、ぐ、ひぐ……やめてください、やめてください……痛いですよう……あ、ああう」

「――は。でしょうよ」

薙真は手を伸ばし、先ほど捨てた薙刀を片手で引きずり、手元に戻す。そして、その刃を、伊織のうなじに添えて――

そして薙刀の柄を、無理矢理伊織に握らせた。

「このまま——手を横に引けば、それでいい。それだけで、あなたは死ぬことができるのです。こんな痛い思いをすることもなく——ただの『普通』の『人間』として。これが最後の機会ですよ。これが最後の機会なんです、『零崎』——いえ、『無桐伊織』さん。さあ——選択して、決定してください」

伊織は嗚咽《おえつ》に震えている。

そんな伊織を薙真は見下ろす。少しでも抵抗するようなら——このまま、薙刀を後ろから押しつければそれでいい。豆腐でも斬るように、伊織の首は切断されることだろう。

「いいじゃないですか。くだらないですよ、くだらないはずですよ、あなたのこれから先の人生なんて。あなたはもう——一人だ。マインドレンデルさんにも言われたでしょう? 人と会えば人を殺すしかない、それが『零崎』なんです。どうしようもないんです。いつまでたってもたった一人。どうしようもなく一人。そんな人生に、何の潤いが、何の実りがあるというのです?」

「…………」

「僕やマインドレンデルさんは、もうどっぷりと——こちら側だ。それぞれに、もう手遅れではあるけれど——あなたはまだ間に合う。まだまだ常識の範囲内で、内々に処理できるんですからね。自分で引き際を飾る——むしろそれは、誇らしいことなんですから」

それが、薙真が伊織に向ける最後の言葉だった。

もう言葉は重ねない。

これ以上言うことはない。

これ以上はどうしようもない。

自分にできることは、ここまでだ。

そのまま——時を待つ。

しかし、いつまでたっても、伊織は嗚咽に震えているばかりだ。いくら生爪を十枚、剥がされたとは言っても、そろそろその痛みも麻痺《まひ》してくる頃、薙真はさすがに不自然を感じ、眉を顰《ひそ》める。

そしてよく見れば――

「うふ――」

よくよく見れば。

「ふふ――うふふ」

伊織は、笑っていた。

笑いに、肩が震えていた。

「ふふ。うふ、うふふふふ」

「――何がおかしいんです？」

「何がおかしいかって――あなたがおかしいに決まってるじゃ、ないですか！」伊織は顔を伏せたまま、未だ涙混じりの声で言う。「なんかさっきから言っていることがおかしい、滅茶苦茶だと思ってましたけれど――何のことはない、あなた、わたしに『自分で』、死んで欲しい、それだけなんですね？」

「…………」

「つまりあなたはわたしに――殺人鬼になるくらいなら自らの死を、選んでほしいんですね？　『そういう風』になるくらいなら、そんな『どうしようもないモノ』になるくらいなら、わたしに自分で死んで欲しいと、簡単にいえばそういうことなんですね？　うふふ、なんておかしい、なんておかしい、なんておかしい！　なんて理想――なんて理想主義。しかも、情けないことに、その理想を他人に押し付けてくるってんだから、迷惑千万極まりない。何が『手遅れ』だ――てめえでは何をする気にもなれない、ビビってるだけのくだらない臆病者！」

殺人鬼になるくらいなら死を。

人外に堕《だ》するくらいなら死を。

その選択は――至極真っ当、当たり前。

けれど早蕨薙真は――それを選ばなかった。

あった、はずなのだ。

自分にはその『選択肢』が本当はあったはず。

零崎双識――マインドレンデルの言葉で、それに気付かされた。『早蕨』は生来の者でもなければ生来の物でもない。だから――あったはずなのだ、道は。

選択肢も、決定権も。
ほんの少しだけでも、あったはずなのだ。
外道になる前に死を選ぶ道。
逃げても――よかったんだ。
もっと怖がって――よかったんだ。
たとえば――妹、早蕨弓矢のように。

「どうしようもないのは――てめえだろうが！」

伊織が伏せていた顔を起こして、薙真を強く睨みつけ――怒鳴った。

「そんなに死にたいんなら、ちゃんと自分で死ぬがいい！　死ぬことまでも――他人の所為にするな！　死にたいなんて甘えたこと言ってる奴の気持ちなんて――逃げたいなんて甘えたこと言ってる奴の気持ちなんて、わたしの知ったことか！」

「……っ！」

「わたしは死なない！　わたしは逃げない！　わたしは一人でも、独りじゃないなら、たとえ『どんな風』になろうと生きてみせる！　自分で死んだりしない！　自分から逃げたりしない！　わたしは否定しない、全部まとめて肯定してやる！　わたしは自分の人生如きに、才能如きに絶望なんかしない！」

　今まで大人しかったのが嘘のように、伊織はその全身で暴れ始めた。まさかさっきまでのは『泣いた振り』だったとでも言うのか？『嘘泣き』だって？　その隙に体力を回復させていたとでも？　伊織は止まらず、床を叩き、自由になる手足をばたつかせて、薙真の固めから逃れようとする。プレハブ小屋全体が軋《きし》み揺れんばかりの勢いで、伊織は滅茶苦茶に暴れる。その唐突さに、さすがに薙真は慌てた。薙刀の刃はもう伊織のうなじから離れてしまっている。今から改めて狙いを定めるのは難しい――そして、それ以上に。

　薙真は伊織の言葉に逆上していた。

「――き、き、貴様如きが、小娘如きが知った風な口を叩くか！　昨日今日殺人鬼になったばかりのガキがっ！　ぜ、絶望の何たるかも知らぬガキ風情がっ！　何の恨みもない女子供を無意味に殺したことがあるのか！　縁も、縁もゆかりもない真っ赤な他人を手前の都合で犠牲にしたことがあるのか！　あ、愛すべき大好きな友達を弑《しい》たげてから、そういうでかい口は利け！」

伊織の右腕を踏みつけ、その腕を取り。

短く構えた薙刀で。

「最早貴様は楽になど殺さん！　苦しんで苦しんで苦しめ、一寸刻みだ！　自分から『死にたい』と言うまでじわじわと切り刻んでやる！　じっくりとたっぷりと存分に後悔しながら死んで行け！」

伊織の右手首を、切断した。

絶叫が響く。

◆　◆

零崎双識の記憶は——檻《おり》の中から始まる。

それ以前のことを、彼は憶えていない。それ以前の自分を、彼は憶えていない。それ以前なんてものが自分にあったのかどうか——不確かで、よくわからない。状況から判断するに、どうやら、自分はどこから攫《さら》われてきて——そして、随分と長時間、この檻の中で生活しているという、それだけが、彼の知っている事実だった。

そして——その事実に、彼は確信した。

自分は——独りなのだと。

どうしようもなく——独りなのだと。

多分、それ以前の彼を知らないのは彼だけでなく——他の誰も、どこかにいるのであろう彼を生んだはずの両親も、世間も、社会も、世界も——誰も知らないのだと。

誰も、自分のことを、忘れてしまっている、と。

無理もない。

己ですら、己が誰か知らないのだ。

この檻の所有者も——彼のことなんて知らない。

彼を見ても、彼を知ってはいない。

彼に触れても、彼を知ってはいない。

誰も——

彼のことなんて知らない。

——ああ、きっと。

俺は——どうしようもないんだな。

そういう、ものなんだな。

そういう、モノなんだ。

世界に——俺は独りきりなんだな。

世界には——俺しかいないんだな。

ここには——誰もいないんだ。

だって——俺しかいないというのなら。

そんなの、いてもいなくても同じじゃないか。

自分がいてもいなくても、何も変わらない。

何もずれない、何も崩れない。

まるで——零だ。

悲しいくらい、自分は零だ。


——なら、もういいや。

彼は思った。

——いてもいなくても同じなら。

彼は考えた。

——全部、なくしてしまおう。

彼は決めた。

——もう、いいんだ。

彼は——諦めた。

そして——零崎双識は覚醒した。

だから、『それ以前』を持たないという意味で、零崎双識は、数少ない、非常に稀《まれ》な種類の——『零崎』であるといえるのだろう。弟——零崎人識のことを、彼が一番親身になって考えているのは、そういう彼の出生の事情に基づいている、と言えなくもない。零崎双識が身内を重んじ過ぎるくらいに重んじる零崎一賊の中でも、それでも変り種と呼ばれるくらいの家族主義者であるのも——それは、無理のないことだった。

彼は、嬉しかったのだ。

『両親』が——己の前に現れたとき。

自分を、迎えに来てくれたとき。

自分のようなモノを、受け入れてくれたとき。

本当に——嬉しかったのだ。

あのときから——

零崎双識は、独りではなくなった。

どこにいても、独りではなくなった。

いてもいなくてもいいことには、ならなかった。

ここにいても——いい、と思った。

生まれて初めて——檻から出られた。

だから彼は家族を守る。

だから彼は家族を愛する。

だから彼は家族の手を握る。

だから彼は家族を抱きしめる。

だから彼は家族の絆《きずな》を重んじる。

だから彼は——


　こんなところで、死ぬわけにはいかない——

「……元ネタは……『キン肉マン』か？」

「……あ？」

『彼女』は不審げな声をあげる。

　双識は構わず続けた。

「……ああ、『北斗の拳』もアリだな。それに『幽★遊★白書』『魁!!男塾』……うん、『きまぐれオレンジ★ロード』の従姉妹《いとこ》ちゃんは外せない。私の知識じゃ、こんなもんだが」

「……何言ってんだ？　お前。狂ったのか？」

『彼女』が心底不審そうにそう言ったと同時に。

「分からないなら、それでいいさ」

　双識はぐいっと、首を握る相手の手を振り払った。信じられないくらいに弱い圧力で握られた——その手を振り払い。瞬間に『自殺志願《マインドレンデル》』がきらめき、その腕をざくりと突き刺した。刃は、皮膚《ひふ》に弾《はじ》かれることなく——

突き刺さった。

深々と。

侵々と——突き刺さった。

「あ——あああああああああああああああああああああああああアアアアアアアアアアアアアアアアアアアアアアアアアアアアアアアア」

それは悲鳴ではない、ノイズの混じったような不快な声——否、ノイズの混じったような不快な音。

時を同じく、双識の視界がぐりんと反転した。

「分からないなら——あんたは『彼女』じゃない」

反転したのは視界だけではない——

反転したのは世界そのもの。

双識の背後まで、全ての景色が一転していた。

それは、見覚えのある場所だった。

そう思って振り向けば——そこには赤い布。

死色の真紅の布。

木の幹に釘《くぎ》で打ちつけられた、赤い布。

最初の——場所だった。


「うふふ——私としたことが、散惨に取り乱してしまってお恥ずかしい限りだよ。みっともないところを見せたもんだ。途中からちゃんと判明していることだったよね——今回の件に『呪い名』が噛んでいることは」

そして振り向く。

そこに、勿論、『彼女』はいない。

代わりに——その腕から血をだくだくと流している、軽く六十は過ぎているであろう老婆の姿があった。赤い衣服を身にまとっているが、それはどこかうらぶれた感じがして——まるで何の威圧感もない。

『彼女』のおもかげなど、どこにもない。

傷ついた腕をぐっと反対の手で押さえながら、その双眸《そうぼう》で双識を睨みつけている。そんな視線などなんのその、双識は軽く肩をすくめ、言葉を続ける。

「『恐怖』を司《つかさど》る操想術専門集団『時宮』——いくら私の名前が双識だからといって、あまりに出来過ぎだな。経験豊富なこの私も『催眠』系、『洗脳』系、その本人を相手にするのは初めてだ。すっかり騙されちゃったよ」

「…………………」

黙って双識を睨み続ける老婆。

「早蕨に『空繰人形』を提供したのもあなたの仕業か、ご老体。この『結界』もそのためのものだったのだな、成程成程」

適度な刺激のない単調な作業は人を催眠状態に陥《おとしい》れる。これを『感覚遮断性幻覚』という。適度な刺激のない単調な作業――それは目の前を動く振り子を見つめる行為だったり、荷物をあちらからこちらへ移す繰り返しだったり、どこを見ても似たような情景しかない林の中を歩くことだったりする。

「拍子抜けというか、正直がっかりしたところがあるのは複雑だが、しかしやれやれ――単純な話をかきまぜて随分と厄介にしてくれたもんだよ、本当にね」

「どうして――分かった」

しわがれた声で老婆が訊く。双識はそれに「うふふ」と軽く笑って、「簡単なことさ」と言う。

「いい手ではあるな、これは。卑怯で小ずるいが、しかしいい手だ。赤い布――この死色の真紅の布を見せ、まずは私に『彼女』をイメージさせる。そのタイミングでお家芸の『操想術』、あとは私が幻覚の中で果てるのを待つだけか。『勝てるわけがない』と思う相手を想起させるんだ、そりゃ、勝てるわけがないわな。冷静に考えてみれば漫画じゃあるまいし、いくら『彼女』でも木を片手で薙ぎ倒したりできるわけがない。いくら『彼女』でも刃物が刺さらぬわけがない。うふふ、『地球割り』はよかったがな」

「…………………」

「最初の違和感は――この布さ」

ひらめいている布を指し示す双識。

「もしもあれが本当に『彼女』ならば――相手を振

り向かせるためにこんな手段は用いない。相手の後ろを取るための手段なら、手段じゃないな、演出か、相手の後ろを取るための演出というのなら——もっといいものがあるのだよ。まず間違いなくだが、『彼女』なら、その演出を選ぶはずなのだ。彫刻刀なりなんなりを使って、幹に『振り向けば死ぬ』云々の文字を彫って待ち構える——という演出を、ね」

「な、何を言っている……？」

「だから私の言っていることが分からないのが、あなたが偽者である動かぬ証拠なのだよ。全てに説明があるなどと思わないことだね、こいつは推理小説じゃあないのだから。化けるのなら、ちゃんと相手のことを限界まで詳しく調べることだな、ご老体。ま、そこまで詳しく『彼女』のことを知っている人間の方が珍しいのか。何せ『彼女』、一種のタブーみたいなところがあるからな。その点、どうやら私はついていたようだね。いや、ついていないのかな？　そのせいで、あそこまで追い詰められてしまったともいえるわけだし。いやー、追い詰められた追い詰められた。あそこまで追い詰められるとは思ってもみなかった。ま、積年の夢であった『彼女』との邂逅《かいこう》が実現した喜びが私を冷静でなくしたということでそこら辺は解決しておくことにして、しかしご老体、かの名作を知らないとは、日本人として世界の負け犬決定だな。ああ、そういえば聞いたことがあるよ。『彼女』に化けて小金を稼いでいるチャチな『時宮』がいるとかいないとか。ありゃなんだ、あなたのことなのか？」

老婆は後ずさるが、双識は構わず続ける。

「しかしさすがは専門、『匂宮』の対極たるだけのことはあるね、『時宮』さん。操られた想いのその情景自体は非常に見事なものだった。私自身が作り出した幻覚、否、幻想だったとはいえ——正しく『彼女』は『最強』だった。——だが、綻《ほころ》びが一つ。先に言ったよう——『彼女』が『彼女』であるならば——最初の『布』はおかしいんだよ。あれは術に嵌る前だったから、当然といえば当然なのだがね」

用意されていたのは『罠』でも『策』でもなく——『術』だった。双識は、その術中に、見事に落ちてしまっていたというわけだ。敵が『早蕨』だとばかり思っていたから、こういう歪み手を全く想定していなかったのは、完全に双識の不覚だった。

「だが、綻びに気付けば後は簡単だった。『彼女』は自らボロを出したよ。『妹』のために命をかけるのが馬鹿みたい——などと『彼女』は言ったが」

ふるり、と首を振った。

「『彼女』はそんなことを言わない。私が『彼女』を『恐怖』し——同時に『尊敬』し『敬愛』するのは、『彼女』が私達零崎以上に『身内に甘い』唯一の存在だからだよ。私達とほとんど同じ主義思想でありながら『彼女』はたった一人の独りで世界を敵に回す。これほど恐ろしく、これほど素晴らしい人物は他にいないだろう? だから私は——『彼女』のファンなんだ。ストーカーとまでは行かないが、マニアと言ってもいいかもね。だからこそそれで——確信が持てた。同時に思い出せたよ。クソ汚い——『時宮』さんのことをなッ!」

最後は怒鳴って、双識は『自殺志願《マインドレンデル》』を投げつけた。それは一直線に飛んで行き、今にも逃げんとしていた老婆の左脛《すね》に命中、そのまま貫いて背後の樹木に磔《はりつけ》に固定した。

「ひ、い、ぅぅい——」

老婆の顔が恐怖に歪んで双識に向く。

「ま、待て。殺すな。殺さないでくれ。あたしはただ、雇われただけなんだ。『早蕨』の連中に金で雇われただけだ。殺すな、殺さないで——」

双識は——そんな老婆を鼻で笑う。

「恐怖を司り意識を操る『時宮』——そんな表情を浮かべるのはあまりにも皮肉だ。まさに無様なものだ、実に貧弱。あなた方にそんな目で見られる憶えはないぞ。あなた方にそんな口を利かれる憶えはな

「老若男女、容赦なし、だ」

い。全く『時宮』、いい腕ではあるが仲良くしたいとは思えない。あなたは言うまでもなく『不合格』だ。『早蕨』もさぞかし苦渋《くじゅう》の決断だったろう、あなたのごときおぞましい『呪い名』と組むというのは——」

じりじりと、逃げられない老婆に距離を詰める。もう老婆の表情は恐怖というよりも笑みに近い。最早——笑うしかないらしい。

「お、おい——ひ、ひひ、お、お前。こんな老人、しかも女を、殺すつもりか？　まさか」

「よくも私に『彼女』の姿を破壊させたな——とか言いたいところなのだけどね。幸いながらにして残念ながら、ちっともさっぱり破壊できなかったことだし、ここでは愛すべき弟の台詞を引用することでそれに換えさせてもらうよ」

双識は老婆の脚から『自殺志願《マインドレンデル》』を抜き取って、血振りでもするようにくるりと回転させた。

そしてにっこりと笑う。

（時宮時計——替え玉受験・不合格）

（第七話——了）

第八話

早蕨刃渡（2）

兄様。

わたしには兄様が——わかりません。

兄様は一体何を考えておられるのですか？

いつも——そうやって、簡単に。

いつも——そうやって、観察し。

いつも——そうやって、肝心なことは語らない。

わたしには、何も教えてくださらないのですね。

わたしには、何も話してくださらないのですね。

陰険。

意地悪。

人でなし。

わたし達——兄妹なのに。

血を分け合った、兄妹なのに。

この世でたった三人の、兄妹なのに。

わたしを大切にしてくださるのですか？

わたしを大事に思ってらっしゃるのでしょうか。

とても——そうは思えない。

わたしは——いつも、兄様達の足手まとい。

一緒にいると邪魔になるから——

離れた場所からこそこそと、弓を引き。

思いを込めて、矢を放つ。

わたしは——歯痒《はがゆ》い。

兄様のそばにあれないことが。

兄様と一緒にいられないことが。

そんな時間があることが、歯痒くてなりません。

わたしはいつでも兄様と一緒にいたいのに。

でも——兄様は、まるで平気そう。

わたしがいてもいなくても、まるで同じように。

そうやって、何も言わず。

そうやって、何も語らず。

いつも黙して、目を瞑《つむ》り。

わたしのことなど、どうでもよろしいのですね。
わたしのことなど、どうでもよろしいのですね。
でも——
わたしはそんな兄様が好きです。
そんな兄様をお慕《した》い申し上げております。
兄様の冷たい瞳が好き。
兄様の閉じた唇が好き。
兄様の華奢《きゃしゃ》な腕が好き。
兄様の美しい躰《からだ》が好き。
お願いします——兄様。
その瞳でわたしを睨んでください。
その唇でわたしに触れてください。
その腕でわたしを奪ってください。
その躰でわたしを抱いてください。
兄様。
お願いします——兄様。
どうかわたしを犯してください。
兄様にわたしの全てを捧げたい。

兄様に犯して欲しいのです。
おかしいことはわかっています。
けれどどうしようもないのです。
もう——どうしようもないのです。
どうしようもないのです。
わたしには——どうにもできないのです。
代わりのものでは——我慢できません。
たとえ同じであっても——
それでは代理になりません。
兄様でなければ駄目なのです。
兄様に代わりなどないのです。
兄様は、この世に、たった一人。
この世にたった一人の、わたしの兄様。
わたし達は、一人と、一人と、一人なのです。
三つで一つだなんて都合のいいこと言わないで。
ずっと一緒にいてくれるわけでもないのに。
我慢にも限度があります。
わたしは、知ってしまった。

切れそうに切ない気持ち。
心をなくしてしまいそうな悲しさ。
知ってしまった。
そういうものが——この世にあることを。
世界はそういうものでできていることを。
兄様は、きっと、強い。
兄様は誰よりも強い。
それはわたしが知っています。
兄様には——敵わない。
そして兄様は、変わらない。
だから兄様が——分からない。

ねえ、兄様。
わたし達は一体、何なのでしょう?
わたし達は一体——どういうものなのでしょう。
どうしてわたし達は——兄様達は。
わたし達兄妹は、こんな風なのでしょうか。
どうしてこんなことになったのでしょう。

ねえ——兄様。
答えてください、兄様。
殺すとは——どういうことなのですか?
死ぬとは——どういうことなのでしょう。
ねえ——兄様。
応えてください、兄様。
逃げたくなったら——逃げてもよいのですか?
死にたくなったら——死んでもよいのですか?

わたしはもう、死んでしまいたいのです。

◆　◆

「……ちぇ。術者を殺しても『結界』には関係ないわけか」樹木の下に腰掛けた姿勢で、ぐいぐいと自分の左腕をいじりながら、一つ一つ確認するように呟く。「どうやら全くの別系統で構成されている

『術』らしいね。それに——」

左腕から右手を離し、その手で今度はあばらに触れる。それから続けて左脚。何回か撫でるようにして、そしてゆっくりと、諦めたようにため息をつく。

「幻意識の中で破壊された部位も——そのままダメージとして残るわけか。うまくいかないものだね」

脳髄が『痛み』を知覚してしまった時点で、たとえ肉体そのものには何の異変がなかったところで、それは無関係らしい。そういえば昔から、お前は思い込みが激しい奴だといわれがちだったか……『思い込み』『先入観』『偏見』『催眠』『洗脳』『操想』なんでもいいのだけれど、やれやれ——参ったものだ。

零崎双識は、「うふふ」と笑った。

それから、双識は樹の幹に手をついて、一息に立ち上がる。片足でぴょんぴょんとジャンプし、落ち着いたところで、これからの対策を考える。

現状はとてもいいとは言いがたい。

果たしてこのダメージ、いつまで持続するのか。

「ま……肉体自体には損傷がないのだから、遠からず回復してくれることだろうよ。しかしあまりのんびりしている暇もなし、ここに留まっていても仕方なし、余計なことに時間を喰ってしまったし——動くとするか」

肉体の傷より精神の傷の方が治りが早い。それが零崎双識の考え方だった。心の新陳代謝はそれほど難易度が高くない、忘れてしまえばそれで済む。それはあるいは一般的な考え方とは全逆のそれだったが——双識は自身のその経験上、そう確信している。

「さて——伊織ちゃんはどちらかな。ここまで苦労したんだ。見つけたら熱烈なハグでもさしてもらわんと、割にあわないな」

片足を引きずるようにしながら森林の奥へと移動する。相変わらず目的地点は設けない。勘《かん》としか言い表しようのないものにしたがって、迷いなく足取りを進める。やはりどこを向いても同じような風景にしか見えないが――それでも、確信できる。この森林の中のどこかに、伊織がいることだけは間違いがない。

「――非科学的な話だよねえ」

確信できるとか――間違いないとか。

こんな時代に一体何をやっているのだか。薙真の服装を時代錯誤と笑ったが、しかしそういう問題は『早蕨』だけではない、『零崎』も『時宮』も並んで――どいつもこいつも、時代錯誤云々どころではない、異世界の住人ではないか。

滑稽だ。

確信も何も、双識にはまだ、伊織が生きているのかどうか、生きていたとしても無事でいるのかどうか、本当のところ、まるで分からないというのに。それに関しては――もう、祈るしかないという、そんな有様でありながら。

何が――確信だ。

「――人外というなら、『殺し屋』だろうと『殺人鬼』だろうと、そんなのは確かに変わらないわけか……」

――と。

背後から、唐突に殺気を感じ取る。

咄嗟に振り向こうとしたが、傷めた左脚のせいで思うようにいかない。少しよろめきながら、視線を後ろにやる形になったが、殺気の源主は、そんな、体勢を半ば崩した状態の双識に襲い掛かってこようとはせず、双識が振り返るのを待っていた。

「――これはこれは」

そこにあったのは――早蕨薙真の姿だった。

和装の佇まいに大薙刀、和式の眼鏡に長い髪。そして胸元には――刃物で傷つけられた、痛々しい痕がある。

鋭い視線で――静かに、双識をねめつけている。

その視線を正面から受け、双識は少し戸惑う。

これは――

これは、違う。

昨晩、マンションの屋上で双識と組み合ったときの薙真とは全く違う種類の殺気――否、全く別個の雰囲気ではないか。

何がどう違うのかと問われれば――

「『覚悟』が違うといった趣だね――早蕨薙真くん」

双識はしかし、そんな不安の感情を表情には出さずぐっと飲み込み、負傷していることなどまるで匂わさず、おどけた雰囲気で言ってみせる。

「なんだい？　こんなところで、どうしたのだい？　昨日はああもみっともなく逃走しておきながら、まさか今更リベンジってわけでもないだろうね？　勝敗は十分に決していたと思うけれど、あの勝負に不満があるだなんて、そんな馬鹿なことは言わないで欲しいなあ」

勝者としての――余裕。

今、双識が頼るべき武器はそれしかない。

正直――左半身のあちこちが不随になっている今、早蕨薙真の大薙刀と殺し合いを演じるのはできれば避けたい。仮に伊織がこの場にいて、それを庇《かば》い救うために、戦わなければ助けられないというのならばまだしも――ここはそこまで無茶をしなければならないようなシチュエーションではない。そうするよりは、もう少し時間の経過を待って、体力の回復を図りたいところだった。

けれど。

「――あなたの妹さんですけれど」

と、彼は双識にまるで取り合わず――

薙刀を下段に構えた。

「――伊織さん、でしたっけ？」

「……ああ、そうだが」

「殺してきました」

さらり、と言われた。

背筋が凍るほど、冷たい声音だった。

双識は表情を変えない。

変えないが、それで精一杯だった。

言葉を——失った。

「どういう……ことだい？」どうにか振り絞って、そう問う声にもまるで力がない。「伊織ちゃんは——私を呼び寄せるための、大事な——そして貴重な、『人質』ではなかったというのか？」

「兄さんはそのつもりのようでしたけれどね——殺したのは僕の独断ですよ。僕の独断と偏見に基づいて、殺しました」少しずつ——双識との間合いを詰めながら言う。「はん。まさか、『殺人鬼』が、殺されておいて文句をいおうなんて、そんな馬鹿なことはありませんよね？」

「……何故」

死人のような声で、双識は訊く。

「何故——殺した」

「決まっているでしょう——」

酷く、冷めた目。まるで全てを吹っ切ったような。あらゆる種類の問いに答を出してしまい、迷いも悩みもないかのような、冷めた瞳で。

「僕が『殺し屋』で——『そういう風』にできているからに、決まっているでしょうが。——他に、どんな理由があるというのですか？」

「…………そうかい」

双識は——静かに頷く。

怒り——というより、諦念が、どこかにたっぷりと入り混じった、悲しげな、苦痛の表情で。

「きみは何かを見切ってしまったようだね——何を見切ったのか知らないが、残念だ。至極、残念だ。折角の『合格』だったというのに——残念至極極まりない」

そして双識は『自殺志願《マインドレンデル》』を構える。

「なら——私も『殺人鬼』としての本分を、まっとうさせていただくよ、早蕨薙真くん」

「是非《ぜひ》もなし」

と。

あちらの台詞よりも、こちらが飛び掛る方が先だった。足場が不安定なところに片脚片腕が思うようには使えない、となれば長期戦にもつれ込むと勝負は不利だ。先の幻想の中での『彼女』との勝負ではないが、これこそまさに、ここぞまさに乾坤一擲、一撃で勝負を決しなければならない。幸いあちらも『やる気』――『覚悟』は十分な模様、今度は逃走の心配はない。

　存分なる殺し合いだ。

　雌雄は――一瞬で決する。

　分水嶺は、双識が大薙刀の圏内に這入れるかどうか――その一点。もう前回のときのような突撃はあるまい、あちらの攻撃は斬撃に絞られる。その斬撃の圏内に這入れなければそれで終わり、這入ったところでそれで終わり。

　どちらにしても終わりはすぐそこに。

　狙いをつけ、『自殺志願《マインドレンデル》』を回転気味に繰り出す。

　薙刀の斬撃は――まだ遠い。

　双識はその長脚をもって、薙刀の間合いから、一気に大鋏の間合いへと侵入した。よし、ではここからだ。ここから一撃を喉元に決める。この距離でも薙刀の攻撃として、例の柄部による棒術・杖術があるが――それはもう避けない。避けようとしない。攻撃部位が刃でないのならば致命傷にはなるまい、この際背に腹はかえられない、肋骨の一本や二本、三本くらいならばくれてやろう。マインドレンデルの骨、妹への土産とするがいい。

「――刃《ハ》ァ！」

　――と。

　腹部に――ひやりとした感覚が走る。

　ぞっとするくらい――冷たい感覚が。

『自殺志願《マインドレンデル》』の刃が止まる。

「……え？」

　右の脇腹に――刃物が通っていた。

　それは、いわゆる日本刀の刀身だった。

　薙刀の拵えはどこにもない。すぐそこに、それだったものが打ち捨てられている。鋭く冷たい刃を隠していたその外装が——鞘《さや》のように打ち捨てられていた。

「然と——捉えたり」

早蕨薙真が言った。

否——早蕨薙真ではない。

「し——仕込み刀……だと？」

ずるり、と双識は崩れ落ちる。

その際に相手の胸元の傷が眼に入る。それは——如何にも様相こそ派手だが、しかし随分と浅い傷痕だった。こんなもの——こんなものは、『自殺志願《マインドレンデル》』の傷ではない。

「き——きみは」

「名を、早蕨刃渡という」

やけに冷めた声で——やけに冷めた目線で。

冷たく静かな動作で、相手は刀を引き抜いた。

「——手前がいうところの薙真の兄。俗にいう一卵性双生児という種類」

そして、ぶん、と太刀を血振りし、後ろに跳んで、双識から距離を取る。双識はずるずるとその場に崩れ落ちていき、背後の木を背にしゃがみ込む形になる。双識は呆気に取られたような、今の状況がにわかに信じられないような表情で——刃渡を見る。

「その表情——あの愚弟にも見せてやりたかったものだ」刃渡の声は——とにかく冷たい。「それが叶わぬ以上——せめて手前の感想でも伝えてやるとしよう。手前——マインドレンデル。果たして、今、どんな、気分かな？」

「…………」

双識は刃渡からのその質問には答えず、やがて「うふふ」と力なく笑った。

「『双子の入れ替わりトリック』——今時そんなものをやったら怒られるぞ、刃渡くん」

道理で——『覚悟』が違うはずだ。人物そのものが違うのだから、同じである方がどうかしている。双子で、容貌は勿論声音に至るまで全くの同一、服装や傷口を揃えたとはいっても——細かな仕草や雰囲気まで、一緒に揃えることはできない。

「陳腐《ちんぷ》は元より承知よ。陳腐であればこそ、手前のようなモノには効果があるというもの」

「……その時代錯誤なファッションも、こちらの『思い込み』——『先入観』を促進させるための産物か。趣味でやってるわけじゃない——んだね」傷口からどんどん血があふれ出て来る。双識は『自殺《マインド》志願《レンデル》』を脇に置き、患部を押さえつけて強引に止血した。「大方普段は『お兄ちゃん』、その時代錯誤と対極のファッションに身を包んでいるってところじゃないのかな？　カモフラージュとか言ってさ」

「明察」

なんということもなしに答える刃渡。後ろに縛った髪を解いて、その長髪を、懐《ふところ》から取り出した、髑髏マークの野球帽をかぶって、その中へと仕舞う。

「奥の手といえば奥の手、切り札といえば切り札。こんな手、相手が手前でなくては使いもせぬ」

「……『時宮』の婆さんがいい伏線になってたよねえ」双識は苦笑する。「『入れ替わり』の二段重ね。まさか繰り返してくるとは思わなかった。いや——いやいや、お見事お見事。お見事としか——言いようがない」

「…………？」

双識のその、致命傷を負いながらも、やけに余裕ぶったその態度が納得いかないように刃渡は、怪訝そうに眉を顰める。

「しかしまあ——随分となりふり構ってないね、刃渡くん、いやさ『早蕨』さん。『空繰人形』は使うわ『人質』は使うわ『呪い名』に協力を仰ぐわ、挙句の果てには騙し討ちか。ご先祖様がさぞかしお嘆きになるだろうね」

「卑怯だの姑息《こそく》だのと吐《ぬ》かすつもりならば全くの筋違いもいいところと反論しよう。そもそも俺達は殺し合いを演じていたはずだ。そこに手前勝手な規則を持ち込まれても却って面食らう」

「いや、そうは言わないよ。言ったろう？　見事——だってさ」双識は、苦笑いを崩さない。「仕込み刀とは恐れ入った。中距離用の武器に近距離用の刀を仕込むというアイディアも悪くない。そして何よりあの挑発がよかったな——伊織ちゃんを殺した、云々の、さ」

「手前には悪いがあれに限っては真実」

　刃渡はきっぱりという。

「恐らくは今頃、我が弟が始末をつけている頃合であろう。俺は止めたが聞きもせぬ。手前と組み合った際に何かあったと推察するが、如何かな」

「さあて……何かまずいこと、言っちゃったかな」

　双識は痛む身体に鞭打って、無理矢理に肩を竦めてみせる。「ところで——その、刃渡くん。お願いがあるんだけどさ」

「——何だ。命乞いなら無為」

「まさか。こっちの内ポケットに煙草《たばこ》が入っているんだ、ちょっと取り出して吸わせてくれないかな？　左腕は動かないし、右手はこの通り、傷口を押さえてなくちゃ、出血多量で死んじゃうしね」

「……何を企んでいる」

「企んじゃいないさ。ただ、さっき吸い損なっちゃっててね……死ぬ前に一本と、気取りたかっただけだ」と、そこで思いついたように。「おっと、とどめを刺すのは勘弁してくれ。見ろよこの傷、確実に肝臓《かんぞう》を抉《えぐ》っている。どう見てもまごうことなく致命傷だよ。きみもわざわざ私に近付く危険を冒《おか》すことはない、手負いの獣は危険だよ。そこで私が死んでいく様を見届けたまえ。それが勝者の特権だ」

「……解《げ》せぬな」

　益々不審げにいう刃渡。

「再度問う。手前——何を企んでいる。致命傷とはいえ即死というほどの傷ではない、まだ戦闘は可能なはず。何故、その大鋏を手に取らぬ」

「私は無駄な殺しはやらないのだよ」

双識は言う。

どこか疲れたように。

どこか寂れたように。

どこか――やすらいだように。

「信じてもらえないだろうけどね……私は本当は、人なんか殺したくないのだよ。――殺人なんて、真っ平だ」

「……殺人鬼の台詞とは思えぬな。それもただの殺人鬼ではない、零崎一賊の『二十人目の地獄』、マインドレンデルの」

「そうだね。私は零崎の中でも相当な変り種だからねえ……そう、さっきの質問に答えてあげるとね――刃渡くん。私は今――悪くない、気分だよ」

「…………っ！」

「礼を言わせてくれ。私はきみに感謝している、早蕨刃渡くん。己の危険も顧みずに、ありとあらゆる手段を尽くしてくれてまで――」

「――私を殺してくれてありがとう」

これで――やっと、楽になれる。

心底からの安堵の表情を浮かべる双識に、早蕨刃渡は不愉快そうに――気持ちの悪いモノでも見ているような視線を送る。もう、その視線は、冷めているとも冷たいとも言いがたい、生理的嫌悪を隠そうともしない眼だった。

事実――刃渡には分からないのだろう。まるで、死を望んでいるかのような双識の言葉の真意が、全くといっていいほど、汲み取れないのだろう。死に逝く敗者の負け惜しみにしては、随分と手が込んでいるではないか。

「なんと醜悪――なんと最悪。そんな安らかそうな表情で逝《い》かせるために――騙《だま》し討《う》ったわけではない」

「うふふ。悔しがりながら逝って欲しかったってかい？　根暗だねえ。だが残念ながら――そこが『零崎』と『匂宮』との、決定的な違いだよ」

双識は言う。言葉の中に血が混じっている。だが、そんなことには構わずに――続ける。

「むしろそんな手を使われたからこその『安らかさ』さ……そんな小心者に、私の家族が敗れるはずもないからな」

「――――っ！」

にやり、と双識は笑う。

「『彼女』のような化け物を『敵』としてしまった場合は意地が何でも死ねないが――きみ程度ならば、一賊の誰でも楽勝だ。は――それに、私の可愛い可愛い『妹』が、薙真くんに殺されているって？　そんなことはありえないな。誇大妄想もいいところだ、今、私は確信したよ。きみのような小心者の弟如きに殺される――我が妹ではない」

「――結構。是非もなし」

刃渡は言って、その場に胡坐《あぐら》をかいて座った。双識からの距離はおよそ三メートル、互いにその凶器の圏内ではない。それだけの間合いをおいて、早蕨刃渡は零崎双識と対峙する。

「ならば手前のとどめは――薙真に譲ることにしよう。奴の方が『零崎』に関する恨みは深い――薙真の弓矢に対する執着心は並々ならぬものがあったからな。あの小娘を殺し、手前を殺せば、少しは弟の気も晴れようというもの。――無論、それまで手前が生きていられればの話だが」

「生きていられれば……ねえ」

「余計な動きを見せれば即座に殺す」

「できれば、このまま安らかに死なせて欲しいのだけれどね――まあ、ここに来るのは伊織ちゃんだから、大丈夫なのだけれどね……」

双識は言う。

刃渡は黙った。

左腕が動かない。右腕は使えない。

左脚が動かない。右脚なら――

――駄目だな。

脚の一本でどうにかこうにかできるような相手でないのは、もうはっきりしている。あちらは『策』を色々と巡らせてきたようだが、そんなことをしなくともこの刃渡ならば、双識が万全の状態でも相当に苦戦させられ、互角以上に戦われたことだろう。地の利、人質の有無、それら全てを差し引いたところで、それだけの腕を刃渡は持っている。そうでなければ、いくら『策』とはいえ、ここまで綺麗にあっさりと、見事には決まらない。

それは、彼らも知っているところだろう。
にもかかわらずこうも策を弄《ろう》したのは——

零崎一賊が集団だからだ。

あちらは切羽《せっぱ》詰《つま》っていて。

こちらは後を任せられる家族がいる。

その差異。

その違い。

双識が死んでも——いなくなっても、その遺志を引き継いでくれる連中が、二十人からいる。

だから、死ぬことがまるで怖くない。

自分が死んでも続きがあって——

決して、終わらない。

「——やれやれだ」

双識は刃渡に聞こえないように呟く。

あの——ニット帽の少女を思い浮かべながら。

伊織ちゃん。

きみにもう少し色んなことを教えてあげたかったけれど——どうやら私はここまでらしい。

きみは——ここには来るな。

逃げろ。

きみは、逃げていい。

きみには逃げる場所が、まだあるかもしれない。

私は——ここが、行き止まりだ。

私は——ここで、行き詰まりだ。

どうやらこの辺にいるらしい、とうとう見つけることが叶わなかった我が弟と落ち合って——別の筋道を探してくれ。人識ならば、きみを無理矢理に

『零崎』に引きずりこんだりはするまい。可愛さだけが取り得の小僧で、しかもきみが日常から外れることになった元凶《きっかけ》でもあるクソガキだが、決して悪い奴じゃあない。

伊織ちゃん。

きみは可能性なんだ。

きみは——希望なんだ。

お願いだから——

人なんか、殺さないでくれ。

「——へっ」

双識はらしくもない自嘲の笑みを浮かべる。

「妹……欲しかったんだけどなあ——」

◆　◆

林の中を駆ける影がある。

「——はあ、はあ、はあ……」

息も絶え絶えに、しかし一心不乱に、林の中を駆ける影がある。明確な目的地でもあるかのように迷いのない駆け足で、木々が密集するこの林を必死で駆けている。

「——う、うう……」

と、湿気でぬかるんだ地面に足を取られ、無様に転倒する。それはまるで『時宮』の『結界』で封じられたこの森林の空気そのものが、影のその行く手を妨害しているかのようだった。

「——うふふ」

笑って、立ち上がる。

その影は——早蕨薙真か？

兄の元へと駆けつけようと、零崎双識にとどめを刺さんと走る、復讐の念にかられた、薙刀遣いのその姿か？

——否。

そうではない。

影は頭に赤いニット帽をかぶっていた。

已が血で真っ赤に染まったセーラー服。

その右腕の、手首から先が存在しない。ゴム紐のようなものでその傷口を閉じて止血してあるが、それでも止まりきらぬ血液が、そこからぽたぽたと垂れ続けている。

反対側の手にしたってとても無事とはいえない、五本の指の爪が全て剥がされていた。だがその手は痛みに震えることもなく、しっかりと力強く、しっかりと心強く、匕首の柄を握っている。

無桐——伊織だった。

「……うふ、うふふ」

スカートについた泥を払い、そしてまた駆け出す。やはり迷いはない、目指す場所があるように。

目指す場所——

勿論それは、森林の外などではない。

そんなところに行く理由なんてない。

「……うふ、うふ、うふふ」

走る。

走る。

しっかりと前を向いて。

折れず、怯まず、挫けず。

眼を逸らさず、顔を背けず。

何からも、逃げることはなく。

その華奢で、壊れかけの身体を引きずって。

「待っててね、お兄ちゃん——」

◆　◆

そして早蕨薙真の方は——

プレハブ小屋の中、一人で、たった独りきりで、呆然と——立ち尽くしていた。その右肩からは、とめどなく、大量の血液が流れている。早々に止血しなければ失血死、そうでなくともこのまま意識を失ってしまうだろう。

だが彼は微動だにしない。

すぐそばに、人間の手首が落ちている。

伊織の手首だ。

薙真が切断した、無桐伊織の手首。

「…………」

切断した直後、彼女は絶叫をあげて、気がふれたかのように、薙真の下で荒れ狂った。手首から先をなくしたのだ、それは当然の反応。しかしその反応を見ても、薙真の溜飲《りゅういん》はまるで下がらなかった。全然気がすまない。全然満たされない。どころか、薙真はまだまだやり足りない気分だった。すぐさま反対側の手首を切断してやろうと、少し腰を浮かしたところに――

「…………」

空から刃物が降ってきた。

正確に言えば、天井の梁に刺さっていた匕首。

薙真が伊織に渡し、その後に薙刀でもって天井へと撥ね上げた、あの匕首だ。

梁に深く突き刺さっていたはずのそれが――伊織が小屋全体を揺らさんばかりに、腕で脚でその身体で、とにかく可能な限りに足掻きまくったせいで――抜け落ちてきた、ということらしい。

そしてその刃は薙真の肩を抉った。

肩の筋肉が寸断されたのが理解できた。

「信じられない――『幸運』だ」

幸運……そうはいっても、全然そんなものでないことは、薙真にも理解できている。『それ』はあのマンションの屋上で、自分がマインドレンデル相手に『逃走』できたのと同じで――幸運などとはまるで違う。

絶体絶命のぎりぎりで生き残れる『資格』。

生き残ると運命づけられている、『資格』。

それが伊織にはあった。

薙真よりも……伊織が、選ばれたのだ。

そう、彼女は、選ばれた。

選択権も決定権もないはずの彼女だったが――それはあるいは、選ばれ、決定されたと、そういう意味だったのかもしれない。

「――そして『零崎』」

生爪を剝がされた痛みに、絶望的な状況に耐えかねて暴れているようにしか見えなかったが——その行動すら、『殺意』の手段でしかなかった。

おぞましい。

おぞましい。

『時宮』のおぞましさすらも、凌駕《りょうが》する。

最《も》早《はや》——手に負えない。彼女はきっと、マインドレンデル以上に手に負えない。あの高架下でマインドレンデルを退けたのは——彼女のその爪などではなかったのだ。

彼女のその存在だ。

彼女のその才能だ。

本当——どうしようもない。

「そんな『才能』を見せつけられたんじゃあ——そんな『存在』を見せつけられたんじゃあ——確かに、俺程度じゃあ『不合格』だな」

呟いて、ようやく動き出す薙真。


右腕は動かない、どうやら筋やら腱やら神経やらに至るまで、軒並み切れてしまっているようだ。もうこれから先、右腕は今までのようには使えないと見た方がよさそうである。まあいい——『殺人鬼』を、『零崎』を相手に、ひとまず生き残れただけで、それは僥倖《ぎょうこう》というものだ。

落としてしまった薙刀を拾おうとする。

こいつは長年付き合ってきた、ある意味で兄妹達以上の相棒だ。ここで手放すわけにはいかない。だがこの腕では、もう『殺し屋』家業は廃業せざるをえまい。

そう思うと妙にすがすがしい気分だった。

もう——殺さなくてもいいのか。

そうだ、自分は『零崎』とは違う。

伊織や双識とは違う。

死にたければ死ねばいい。

殺したければ殺せばいいし——

殺したくなければ殺さなくていいのだ。

どうしようもないなら――

どうにかする、必要なんてない。

どうしようもないモノとは、どうにもしなくて、そのままにしておけば、それでいいモノなのかもしれない。少なくとも、それは、ただ、それというだけ――なのだから。

あるがままだ。

あるがままを、受け入れればいい。

基準で測るから――痛い目を見る。

あるがままを、受け入れて。

そうすればまた――選べるだろう。

学ぶことも、あるだろう。

いつか――解答も分かるだろう。

それだけのこと。

それだけのことだ。

「ねえ、弓矢さん――あなたも、そうでしたか？」

早蕨薙真が、儚げに呟いたそのとき。

ぎぃいい、と小屋の扉が開いた。


何者か、と誰何《すいか》しながら振り返る。

まさか伊織が戻ってきたのか。

それともマインドレンデルが辿り着いたのか。

二人一緒ということもありうる。

否、その二人を撃破した兄、早蕨刃渡か？

「……よお」

――その誰でもなかった。

奇妙な風体の、それは少年だった。

背はあまり高くない。染めて伸ばした髪は後ろで縛られており、覗いた耳には三連ピアス、携帯電話用のストラップなどが飾られている。それより何より眼を引くのは、スタイリッシュなサングラスに隠された、その顔面に施された――禍々しい刺青だった。

「ちょいと道に迷っちまって、よければ教えて欲しいんだが――つっても別に、あんたに人生を説いてもらおうとか、そういうわけじゃない」

言って、顔面刺青の少年は「かはは」と笑う。

だが薙真はそんな冗談に少しも笑わない。

笑うことなどできようはずもない。

薙刀を持つ左手に力が入る。

こいつは。この少年は。

この――『零崎』は。

「実は兄貴を探してるんだ。目撃証言によれば、多分この森林公園の中にいると思うんだよ。なんか滅茶苦茶迷路みたいなふざけた森で、ちょいとばかし困っててな――セーブ中のメモリーカードみてーな気分だぜ。つまり抜き差しならない状況ってこと」

「…………………っ！」

「あ、ひょっとしてあんたも道に迷ってる人とか？ あー、あー、あー。そんな面してんよ。ん？ つーか、その怪我、転んだのか？ 血ィ出てんじゃねえかよ。ちょっと見せてみろよ、俺、血ィとか止めんの得意なんだ」

気楽そうにいって、一歩、小屋に踏み入ってくる顔面刺青の少年。

先ほどまでの――穏やかだった気分が、霧のように消えていく。湧いてくる殺意。蠢《うごめ》いてくる殺意。犇《ひしめ》いてくる殺意。まるで薙真自身がそのもの『零崎』になってしまったかのような――猛然たる、どうしようもない――殺意。

「おおおおおおおおおおおおおおおおおおおおお！ ぜろざきぃいいいいいいいいいいい！」

飛び掛かる。

片腕でその大薙刀を振るい――薙真は顔面刺青の少年目掛けて飛び掛った。両者の距離は三メートルと少し。あと一メートル距離を詰めれば、それでもう顔面刺青の少年は、薙真の薙刀の圏内だった。

殺す。殺す。殺す。

殺す！

「……危ねえな」

そう言いつつ、顔面刺青の少年は動かなかった。

少なくとも、動かなかったように見えた。

だが――薙真は。

十センチほど移動したところで、停止した。

否、正確には停止などしていない。

切断された首も、切断された左腕も、切断された右腕も、切断された胸部も、切断された左脚も、切断された右脚も、切断された右の五指も、薙刀をつかんだままの左の五指も、慣性の法則に従って、停止はしなかった。

けれど生命は停止した。

どうしようもなく——停止した。

顔面刺青の少年の前に、ぼたぼたと、ぼたぼたぼたと、次々に、早蕨薙真の部品が落ちていく。

「悪いな。殺しちまったよ、雑魚《ざこ》キャラくん」

何と言うこともなしにそれを見下ろす少年。

「傑作な代物だろ？　これ……『曲絃糸《きょくげんし》』っていうんだぜ」よく見れば、顔面刺青の少年の周囲はきらきらと、極細の糸でも張っているかのように、光っている。「俺が使えば射程距離はおよそ三メートルってところかな——すげえ奴だと十メートル二十メートルまで使えるらしーんだけどさ」

と、そこで顔面刺青の少年、落ちている部品の中に、手首が一つ多いことに気付く。三つとも拾い上げ、どうやら別人のものらしい内の一つだけを残し、二つを床に投げ落とす。

「うん……？　女の……右手首、だな」

興味深げにその手首を見つめる顔面刺青の少年。なにやら思考しているらしく、難しそうな顔だった。その手首に爪が一枚として存在していないこと、床の辺りに無理矢理剝がされたと思われる爪が、数えて十枚散乱していることを、同時に確認したようだ。

「……するってえと、あれか。この薙刀のにーちゃんの肩の傷、戦闘の形跡か。で、手首を斬られはしたものの、なんとか勝利を収めた『女』が……俺とすれ違うように、ここから逃走、した？」

首を傾げ、ぶつぶつと呟きながら、無造作な仕草で、その手首を、己のベストのポケットに仕舞う顔面刺青の少年。

「しかし『勝利』しておきながら即座に逃走する、そんな理由があるか？　うーん……いや、『逃走』とは限らないか。つまりその『女』にとって、このにーちゃんは『終着』ではなく――まだ『倒すべき』、『勝たなければならない』対象がいるってことかな？　あるいは――『助けなければならない』対象が、いる……？」

　ふん、と鼻を鳴らす顔面刺青の少年。

「なんにせよ血の匂いするところに兄貴ありだ。俺もそろそろ焦らねーと、昨日何人か……何人だっけ、まあ何人かやっちまったし、下手すりゃそろそろあの『鬼殺し』に追いつかれちまう。もう見つかってるかもしんねーとこだし……ちゃっちゃ、急ぐとすっか」

　どうやらこの手首の持ち主のものらしい、床を等間隔に汚している血痕を追う形で、扉へと向かう顔面刺青の少年。小屋から半歩出たところで、思い出したように振り返り、そして、床に散らばった、大薙刀遣いの解体死体へと眼をやる。

「――そういえば」

　そこで首を傾げた。

「いきなり名前を叫びながら襲ってきたところを見るとこの雑魚キャラ、どうやら俺のことを知っていたみたいだったけれど……しかし誰だ？　こいつ」


（早蕨薙真――不合格）

（第八話――了）

第九話

早蕨刃渡（3）

生来の者にして生来の物ではない——

と、早蕨刃渡は言った。

どうしようもないモノ——

と、早蕨薙真は言った。

それらの言葉の意味を、無桐伊織は思考する。

つまり、それは、『才能』のようなもの。

『才能』とは開花しなければ、いくら『そこ』にあったところで、その内実を発揮しえない。ともすればそれは存在しないのと同じ、あってもなくても同じで、ない方が自然のようにすら思えかねないような頼りないものではあるけれど——やはり、誰しもが、何らかの形で、保有しているものである。

つまり彼らに言わせれば、彼らから見れば、『零崎』とは、『殺人の才能』を指すのだろうか。少なくとも彼らから見ればそうなのだろう。そう定義して、そう見ているのだろう。

けれど双識、零崎双識はそれを否定した。

初対面でまず、否定した。

『才能』ではなく『性質』だと。

才能と性質との違い。

ぱっと考えて明瞭なほどの確然な区別があるとも思えない。少なくとも愛と恋よりは近いものなのだろうとは思うけれど。

今の手持ちに辞書はないので（あったところでそれほど役に立つとも思えないし）自分で勝手に決め付けてしまえば——『性質』とは『才能』のもう一回り下層に位置する概念なのだろう。もう少し、ほんのわずかではあるが、より形而下にある概念思想。才能が相対的なものだとすれば性質は絶対的な、才能が抽象的《ちゅうしょうてき》なものだとすれば性質は具体的な、そういう概念差、思想異が——そこにはあるのだと思う。

だから。

だから、やっぱり。

生まれつきの殺人鬼——ではない。

生まれつきの殺人鬼などいるものか。

いうなら、それは技術的な問題だ。

それが人より上手にできるというだけ。

走るのが速いのと同じ。

計算が速いのと同じ。

単機能として他人より秀でているだけだ。

走るのが速ければランナーにならなければならないわけではないし、計算が速ければ数学者にならなければならないわけでもない。ランナーの全てが足が速いわけでも、数学者の全てが計算が速いわけでもないのと同様。相応しくない一流と相応しい三流、そういった抽象だって世界には確固として、むしろその方が数多く、確在しているのだから。

だから『性質』とその後の将来とは無関係だ。


相転移の相違点、というようなもの。

方向の量子化。

転移点。

可能性。

双識は希望、だといった。

孤独な殺人鬼でない希望。

だがそこにも、認識の歪みがある。

双識の理論にも、隙がある。

これはいくらか強引な、恣意《しい》的《てき》な解釈になってしまうかもしれないが——いくら双識や伊織同様に、その『性質』を所有していたところで、その『性質』を抑え切ってしまえば、そもそも『殺人鬼』などにはならない。双識は伊織に対して『どうして今まで人を殺さずにこれたのか分からない』みたいなことを言っていたけれど、しかしそんなこととは没交渉に無関係に、『性質』を抑え切れなかった時点で、伊織に『可能性』『希望』なんてものはないように思う。本当に『可能性』や『希望』などと呼べるのは、今の段階でまだ――

何も気付いていない者。

己の『性質』に無意識の者。

眠っていることさえ知らぬ睡眠者。

生来の者にして――生来の物ではないモノ。

『希望』だの『可能性』だのは、形ある存在ではないのだ。見えないし、気付かないし、知らないし、見てはいけないし、気付いてはいけないし、知ってはならない。

それこそが――希望。

だから、それは双識の勘違い。

滑稽なばかりの理想主義。

わたしは――そんなものじゃないし――

そんなものはいらない。

◆　◆

空には太陽が照り盛る時間だというのに、それにしてはあまりに小暗き森林の中、二人の男が――向かい合って、座っている。

一人は如何にも武芸でも嗜《たしな》んでいそうな和装姿に、酷く不似合いな髑髏模様の野球帽、小脇には太刀を構えている。何もかもを見切ってしまったような超然として冷めた、静かで冷たい、尖った氷のような眼で、向かいの男を見つめている。

彼は『紫に血塗られた混濁』、早蕨刃渡という。

一人は妙に手足の長い、針金細工のような骨格をした男。一目でわかるくらい、異様なまでに疲弊していて、顔面は脂汗にまみれている。それもそのはず、腹部に深い刀傷。傷口を押さえているものの、出血そのものはまるで止まる様子を見せないし、その傷の深さは内臓にまで達している模様だった。似合わない背広が赤く、真っ赤に濡れ濡れている。右脚の横に大きな鋏が落ちていた。

その大鋏は『自殺志願《マインドレンデル》』と呼ばれ、また彼、零崎双識自身も、その名で呼ばれる。

「自殺志願《マインドレンデル》——しかし自殺なんぞ、この私は考えたこともなかったのだがね」

双識は力なく呟く。その言葉に、刃渡は全く反応しない。反応はしないが、どうやら一応、聞いてはいるようだった。しかし——全く反応しない。双識も別に刃渡に話しかけているわけではなく、ただの独白のようで、構わずに続けた。

「……けれど生きているのが嫌だったら死んでしまえなんてのは、随分と乱暴な話だとは思わないかい？　死にたい者が死ぬのは勝手だ。だけれど、生きていたくない者は——本当に、死ぬしかないのだろうか……？　絶望は愚か者の結論——ならば失望こそが、賢者の結論か。ならば、希望——希望は、一体、誰の結論なのだろうね」

「そろそろ意識が危うくなってきたと見受けるが、マインドレンデル」特に何という感情も込めずに、刃渡は言う。「戯《たわむ》れに問う。手前にとって——『零崎』にとって、『殺人』とは結局、どのような意味をもっていたのか？」

「意味——殺人の、意味……？」

「弓矢が——よく訊いていた。殺すとは——何なのか、と。下らぬ質問だ。そんな問いに明確な一つの解答などあろうはずがない。しかし——零崎一賊の手前なら、何か明確な答をもっているかもしれぬと思ってな」

「意味——意味なんか、ないさ。こいつは——病気だよ。しかも、少しでも進行してしまえばもう手のつけようがない、不治の病ときている……たまったもんじゃない」

「…………」

「妹さんの名前が出たところで、ちょいと——私の弟の話をしてあげようか。弓矢遣い……早蕨弓矢さんの、仇だよね。うん、その点においちゃ、きみ達にすまないと思う気持ちはないでもないんだ——薙真くんの『正義』に対しても、私……、私、は、頭が下がる思いだしね」

「おべんちゃらは結構。手前の弟の——話とやらを聞こう。零崎一賊の情報ならば何であれ、俺の欲するところ。話すなら手早く話せ。手前の命はもってあと三十分といったところだ」

「三十分——長いなあ。うんざりする。まるで人生のようだね」苦笑するようにいう双識。「——あ……っと。弟はその名を零崎人識といってね。私の『マインドレンデル』や『二十人目の地獄』のような呼び名は、ない。零崎一賊の秘蔵っ子なのさ。顔面に刺青を入れていて……」

「外見などどうでもよい。中身の話を聞こう」

「……あいつはね——私なんかと違って『零崎』の申し子みたいなところがある。なんていうのかな——言葉遊びは興味じゃないが、私が『零崎』の異端だとすれば、弟は『零崎』の極端なのさ。殺人を楽しみもしなければ厭《いと》いもしない。ただ当たり前——『そうであるように』、人を殺す」

「……『そうであるように』」

双識の言葉を反復する刃渡。

「意味が——判然としない。そんなことは我ら『早蕨』にしても同じこと。薙真がよく言っている——俺達は『そういう風』に作られている、とな。俺達も、そういう風に人を殺す。『殺し屋』が殺しに余計な感情を抱くべきではない。むしろ『殺人鬼』といわれる零崎一賊こそ、『殺し名』の中でももっとも積極的な殺人淫楽《いんらく》といえるのではなかろうか」

「そいつは大いなる偏見に基づく誤解だよ。私はそういう意見を聞くたびに悲しい気持ちになる。ねえ、刃渡くん。『悲しい』というのがどういう気持ちなのか、知っているかい？」

「…………」

「それはね——『悲しい』ということだよ。とてもじゃないが、言葉で言い現せるようなものじゃない。言葉をどれだけ尽くしたところで、我ら零崎一賊の感情に追いつけるものじゃないのさ……っと、お」

　がくり、と双識の頭が落ちる。意識が跳びそうになったらしいが、しかしすぐにその顔を起こし、不敵な表情で刃渡を見据える。

「……人を殺すなんてことは……『零崎』にとっちゃ、何でもないことなのさ。何でもなく、何でもなく、何でもない。……この言葉の解釈は好きにしてくれていいよ。ああ、断っておくが……これは私個人の意見ではなく、零崎一賊全員の総意だ。だから——私の弟が、きみの妹を殺したというのも——おおよそのところ、そんな理由だったのではないのかな」

「つまり弓矢の死亡に——意味はないと」

「そう」

「ならば薙真の恨怒に——意味はないと」

「そう」

「ゆえに早蕨の行動に——意味はないと」

「そう」

　零崎双識は頷く。

「意味がないどころの話じゃない……ぶっちゃけ、私はある程度まできみ達『三人』に感情移入、してるから、言っちゃうのだけれどさ……全く逆効果だ。逆効果百パーセント、だよ。余計な忠告なのかもしれないが——刃渡くん、きみにだって、分かっているはずだろう？　この私を殺してしまって……生き残れるわけがない、と。たとえ、この場を切り抜けることに、このまま成功したとしてもだよ——私が死ねば、私以外の『零崎』が総員で『早蕨』を撲滅することになる。零崎一賊の残りの全員を相手に……行住坐臥《ぎょうじゅうざが》、全てにおいて生き残れる自信があるのかい？　それもたった二人で」

「……協力者は時宮刀自《とじ》以外にも存在する」

「そうかい。だとするならば、最悪——匂宮雑技団と零崎一賊、『殺し名』同士の抗争になってしまうがね……しかしきみは、きみ達は、それでも構わないと、そんなことを言うわけだ。妹——たった一人のためだけに」

「最悪がその程度のものであるのなら——俺も望むところというもの。誤解されているようだが、マインドレンデル。俺のことをそこまで感傷的な人物だと思われると困惑」刃渡は平然と、冷たい調子でいう。「弓矢の仇討ちというのはあくまで——あくまでにおいて薙真の意見。俺には弟や妹のようなセンチメンタリズムの持ち合わせは皆無。俺の目的は野心。『早蕨』の名をいつまでも——『匂宮』の分家にしておくつもりはないということだ」

「……そっかい」

双識は、疲れたように項垂《うなだ》れ、頷いた。

「……どうしたもんかね、きみの採点は。その動機に——この手法。間違いなく、普段の私なら『不合格』にするのだけれど……しかしこの有様でそれを言えば、ただの負け惜しみにしか聞こえないだろうしな」

「然《しか》り」

刃渡は応じる。

「そもそも手前の如きおぞましき『殺人鬼』が対象を『試験』、試そうなどと、それ自体が失笑もので、片腹痛い。あまり世界を馬鹿にするものではない。先の有難き忠告にしたところで——この早蕨刃渡、何の対策も立てていないと思うてか」

「大方その対策ってのはこの私の死体を隠し、零崎双識を装って、零崎一賊とコンタクトを取るってところかな？　偽装に関しちゃ、『時宮』の力を借りればいいだけだからね。『時宮』に限ったところで、あの婆さんだけが協力者ってわけでもないのだろうし。……『早蕨』と『時宮』、どういう共通利害があるのだか知らないけれどさ」

「笑止。逆論、『零崎』に恨みを抱いていない者を探す方が、この世界では難しいというものだ」

「そいつはどうかな。我ら一賊は敵対する対象に関しては完全撃破の記録を樹立してきたからね——そこに恐怖は残れど怨恨は残らない。きみ達のような例こそがむしろ例外なのだよ。弟の不手際としか言い様がないのだけれどね」

「不手際——か。然り。『零崎』らしくもない」

「ああ……同意だ。しっかり躾《しつけ》たつもりだったのだが、やはりあの小僧、一人立ちするにはまだ早い……けれど、これからは私も構って上げられない、し、自分でそういうところ……ちゃんと、してもらわないとな……ああ、そうだ……刃渡くん。一つ——お願いしても、いいかな？」

「……何だ」

「もしもこの先……この辺にいるはずだから、可能性は、多分、かなり高いと思うのだが——私の弟に会うことがあれば、弓矢さんの仇を討つ前に、伝えて欲しい。私は——零崎双識は、お前のような弟がいて、それなりに……それなりに、居心地のいい思いをさせてもらえた、と。それから……ごめんな、鋏はやれそうにもない。約束を破って、悪い……とね」

「…………」

その言葉に——不快そうな表情を隠さない刃渡。

双識の脇腹に刃を通して——既に十数分が経過している。死が近付けば、死の際に立てば、目前の男とて、取り乱すに違いないと思っていた、みっともなく命乞いをし、刃渡に哀れみを乞うてくるものだとばかり思っていた。そのときこそ、刃渡はすっきりとした、勝ち誇った清々しい気分で、そっ首を叩き落してやるつもりでいた。

なのに——どうしてこうも。

益々——安らかそうに。

あまつさえ、こちらの身を案じさえし。

まるでこれでは——聖人の死に際だ。

この男のどこが殺人鬼だというのか。

自分の認識が、間違っている気すらする。

「……否」

首を振る。

刃渡は、この男が夏河靖道の首を落すのを見、またその後六体の『人形』にも同じことをするのを見た。弟・薙真の胸の傷も見たし、今しがた、すぐそこで時宮刀自が惨殺される様子も覗き見ていた。それは——まごうことなき人殺の鬼だった。零崎双識はまるで平気で、何の気の咎めもないように、そう、双識自身の言葉で言えば『そうであるように』、人間を物体に還元した。弟の薙真の言葉でいえば『そういう風に』、人間を部分と部品に解体した。

なのに——なんだ、この死に際は。

その、死に際の言葉は。

——死ぬとは。

妹の——弓矢の言葉が。

——死ぬとは、どういうことなのでしょう。

刃渡の脳裏に、蘇る。

弓矢の——問い。

そんなものに、明確な答などない。

答える必要もない。

だから、問う必要もない。

問わなければ、考えずに済むのだ。

弓矢も——薙真も。

知らないわけではないだろうに。

この世に——

どうしようもないモノがあることを。

知っているくせに——何故問う。

ああ、それとも——

知っているからこそ、問わずにいられないのか？

「……手前……何者だ」

「零崎だよ。知らなかったのかい？」

にやり、と笑う。

また笑う。

死の際にいて、また笑う。

まだ笑う。

死の淵にいて、まだ笑う。

「……もうよかろう」

刃渡は刀を携《たずさ》え、立ち上がった。

なんて……不愉快。

自分はこうしてあの、零崎一賊のマインドレンデルを死に至らしめたというのに……どうしてこうも、敗北感を味わわされねばならないのか。

不愉快なまでの世迷言。

不愉快なまでの絶対感。

不愉快なまでの大矛盾。

ああ——なんとおぞましい。

彼らは黒闇で人を殺すのではなかった。

彼らは白光で人を殺す。

「手前ら——」

他には何もない、『殺意』だけの連中だと聞いていた。そして刃渡自身、そう信じていた。だが、目の前のこの男を見ていれば——零崎一賊には、その『殺意』さえも、存在しないように思われてきた。

ならば——どうしようもない。

そんなもの。

そんな最悪。

見ているだけで、汚らわしい——

「もう我慢ならぬ——」

刃渡は、太刀を構える。

「——ここで、全てを、終わらそう」

と。

そのとき——である。

隠しようもないほどに大きな音を立てて、早蕨刃渡の後ろの茂みから、一体の影が飛び出してきた。

その手に匕首を握っている。

反対側の手首から先が存在しない。

血の色で真っ赤に染まったセーラー服に身を包み、同じく赤い色のニット帽を被った彼女は、腹の底からの雄叫《おたけ》びを上げながら、その匕首の先を、刃渡の背へと向けている。

その形相は——もう人のそれではない。

まるで、それは。

それは、まるで。

鬼のような。

人殺しの鬼のような。

「だらああああああああああああああああああああああああああああああああああああ!!」

無桐伊織の——姿だった。

「…………っ！」

全く——気付かなかった。

その事実に、まず刃渡は驚愕する。

潜んでいた気配はない。特攻でもかけるつもりで、何の溜めもなしに何の躊躇いもなしに、刃渡に向かって突っ込んできたのだろう。ならば、それほどまでに双識との会話に没頭していたつもりはない、相手が素人の女子高生だということを差し引いたところで、物音どころか気配にさえも気付かないなどという道理がないのだ。

　こんなことは、ありえない。

　そして更なる驚愕は、その影が無桐伊織のものであって、弟・早蕨薙真のものではないということ。ここにこの小娘がやってきたということは——もうその時点で、薙真の運命は既に決確してしまったようなものだ。どういう理屈があれば、手足を拘束され天井に吊られた娘を相手に、自分の弟が敗北するというのだろう。その理由が全くの不明だったし——何より、これ以上ないくらいに血の繋《つな》がった、遺伝子構造を全く同じくする弟が、つまりは絶死しただろうというその事実に、そんな、とてもじゃないがありえないような、この事態に——早蕨刃渡は一瞬、身体を硬直させた。

　一瞬。

　一瞬だけだ。

　その一瞬は、早蕨刃渡と無桐伊織の差異を埋め得るほどの物量ではない。

「——最悪というほどでも無為《ない》」

　呟いて。

　身体をゆるりと反転させた。

　ぶん——と隙間を縫うように、刃は振られた。

　空振りかと見えるくらいに、スムーズな動作。

けれど、無論、早蕨刃渡に空振りなどない。匕首を握っていた伊織の左手が、腕から離れ、そのまま——宙を舞った。

「——っつ！」

両の手首をなくし、それでも伊織は止まらず、空中から、そのままの姿勢で、刃渡に向けて脚を向ける。しかし刃渡はあっさりと、その脚を軽く捌いて、逆に伊織の剥き出しになった腹部に刀の柄を、交差法気味にぶち込んだ。

飛び込んだところを更に加速される形になって、伊織はそのまま地面に叩きつけられる。そこに、くるくると回転しながら、未だ宙を舞っていた伊織の左手首が落下してきて、開かれた両脚のちょうど真ん中に、ぼとりと落ちた。

匕首を握ったままだった。

「——ちぇー……失敗」

無感動そうに——既に自分のものではなくなった自分の左手首を見つめながら、伊織は呟くように言った。その表情は、まるで笑っているかのように、歪《ゆが》んでいる。片手首を斬り落とされて——否、両手首を斬り落とされていて、痛みがないはずもないだろうのに、まるで、その苦痛が表情にない。

常軌を逸《いっ》していた。

両手首を落とされて気がふれたとしか思えない。マンションから拉致してきたときのような、おちゃらけていい加減さ丸出しだった、あの女子高生のような面影が、どこにも欠片《かけら》として存在しない。

頷けた。

これなら——薙真を退けるのも、得心。

「——伊織ちゃん！」

むしろ冷静でなかったのは、その一瞬の交錯を傍観するしかなかった零崎双識だった。己の腹傷から手を離し、右腕と右脚で這いずるように伊織にまで駆け寄って、その華奢な身体を後ろから抱きかかえるようにし、今、刃渡に切断された、左の手首をぐっと握り、応急的に止血する。

「うふ——」

伊織は——そんな双識に、笑顔を向けた。

「お兄様、ごきげんよう」

「伊織ちゃん——馬鹿な！　どうして、どうしてここに来た！　どうして——逃げなかったんだ！」

零崎双識が、まるで一般人のような台詞を吐く。

双識らしからぬ、否、『零崎』らしからぬ、あまりにもありふれた、常識的な、当たり前の反応。その表情には、先までの安らかさなど微塵《みじん》もない。聖人もそこのけな穏やかさをもって自らの死を受け入れていた、あの一種の高潔さは、どこにも——見受けられない。

そこにあるのは……ただの。

ただの、どこにでもいる。

平凡で、つまらない。

妹を心遣う、兄の姿だった。

「——うふ、ふ。うふ」

むしろ伊織の方がこの場合は異常、奇妙なほどに嬉しそうな……恍惚の表情を浮かべている。

「やだなあ——どうして逃げなくっちゃいけないんですか。そんな理由、どこにもありませんよう」

「な、何を……」

「だってさあ」

伊織は、言葉を続ける。

左腕からの出血は双識が押さえているとはいえ、しかし右手首の分も合わせて、もう意識が朦朧としていてもおかしくない出血量である。否、今意識があること自体、十分に奇跡だ。

「お兄ちゃん、独りじゃ、寂しいかなぁって」

「…………」

その言葉に……双識は。

言葉を、失って。

吹き出すように、失笑した。

「……余計な、お世話だよ」

「ふうん。あっそ」

とぼけるように、伊織も応じる。

双識に――穏やかさが戻ってくる。

一層の安らかさが戻ってくる。

穏やかで、安らかで。

零崎双識と――無桐伊織は。

まるで、二人は――家族のようだった。

「……何たる最悪、手前ら！」

力の限り地面を踏みつけ――刃渡は怒鳴った。

「それだけ血を流しているのだ、さっさと死ねばよかろうが！　手前らの中には一体どれだけの血量があるというのか、それだけ殺されてまだ足りぬというのか、殺しても殺してもまだまだ足りぬというのか、この鬼ばらが！」

「うるさいなあ……静かにしてくれよ」

双識が、心底気だるそうな感じで言う。

心地よい眠りを妨げられたかのような調子で。

「私達なんかに構ってないで――薙真くんでも確認にいってあげたらどうだい？　刃渡くん。伊織ちゃんがここに来たという、そのことの意味が――わからないわけではないだろう？」

「知ったことか。弱者が敗北するのは当然のこと。弱き者が生きていること自体がひとつの誤解。策略的にここから先が厳しくなるのは困り物だが、しかしむしろ、己と似たような面《つら》を見る必要が減って、清々する。それよりも――」

「だったらあなたは『不合格』ですね」

遮《さえぎ》るように言ったのは伊織だ。

自分の左手首を切断した相手と、自分の右手首を切断した相手の兄と、しっかりと、眼を逸らさず、怯むことなく、逃げることなく、視線だけで対峙する。

その視線に――刃渡はたじろいだ。

なんて――

なんて、熱い瞳。

焼けそうなくらいに――赤く。

「家族を大事にしない人は――『不合格』です」

「……笑止。ならば貴様の行為は何だと問う」

刃渡は言う。それは虚勢ではないが、しかし確実に、それも中に混じっている言葉で。

「貴様の所為で——マインドレンデルは死ぬぞ。貴様の出血を押さえるために、マインドレンデルは自らの傷から手を離した。その——意味は分かろう」

「………………」

「まずマインドレンデルが失血死。その後貴様が失血死。貴様の行為の結果はそれだけだ。まるで無駄ではないか。マインドレンデルの言う通り、素直に逃げておけば、それでまだ希望はあったというのに」

「きぼう？」

伊織は刃渡をせせら笑う。

「いらねーよ、そんなの」

「………………」

「双識さんにその手を離してくれ、とも言わない。わたしは双識さんが死んだその後でゆっくりと死ぬ。大丈夫だよ。大丈夫なんだよ。妹を庇《かば》って死ぬなんて兄として本望じゃない。ねえ、そうでしょ？　お兄ちゃん」

後半からは、背後の双識に向けられた台詞。

その台詞に双識は「勝手な奴だ」と苦笑する。

それだけだった。

何も揺るがない。

双識にだって分かっているはず……この現状、その手を離しさえすれば、自分が生き残れることくらい。腹の傷にしたって、致命傷とは言っても、この場を切り抜けて——今の体勢のまま、伊織を盾にでもして切り抜けて、きちんと適切な処置さえすれば——僅かとはいえ、可能性も希望もあることくらい、分かっているはずなのに。

何故に、それを否定する。

生きるつもりがないのか。

孤独でないなら、死んでもいいというのか。

悲しくないなら、死んでもいいというのか。

信頼というにはそれは邪悪過ぎる。

愛情というにはそれは醜悪過ぎる。

本当に——最悪だ。

なんなんだ、この二人。

理解できない。理解できない。理解できない。

理解できない。理解できない。理解できない。

干渉を拒絶している。

ああ——

ならばもう、得心するしかないのだろう。

『これ』は、『違う』のだと。

どうしようも——ないのだと。

これは、どうしようもないモノだと。

世界にはそんなものがあるのだと。

『殺し名』の人外魔境、魑魅魍魎《ちみもうりょう》とも並べられない、並べるべきではない、別異でしかない——そんな、どうしようもないモノだ。

逸脱している。

とても、見切れない。

それは例えるなら『彼女』のように。

それは例えるなら——『彼』のように。

価値観そのものが違うのだ。

生きている世界が違うのだ。

信じているものが違う。

感じているものが違う。

欲しいものも、守りたいものも、まるで違う。

公約数がない。

公倍数もない。

あり得ない数。

存在しない数。

斬れども斬れども斬れやしない。

決して割り切れない数。

零裂き。

零崎。

「もういい！」

先の台詞を繰り返す。

今度はあらん限りの怒号を込めて。

まるで敗北者のように怒鳴る。

負け犬のように遠吠える。

そして太刀をひゅん——と振る。

「手前らにはもう一秒たりとも生存することを許可しない！　俺は敗北者で構わぬ、手前らが死ぬなら、手前らを殺せるのならばそれでよし！　文字通り、重ねて四つに斬りつけてみせようが！」

「ああ、好きにしろよ」

それでも双識はびくともしない。

むしろさっさとやれと言わんばかりだ。

「ああ……そうだね、刃渡くん、ここで、私達二人を殺したとして——次にきみの相手をすることになる『零崎』は——さっきも言ったように、多分、私の弟だ。メッセージを伝えるの……ゆめゆめ忘れないでくれたまえよ」

「弟だと……この期《ご》に及んでそんな空概《くうがい》に頼るか。そんな空概が、この俺を殺すというのか」

「ああ。きっとあいつは——きみを殺すだろうね。……うふふ、ひょっとするともうその辺りにまで来ているかもしれないぜ。都合のよい正義の特撮ヒーローよろしくね」

「愚に愚を重ねた妄言を」

刀を構え、脚《あし》を踏み出す刃渡。

「手前らの住処《すみか》は間違いなく地獄だ。ここにいられるだけで空気が汚れる、早々に堕するがいい。その弟とやらも——すぐに後を追わせてくれよう。あちらでいくらでも馴れ合っているがよいわ」

そして。

身動きのとれない二人に対し。

早蕨刃渡は、太刀を振りかぶった。

始まった全てを、終わらせるために。

◆　◆

「…………」

そのすぐ近く。

五メートルほど離れた地点。

樹木に隠れるようにして手を束ねている、一人の少年の姿がある。

背はあまり高くない。染めて伸ばした髪は後ろで縛られており、覗いた耳には三連ピアス、携帯電話用のストラップなどが飾られている。それより何より眼を引くのは、スタイリッシュなサングラスに隠された、その顔面に施された——禍々しい刺青だった。

少年は早蕨刃渡にも、零崎双識にも無桐伊織にも気配を気取られないという偉業を平然と達成していながらにして……

非常に難しい顔つきをしていた。

というより、困っているようだった。

拗《す》ねているような表情である。

「……成程成程、そーかそーか。さっきの婆さんの死体といい、これで事情はよっく分かったけど——」

忌々《いまいま》しげに呟く。

「相変らず抜けてんな、あの兄貴。何考えてんだ。空概とか妄言とか言われた後じゃ、めちゃくちゃ登場しにくいじゃねーかよ」


（早蕨刃渡——試験開始）

（第九話——了）

第十話　零崎人識

早蕨薙真と早蕨弓矢がかつて『人喰い《マンイーター》』と遭遇し、世界には己の裁量ではとても手の届かない『どうしようもないモノ』の存在があると、初めて理解し、認識したのと時間をほとんど同じくして――早蕨刃渡は、この世の最悪と出会っていた。

「その眼鏡は――いい眼鏡だ」

その姿に――刃渡はまず、たじろいだ。和装なら弟や妹の姿で見慣れているはずなのだが――死に装束のように真っ白なそれは、痩せ身の身体に張り付くようで、見ていて肌寒ささえ感じる。柳の下の亡霊でも目にしているような気分だった。亡霊の表情は読めない――その亡霊は、奇妙な狐の面を被っていた。

「て――手前は――何者か」

「『手前は何者か』。ふん」

最悪の狐は、刃渡の言葉を反復する。

「取るにたらん質問だ。俺が何者なのかなんてことはどうでもいい――俺がここで名乗ろうが名乗るまいが、それはどうせ同じことなんだからな。早蕨刃渡――噂は聞いているぜ」

「…………」

「その若さでありながらにして、しかも分家にありながらにして、その働きぶりは『匂宮』の精鋭達も遥かに凌《しの》ぐ――そうじゃないか」

「――買い被り。とんだ流言飛語よ。噂が噂を呼んでいるだけに過ぎん」

「『噂が噂を呼んでいるだけ』。ふん」最悪の狐は、刃渡の言葉をまたも反復し、しかしその言葉をまるで聞いていなかったかのように、関係なく話を続けた。「まあ――強いか弱いかとか、優秀か愚劣かとか、そんなことは俺にとっちゃあどうでもいいこと

——なのだがな。強くても弱くても、そんなことは同じことだ。何の違いもない」

「何の——違いもない？」

「ああ。強かろうが弱かろうが、全部一緒だ。この世にあるものは、全て同じものでできている。何をしてても何もしなくても、根本のところで繋がっていて、所詮は一緒——一緒でないものなど世界にはない。だが……とはいえ、それでも、譲れないものはあるよな。あるはずだよな、早蕨刃渡」

「…………」

刃渡は——腰に挿している太刀に意識をやる。

殺せる——とは思った。

どころか、隙だらけだ。

こんなのは——殺さずにいる方が難しい。

なのに——どうしてか、手を出せない。

斬りつけようと、思えない。

斬りつけてはいけないような——気がする。

「手前は——何者か」

刃渡の二度目の問いに、最悪の狐は笑うだけ。

「早蕨刃渡」

そして、三度、刃渡の名を呼んだ。

「俺は——なんというかな、いわゆる変な奴を集めている。何人でもいい——とにかく、集められるだけ、変な奴を集めたいと思っている。……いや、さすがに何人でもってこたぁねえか——」最悪の狐は一旦黙って、そこで、ぱっと思いついたように「そうだな」と言う。「そうだ、十三人くらいが丁度いいか。『殺し名』七名と『呪い名』六名を合わせた数って意味にとりゃあ、因縁《いんねん》めいてて悪くない——玖渚の八つと四神一鏡を合わせた数ってんでも、別にいいが——そいつらに対するリスペクトってところだな。名前は——今度、センスのいいのを理澄《りずむ》にでも考えさせるとするか」

「…………」

刃渡が沈黙していると、最悪の狐は「ふん」と言葉を区切って、それから刃渡を指差し、続けた。

「お前——俺の眼鏡に適《かな》ったぜ。『早蕨』のこれからのことは弟や妹に任せて、俺とつるめよ」

「————っ！」

戦慄《せんりつ》——した。

理由もなく、身体中が、震えた。

身体中が、痺れた。

自分の足場が——崩れていくような感覚。

まるで、世界に否定されたような気分だった。

まるで、世界を否定されたような気分だった。

その——たった一言で。

ああ——

と。

早蕨刃渡は、そのとき、理解した。

この——目の前の存在が、どういうモノかを。

そうか——そういうことか。

殺したく、ないわけだ。

殺せるはずが、ないわけだ。

多分この最悪にとって——生きるも死ぬも同じ。

生は——厳しい。

死は——難しい。

共に——等しい。

全て——同じようにしか見えていないのだ。

全部が全部、代理のきくものでしかないのだ。

選ぶ必要も決める必要も、この最悪には、ない。

レベルが違う。

ステージが違う。

フィールドが違う。

全てが同じなことの最悪と——

早蕨刃渡は、まるで違う。

そして今——

正にその、『違うモノ』から、

誘いを受けたという、事実——

選択肢を与えられ。

決定権を与えられたという事実。

自由が——今、己の手に。

この手に。

「ダセえ勘違いはすんなよ――てめえの剣の腕やら強さやらを買ってってことじゃねえ。武闘派は匂宮兄妹だけでももう十分だからな――俺としてはなるだけ知的な集団にしたいところだ。ああ、そうそう。今、出夢《いずむ》の奴がお前の弟妹にちょっかいを出しにいってるはずだぜ――」

「出夢――『人喰い《マンイーター》』の出夢？」

その名は――よく、知っていた。

匂宮雑技団最高最大の――失敗作。

「仮に出夢を突破できるようなら、弟と妹……えええっと、なんだっけ――薙真……と、弓矢――弓矢か。その二人も一緒に十三人の中に混ぜてやってもいいが――とりあえず、現時点で誘えるのはてめえだけだ、早蕨刃渡」

「…………」

「お前は、まあそれほどではないが――そこそこ、なかなかに――逸脱している。お前には物語の登場人物になる資格がある。代替役《オルタナティブ》の難しそうな――そうそう代替のきかなさそうな役割《ポジション》が与えられている可能性が高い。お前は変な奴だ。だからお前は――面白い」

「…………」

「俺は世界をさっさと終わらせちまおうと思っている。この面白い世界の――終わりがどうなっているのか、知りたくて知りたくて仕方がないのさ」

「…………」

「俺は――世界の終わりが見たい」

世界の――終わり。

終わりを見たいがために――終わりを作る。

そんな考え方は――終わっている。

最悪の――考え方だ。

「そのときお前は俺の右側にいろ。お前の存在を俺の右手に出してやる。お前はこんなところやそんなところで――誰かのかわりをやっているべき男ではない。『早蕨』の名など、所詮は誰かの続きに過ぎないのだろうが。そんなものに従ってどうする。人

が従うべきは──『運命』だけ。お前の役割《ポジション》は
──お前の運命は俺が決めてやる」
なんて──高慢な。
なんて──傲慢な。
なんて──罪悪な。
なんて──最悪な。
「さあ──刃渡。選べよ」

「俺と来たら──気持ちいいぜ」

──結局。

刃渡は、その誘いを蹴った。

恐れをなした──わけではない。

自由に戸惑った──わけでもない。

そんな弱さとは、刃渡は無縁だった。

本音を言えば、ついて行きたいと思った。

あの最悪に──己の運命を任せてみたいと。

否──運命を左右されてみたいとさえ思った。

一緒に、どこか遠くに行ってしまいたいと。

全てを投げ捨てて──全てを投げ打って。

今まで背負ってきた全てを、放棄して。

『そういう風』だった自分を捨てて。

どうしようもなく──なってみたかった。

けれど、刃渡はそうはしなかった。

彼は──『早蕨』の三兄妹は、三つで一つのものとして作られている。『そういう風』に製作されている。仮に刃渡だけならば、あるいは独りになったところで問題はないのかもしれないが──自分が抜けた後、薙真と弓矢の二人だけで、『早蕨』が持つとはどうしても思えなかったし、そもそも、最初から、生まれたときから──生まれる前から、三つで一つのものとして作られてきた、『そういう風』に育ってきた自分達が分散するというのは、自分だけどこかに抜けてしまうというのは、なんだか、変な感じがしたのだ。三人でいるのが当たり前なのだから──その当たり前を崩されてしまうのは、奇妙だ

と、そう思ったのだ。言葉で説明するならそういうことだった。

後悔はない。

多分、生まれて初めて、そのとき、刃渡は自分の人生を自分で選び、自分で決めた。だから——その選択と決定に、後悔など、あるはずがない。

だが、引きずっていないといえば嘘になる。

多分、それは自分の人生における——最後の分岐路だったのだから、引きずっていない、わけがない。そんな大事な選択を、そんな大切な決定を——自分は『奇妙』程度の曖昧な理由で、退けてしまったのだから。

奇妙。

奇妙な感覚。

その感覚こそが——一般的にいう家族愛のようなものだと、今に至るまで早蕨刃渡に教えてくれる者は一人もいなかったのだが——ともあれ。

以来——早蕨刃渡は知った。

否応なく知ってしまった。

早蕨薙真と早蕨弓矢が『どうしようもないモノ』の存在を知ってしまったように——この世界には、どうしようもなくそういう風な——最悪のモノがあるということを。

そして——最悪のモノは、物語と関係なく、まるで、物語の外側にいるかのように、まるで狐に摘《つま》まれたように、全てを、外側から傍観《ぼうかん》していたかのように——最悪のタイミングで、登場するということを、早蕨刃渡は知っていて——

——兄様。

妹の——問いに。

——死ぬとは——どういうことなのでしょう。

——殺すとは——どういうことなのでしょう。

本当は、答えられたのだ。

答えることができたのだ。

刃渡は、その答を知っていた。

明確な答を、知っていた。

明確過ぎるくらいに明確だ。
だから、問われたくなかった。
だから、応えなかった。
問われれば——考えてしまう。
考えれば——思い出してしまう。
そんなのは——同じことなのだと。

◆　　◆

——いきなり。


いきなり——いた。

早蕨刃渡の目前に、零崎双識の目前に、無桐伊織の目前に——その奇妙な風体の少年は、存在した。

何の予兆もなく、何の前兆もなく、唐突にとしか言いようのないタイミングで、三人が同時に瞬きをしたその瞬間を狙ったとしか説明のつかないようなタイミングでもってして、その少年は、存在した。

背はあまり高くない。染めて伸ばした髪は後ろで縛られており、覗いた耳には三連ピアス、携帯電話用のストラップなどが飾られている。それより何より眼を引くのは、スタイリッシュなサングラスに隠された、その顔面に施された——禍々しい刺青だった。

突如舞台に出現した、目に映ることもなく耳に聞こえることもなく肌に感じることもなく、ただそこに当たり前のように現れたその少年に、早蕨刃渡の振り上げた刃物が行き場をなくす。それは零崎双識と無桐伊織も同様のようだった。固く決めた彼らの覚悟が、曖昧のように千々《ちぢ》に霧散していくのが刃渡の目にはっきりと分かった。

「——突然で悪いが、ここでいきなり俺と『あいつ』の違いについて考察してみよう」

少年はサングラスを外し、それをベストに仕舞いながら、出し抜けな調子でいう。刃渡に言うのでもなく、双識に言うのでもなく、伊織に言うのでもなく、三人に向けるのでもなく、かと言って独白というわけでもなく。まるで——そう、言うならば神とでも言うべき存在にでも向かって宣戦布告するような調子でもって、言葉を紡《つむ》ぐ。

「鏡に映したように同一でありながら逆反対であった『あいつ』と俺との絶対ともいえる唯一の違い——それは『あいつ』がどうしようもなく救えないほど『優しかった』ことに尽きるだろう。『あいつ』はその『優しさ』ゆえに、自身の『弱さ』を許せなかった——つまりはそういうことだ。だから『あいつ』は孤独にならざるをえない。『あいつ』の間違い、『あいつ』の間抜けは、その『優しさ』を他人にまで適用したところだ。素直にてめえだけを愛していればそれでよかったのにな。無論俺が言うまでもないように『優しさ』なんてのは利点でも長所でもなんでもない——むしろ生物としてはどうしようもねえ『欠陥』だ。それは生命活動を脅かすだけでなく進化をすらも阻害する。それはもう生命ではなく単純な機構の無機物みてえなもんだ。とてもとても、生き物だなんて大それたことは言えない。だから俺は『あいつ』のことをこう呼んだ——『欠陥製品』と」

そしてちらりと、少年は刃渡を向く。

その眼に宿った闇に、刃渡は思わず一歩下がる。

まるでこの世の混沌を全てない交ぜにしてぶち込み煮詰めたような、奇妙に底のない闇が、少年の瞳の中に存在していた。へらへらと笑っているその表情にはまるで似つかわしくない、暗い瞳だった。

暗い。

なんて、暗い。

喰らい尽くされそうなくらいに。

瞬間に理解する。

こいつは——殺すだろう。

たとえ相手が何の力もない無垢《むく》な赤ん坊であって

も、目の前にいれば、それだけの理由で殺すだろう。

「対して——俺は全然優しくなんかない。優しさのかけらも持ち合わせていない、それがこの俺だ。だが俺はその『優しくない』という、自身の『強さ』がどうしても許せない——孤独でもまるで平気であるという自身の『強さ』がどうしても許すことができない。優しくないってのはつまり、優しくされなくてもいいってことだからな。あらゆる他者を友人としても家族としても必要としないこの俺を、どうして人間だなどと言える？ 生物ってのはそもそも群体で生きるからこその生物だ。独立して生きるものはその定義から外れざるを得ない、落とされざるを得ない、生物として『失格』だ。かはは、こいつはとんだお笑い種だ、俺と『あいつ』は対極でありながらも——出てくる結果は同じだっつーんだからよ。全く同じ、同一だ。辿るルートが違うだけで出発点も目的地も同じ——実に滑稽。俺は肉体を殺し『あいつ』は精神を殺す。他人どころか自身をすらも生かさない、何もかもを絶対的に生かさない。生物の『生』の字がここまでそぐわない人外物体にして障害物体。こんなのわざわざ試験を受けるまでもねーぜ——だから『あいつ』は俺のことをこう呼んだのさ——『人間失格』ってな」

　笑って、少年は一旦、言葉を切る。

「実に——傑作だよ」

　そして少年は刃渡に背を晒し、ほとんど瀕死状態の伊織と双識の方へと身体を向けた。戸惑いながらも刃渡は、その背中に問う。

「……貴様——何者だ」

「零崎人識」

　少年は背中を向けたままで刃渡に答えた。

「今のところ——名乗る名前はそれだけだ」

　そして続けて、双識に向けて、「かはは っ！」と、思い切り悪意のこもった笑いを少年——人識は発した。

「なんでぇなんでぇ——日本から出て行く前に、折角だから行きがけの駄賃にあんたぶっ殺して、その変な鋏ィいただいちまおうと思って探してたのによ——てめえ、一人で勝手に死んでんじゃねーか。だっせえの」

「……半年振りだというのに、まるで変わっていないようだな——人識」

双識が、いささか冷静さを取り戻した声で、弟の罵声に応じる。その表情の大半を呆れが占めているようだが、しかしわずかに、なんというのか——『安心』、否、『安らぎ』のようなものが覗いているのを、刃渡は見逃さない。先の反応からすれば双識にも伊織にも、この新たな『零崎』の登場は予想外のようだったが、——否。

そんなことは関係ない。

零崎ならば殺さなければならない。

敵対した以上、どんな手を使っても。

三対一になったところで、こんなもの、実質は一対一と何も変わるところはない。振り上げっぱなしにしていた刀を、刃渡は、人識の背中に目掛けて後ろから——

後ろから斬りつけようとしたところで、その、振り上げた刀が動かないという異常に気付く。いくら腕に力を込めて振り下ろそうとしても、その場からぴくりとも前に進まない。

「——な。これは……」

「それ——曲絃糸っつーんだぜ」

ちらり、と、首だけで人識は振り向いた。

「とてもじゃねーが刀なんかじゃ切れねーよ……待ってな、今ほどいてやるからさ」

そう言って、人識は手を天に翳《かざ》すようにする。同時にしゅんしゅんしゅん——とあちこちから空気が裂けるような音がこだまし、次の瞬間には、刃渡の刀の拘束が解けていた。

「————!?」

刃渡には、にわかにはこの現象が理解できなかった。理解できないが、それでも無理に理解しようとするのなら——この目前の……『零崎』、零崎人識、飛び道具のようなものを使うというのか……？

否、飛び道具というのも、少し違うような——

慌てて、後ろに退いて間合いを取る。相手の得物が何なのだか分からない以上、人識からこんな近距離にいるのは危険だ。しかし、刃渡のそんな動きなど全くどうでもよさそうに、少年は「かはは」と笑い、天に翳《かざ》していた手を下ろす。

「『極限技』……」

双識がやけに明瞭な声音で、人識に問う。

「てめえ……クソガキ。そんなえげつねえ『技』、いつの間にどこで憶えたんだよ」

「あーん？　俺も別に無意味に全国放浪してるわけじゃねーんだよ。俺だって変わるさ。いわゆる曲学《きょくがく》阿世《あせい》って奴だな。あんたが散々ビビってた、あの『鷹《イーグル》』にだって、一回だけまみえたぜ。まあ半分以上俺の勝ちみたいなもんだったんだが、結果的には引き分けってとこだったかな」

「…………」

「もっともこの『曲絃』——俺向きの技能じゃねーやな。何年か前、『ジグザグ』とかいう変な女と共同戦線張ったときに会得《えとく》して、それから結構なげーけど、いまだ射程距離は三メートルを越えねーし。それじゃあ大してナイフとかわんねーっつうの。やっぱ俺はナイフが好きだわ。多角的に不意打てるって点から見れば便利じゃああるけれど、こんなの、俺的にはどっか姑息で卑怯だって思うし」

「あ。あの、あなたは——」

双識に続いて、双識に抱きかかえられている形の伊織が、人識に対して何かを問おうとした。だがその言葉はだんっと人識が荒々しく地面を踏みつけた音で、かき消される。

「慣れ慣れしく口きーてんじゃねーぜ、お、お姉ちゃん」睥睨《へいげい》するような眼で、伊織を見下ろす人識。

「言っとくが俺は兄貴以外の『零崎』を家族だなん

て、これっぽっちも思っちゃねーからな。まして初対面のあんたを助ける義理なんかねーんだよ。……ああ、いや……」そこで人識は、気まずそうにぽりぽりと、頭を掻《か》く。「考えてみりゃ、兄貴を助ける義理もねーのか。元々この俺、兄貴を殺しにきたんだったんだからよ」

「…………」「…………」「…………」

　だったらお前何でここにいるんだよ、と言いたげな表情を、人識以外の全員が浮かべる。突然現れておいて何の目的もなしとは、随分と変哲な話である。まるで『流れに流されるまま、まにまに成り行き任せで行動していたらいつの間にかこんな状況になってしまっただけ』——とでもいうような、零崎人識の曖昧にして模糊《もこ》な態度だった。

「…………然り」

　しかし、他の二人はともかく、そして人識自身がどう思っているのかはともかく——刃渡にとって目の前の顔面刺青の少年が殺すべき、殺さなければならない対象、『敵』であることにはかわりはない。ただし、先ほどの攻撃——攻撃といってもいいのかどうかさえ不明瞭だが——双識曰く『極限技』とかいう『あれ』には警戒が必要だ。近距離専門の刃渡にとって、飛び道具に近い性質を持つあの技は正しく天敵。本当かどうか、射程距離は三メートルとか言ったか——いや、それだけではない。可能性でいうならば、まだ人識は何らかの『技』、技術を隠している可能性だってある。相手が未知数でありこちらに何の対策もない以上、ここは一旦退くべきなのか——しかし、退くにしてはあまりにも、この状況、己の立場が有利過ぎる。ここで退いて、万が一、ほとんどありえないにしても、双識と伊織の命が助かったりすれば——今までの苦労が水の泡だ。

　——薙真。

弟の命が散ったのが——無為になる。

　——弓矢。

妹がいれば——この場など、容易に。

なんだ。

結局そういうことか？

『早蕨』は――三つで一つ、だというのか。

そんな――馬鹿馬鹿しい。

　くだらない感傷に過ぎない。

そんなことを考えている暇があれば――

「――かはは」

と――突然、人識が愉快そうに笑った。

　今度の笑みには何の悪意もない、ただの純粋な、だからこそよっぽど感じの悪い、『滑稽だから思わず笑った』というような笑みだった。

「やっぱそうだよな――それが当然だよな。それが当然の反応だよな、うんうん」

「…………？」

「いや――少なくともプロのプレイヤーならさ、何者かもわからないような相手に、無闇にとっこんできたりはしねーってこと」

「……当然、だろう」

　刃渡は抜き身の刀を構えたままで人識に答える。

　しかし、人識の方は、まるで刃渡に構える気配がない。余裕ぶっているというより、こちらのことを完全に見切っているかのような物腰だ。

「ところがだ。さっきここからちぃとばっか離れた小屋で、あんたとおんなじツラした野郎がいたんだが――そいつは俺に飛び掛かってきた。『零崎ぃ！』とかなんとか、雄《お》叫《たけ》びをあげつつな。こいつは一体どういうことだと思う？」

「…………」

　薙真は伊織ではなくこの少年に殺されたのか。しかしあの、軽薄なようでいて根は慎重無比の弟が感情を激昂させる相手となれば――そうだ、言われてみればこの少年の特徴、顔面刺青――弓矢の仇であるという『零崎』そのものではないか。

「それは――貴様が」

「そう、あいつはまるで俺のことを知っているかのようだった。俺のことを既に知っている『敵』であるかのように認識していた。つまり『未知の敵』でないからこそ、いっちまえば安心して、俺に飛び掛かってきたってことだよな。だけどここにある奇妙な矛盾点に気付かないか？　かっちょいいお侍さんよお」

「……何だ。何が言いたいのだ」

「俺のことを知っていたとするなら——逆に無闇にとっこんでこれるはずがねーんだよ。何せこの『曲絃』を前に、それがどれだけ危険な行為かは眼に見えて——逆接、『眼に見えず』理解できてるはずなんだから。俺のことを『既知の敵』と認識してるんならよ」

「………」

「一度でも俺と殺しあったことのある——俺を知っている人間なら、特攻だけはしてこない。それは自殺行為でしかない、自殺志願の馬鹿野郎だっつーんなら話は別だがな。ましてあいつは雑魚キャラなんかじゃなくて——あんたの弟、プロのプレイヤーだったんだろう？」

「しかし……それは」

細かいことのようだが、しかし言われてしまえばもっともな疑問だ。たとえば零崎双識にしたって、これが早蕨刃渡との『初見《まみ》え』だったからこそ、刃渡の用意した策にあっさりと嵌《はま》ったが、しかしこの手、二度は使えない。それ自体は別に大したことではない。刃渡にしたって、こんな手が同じ敵に二度通じるなんて思っちゃいない。双識のように単一の武器、単一のスタイルにこだわる方が珍しいのだ、誰だって普通は複数のパターンを持っている。ならば、人識と一度見えているはずの早蕨薙真が——そう易々と、今の技の餌《え》食《じき》になるわけがないのだ。

つじつまが合わない。

矛盾している。

「どういうことだ。不明瞭。貴様——薙真との一度目は、その奇怪な技を使わなかったというのか」

「そこから間違ってんだよ、てめーは。言っとくけどな——俺はてめえのツラなんぞにひとかけらの見覚えもねーんだよ」

「——なんだと？」

「初対面だったんだよ——あんたの弟とこの俺は」

人識はひどくぞんざいに、面倒そうに言う。「俺はあんたの弟とはさっき会ったばかしだし——あんたの妹、なんだ、えーと、まあいいや、あんたの妹なんてのも殺しちゃいねーんだ。とんでもねー濡《ぬ》れ衣《ぎぬ》って奴だよ、そりゃ」

当然のように語るその口調からすれば、この零崎人識、今の状況に至る事情の大体のところは把握しているらしい。兄の双識を探すために、あちこちで情報を収集したのか、それとも双識や刃渡達が残した痕跡、形跡などから、独自に推理してみせたのか——とにかく、刃渡と同程度、否、あるいはそれ以上に、この状況を俯《ふ》瞰《かん》しているようだった。

……しかし。

今の言葉は——聞き捨てならない。

「濡れ衣……だと？ どういう意味だ。不明瞭」

「意味も何もそのまんまだ。濡れ衣に濡れ衣以外の意味があるわけねーだろ。大体よ——あんたも知ってるだろうが。この眼鏡の兄貴がさっき散々講釈垂れてたように零崎一賊には容赦がない——あんたの弟がついさっきまで生きていたってことが、それが俺と会ってない何よりの証拠じゃねえかよ」

「だが——俺の妹は」

「ああ、そりゃそうだ。あんたがそういう以上、そしてあんたの弟の激昂具合からして、妹って奴が殺されたってのは、多分間違いないんだろう。誰も嘘だなんて言ってねえよ。だから、そっちの殺しに関しては、誰か別の奴の仕業なんだろうぜ」

全ての前提をひっくり返すようなことを——

零崎人識はあっさりと言った。

無論——そんな言葉に、刃渡は惑わされたりはしない。しない、惑わされたりはしないが——しかし、そう考えれば明確に説明のつく事実が数多くあることもまた、頭の片隅では、きちんと理解できていた。

　そう、『不手際』。

『零崎』と『敵対』しておきながら――薙真が生きて戻れたという事実。命を落としたのが弓矢一人であるという事実。相手を殺しおおせて帰還したというのならばまだ分かるが、その場を逃れられただけでなく、その後の追撃もなかったという現実――

　それは。

　それは一体――何を語る？

「何を……言うか。ならば、誰がやったと――」

「さあ？　んなこと自分で考えろよ。俺が知るわけねーじゃんよ。知るわけねーけど……それでも無理に容疑者をあげようっつーんなら、そうだな、あっちの方でバラバラになって死んでた婆さんなんてどうだ？」

　あっちの方でバラバラになって死んでた婆さん。

　時宮――時計。

　今回の件における、早蕨に対する協力者――『空繰人形』を数十体にわたって準備し、戦闘そのものにも力添えしてくれた協力者――

　『呪い名』六名が一つ、時宮。

「と、時宮――」

「ああ、やっぱ時宮か、あの婆さん。『呪い名』の誰かだろうなっつーんは想像ついてたんだけどよ。しかも分家じゃなくてもろ本家か――はいはいはいはい」刃渡の言葉に、ぽんと膝を打つ人識。「だったら決まりじゃんよ。あの婆さん、『時宮』なら、お得意の『術』、操想術とやらを使ってよ――あんたの弟くんに妹さんを、ものの見事に騙しくらまし誑《たぶら》かす、それくらいのことはできるんじゃねーのかい？　うん？」

「…………っ！」

　時宮時計が零崎双識にとった――というよりも、彼女が己の能力を使用し、スタンダードに使っている戦術は、いわゆる『擬態』。対戦者――否、『対象者』に対して操想術を仕掛け、幻覚世界の中へと引き込んでしまい、自身を別の人物——多くの場合は『死色の真紅』と呼ばれる超越的存在——と認識させることによって容易《たやす》く勝利をつかむという、言うならば『匂宮』に真っ向から究極的に対立する手段を選ぶ。今回の場合はそれを双識に対して使用し、

そして看破されたわけだが——

だが。

その操想術のもっとも特筆すべき特徴は。

看破できなければ気付きようがないという点だ。

通常ならば自分が術中にあるということすら認識できない——今回双識が彼女の術から脱せたのは、双識がたまたま、『彼女』について、時宮時計よりも多くの知識を持ち合わせていたからというただそれだけの理由で、そうでなければ双識は、自身が『敵』、時宮時計の術中に落ちていることすら知らないままに、命を落としていたことだろう。そして命を落としたその後ですら、己は『彼女』に殺されたのだと、そう思い続けることだろう。

そしてそれは——

命を落とさなくとも同じこと。

『擬態』するのが『彼女』でなくとも同じこと。

世界そのものを入れ替えられれば気付かないものは気付きようがない。比べる対象がないのだから、直接的でない分だけ——気付けない。だからこそ『呪い名』は、敵に回すのも——味方に回すのもおぞましいのだ。『彼ら』の術は敵を騙すだけではない——時には味方だって欺《あざむ》く。それも、何の躊躇いもなく、思う存分に欺く。どころか——その『術』の性質上から考えて、却ってそれらの『術』は味方にこそ効果がある。

否。

否、否、否。

『彼ら』——『呪い名』六名には、敵味方の区別などそもそもありはしないのだ。そういう価値観の下で、『彼ら』は動いていないのである。

だからこそ――呪い。

人を呪わば穴二つ掘れ――と。

「婆さんの死体のそばに生えてたやたらでっけえ木に、赤い布が打ちつけられててよ――ありゃあ術士がよく使う手じゃねーか。そういう視点で見ればこの森自体も、かなりいやらしい作りになってっし。死体の手口《きずぐち》を見りゃ犯人が兄貴だってのは一目瞭然だったし、その荒々しさ加減からして兄貴が『苦戦』したってことも分かる。だったら使った『術』の容内の想像もつこうってもんだ――」

人識が『婆さんの死体』を『呪い名』だと判断した理由を滔々《とうとう》と語っているが、しかしそんな声は刃渡の頭の中にはまるで入ってこない。

馬鹿な。そんな――馬鹿な。

そんな馬鹿なことがありえるわけがない。

もしも、刃渡が――『早蕨』が、あの老獪な刀自に、一杯食わされていたのだと――すれば。

「く、下らぬ世迷言を――」

「世迷言ねえ」

くくく、と人識は笑いをこらえる。『世迷言』というその言葉自体がおかしかったかのように、笑いをこらえる。そしてゆっくりと歩き出し、今いる場所から移動する。舞台の上で講釈を垂れる名探偵もさながらだった。移動する人識の身体を、常に自分の正面から外さない配慮を刃渡は怠らないが、しかしそれすら人識にはどうでもいいことのようで、行儀を全く崩さない。

「そうだ――薙真と貴様が初対面だとするなら、薙真の瞳に貴様の姿を映させることなど不可能。幻覚とはいえまるで知らぬ『知識』を『認識』させることなど――できるわけがない」

「そのできるわけがねーことをやらかすからこその『呪い名』だろうがよ。何も知らない赤ん坊だって夢は見るだろ？　同じだよ。それに姿形の為形だけを真似るってのは、そんな無理難題でもない。写真一枚似顔絵一枚ありゃ、それを視界の端にとらえただけで、人は記憶に認識するんだぜ？　人間の脳味噌なめちゃあいけねーよ。外面だけは俺を模《かたど》って、あとは、そうだな、弟くんや妹さんの中から、かつて体験した『恐怖』の記憶でも引き出してやりゃあいいじゃねえか。こんな世界にいるんだ、一度くらい怖い思いをしたことはあんだろ？　ま、俺はねーけどさ」

「だ、だが――」

だが。

だが――の続きがない。

「大体あんたのいうその理屈が正しいと前提するならば、兄貴に『真紅』の姿を見せることだってできねーはずじゃんさ。兄貴だって、『真紅』を知ってはいても、直《じか》に会ったことはねーんだからな。もしも直に会ってたら、あんたの弟くんのと同じ理屈で、生きていられるはずがねえ。俺でもない限り『真紅』に会って生き残れるわけがねーんだから。『時宮』、情報の組み換えによって恣意的に映像を見せるからこその操想術だろ」

「ぐ――しかし」

しかし。

しかし――の続きがない。

一体、どう反論すればよいというのか。

たとえば『時宮』が薙真と弓矢に『零崎人識』の幻覚を見せたとして――どこに矛盾が生じるのか。否、『呪い名』が出てきている時点で、矛盾や背理をどうこう言うこと自体、そもそもが的外れなのだ。『殺し名』ならばまだ物理法則に従う戦闘集団だが――彼らは世界そのものを無視する、唾棄《だき》すべき非戦闘集団なのだから。

「……と――『時宮』が薙真と弓矢に見せた姿が『マインドレンデル』でも『シームレスバイアス』でもなく、『零崎』としてまるで誰も知らぬ、まるで無名な貴様であるという点に、説明がつかぬ――」

「疑うねえ。もっともその程度の『疑意』、悪意どころか好意にまで疑いを向ける『あいつ』に比べりゃ全然大したことはねーがな。その疑問に対する答は、俺が『零崎』の中でも一番連携の取れてない、『擬態』しても一番バレなさそうな奴だからってんでいいと思うぜ。無名だからこそ俺が選ばれたんだろう。相手を倒すのが目的でないんなら、有名人を使う理由なんかどこにもない。違うかい？」

「……ぐ」

「それにな——そもそもの話、俺には『鉄壁のアリバイ』って奴があるんだよ。なんせ俺はこのところ、京都の方で人を殺すのに忙《いそが》しくってよ——確か、十三人ほどやったっけな。否、一人『あいつ』んときに失敗してっから、結果としちゃ十二人くらいか。つまりあんたの妹に手ェ出してるほど、暇じゃなかったんだよ——もっとも、その十二人の中に混じってたってんなら、話は別だけどな」

「…………」

「考えてみりゃ滑稽な話だぜ。殺人活動にいそしんでいたからゆえに——逆にアリバイが成立するってわけだ。かはは、こいつは実に傑作だ」

「だ、だが——『時宮』に、そんなことをする理由が——」

「理由は明快だろうが。明快過ぎて困ったくんだよ。『早蕨』——っつうんは要するに『匂宮』の弟分みてーなもんだろ？　そして『時宮』はその対極。だったら『匂宮』と『零崎』を殺し合わせようってのは、それほど不思議な発想じゃねーと思うけどな」

「…………」

それは——刃渡も、一度ならず考えたことではある。時宮刀自は『零崎』に貸しがあるなどと言っていたが、無論そんな言葉など刃渡は信じていなかった。『時宮』が今回『早蕨』に連携してくれたのは——あわよくば両者の共倒れを狙ってのことであり、まして善意や何かやではあり得ないということは、よく分かっていたつもりだ。それはそれで構わなかった。刃渡達には『敵』が零崎一賊でも圧倒するだけの自信があったし、『時宮』の企みにしたって、彼の野望に鑑《かんが》みれば、そこまで害のあるものではないと判断したからだ。

だが——全てのお膳立てを『時宮』が行っていたのだとすれば——我々『早蕨』に、零崎一賊に敵対するだけの『理由』を作り——それから『道具』を準備したとすれば——状況は、第一象限から第三象限まで——裏返ってしまう。

刃渡は弓矢や薙真とは違う。何があろうと己の行為に疑問など挟まない。仇討ちや報復のような感傷を人生には持ち込まない。薙真が殺されたと分かっても——それは薙真が弱かったということだと、そう思っただけのこと。弓矢が殺されたと聞いても——それは弓矢が弱かったということだと、そう思っただけのこと。

だがしかし——

弓矢の仇を討とうと思わなかったかといえば。

薙真の気持ちが理解できなかったかといえば。

それもまた——違う。

三角の一つが欠けて——とても、奇妙で。

奇妙な感じで。

それは——喪失感で。

どうしてこんなことになったのか。

考えずには——いられない。

「俺が——俺達が」

誑《たぶら》かされた。

騙された。

だから——こんなことになったのか。

たとえ自分の意志に従っていたとしても。

たとえ自分の意志に添っていたとしても。

それは用意された舞台で。

それは与えられた役割で。

脚本通り行われる茶番劇。

それでは丸っきりのお笑い種——

丸っきりの道化。

「俺が――俺達三兄妹が、汚濁にまみれた『時宮』如きに――謀《はか》られたというのか」

声に動揺は混じっていない。混じっていないはずだ。こんなことで動じる己ではない。動じてなどいない。動じてなどないはずだ。冷静になれ。冷静になれ。こんな、突然現れた正体不明の『零崎』の言、信じる理由がどこにある？

理由。

理由。理由。理由。理由。理由。

理由。

「かはは――まあ、そんなの、どうでもいーっちゃどうでもいいよなあ、『早蕨』の兄ちゃん。誰に騙されようと誰を騙そうと、そんなの今の状況にゃー全然関係ない、今の世界にゃ全然無関係だ。どうせ世界は騙したり騙されたりなんだからよ」

そして零崎人識はベストに手を突っ込んで、バタフライナイフを回転させながら取り出した。刃渡から見れば玩具以下の強度しか持たない、チャチな刃物だ。しかしそれを、まるで大口径の拳銃でもあるかのように、自信たっぷり不敵な目つきと共に、ナイフの切っ先を、刃渡に向けて突きつけた。

「俺は殺人鬼であんたは殺し屋だ。そこには何の違いもない、全く同じ畜生同士だ。得物があれば言葉はいらねえ、遠慮も会釈も忌憚《きたん》も気兼ねもなく、呼吸するように殺し合い呼吸するために殺し合おうぜ。俺は殺人鬼としちゃあ最低ランクの力しか持ってないが、どっこい殺人技能じゃ『匂宮』にだって劣らない。今まで他人を殺し損ねたのはただの二度だけだし、その内一度は鏡に映った虚像が相手、その内一度は人類最強が相手だ。ほんの数週間前までこの俺を前にして死なない奴なんざ一人も無在だったんだよ。折角だから折角だ、あんたが踊ってる道化芝居に付き合ってやる。『あいつ』と違って俺は全然優しくねーぜ？ 殺して解《ばら》して並べて揃えて晒《さら》してやんよ」

口上と共にこちらを見るその視線は――まぎれも

なく『零崎』のそれだった。いつの間にか、人識の話に聞き入るが内に降ろしてしまっていた太刀を、慌てて構え直す。

　距離は遠い。

　飛び込めば瞬きも要らぬ間に人識の懐に飛び込めようが――あちらには、例の正体不明の技がある。『未知の敵』に飛び込めるわけもない――そんなことが、できるわけもない。

「さあ来いよ。お祭り気分もたけなわだ。くだらない物語の最後を飾る決戦だ、オセロのように白黒つけよう。きっちりと正々堂々、サシでやろうや」

「……然り」

　とにかく――よく観察すること。

　あれが一体どういう種類の技であったところで、全く事前動作なしで繰り出せるわけがない。先で言えば、手を天に翳したあの行為がそれにあたる。事前動作。ひょっとすれば、それはポケットの中に手を入れたままでも行えるような極小の動作なのかもしれない。どちらにしたって、それさえ見逃さなければ――後の先を取れる。

　取れる――はずだが。

「…………」

　けれど――取ったところで、それに何の意味があるのだろうか。刃渡がただの、いいように操られるだけの傀儡《くぐつ》だったとするならば――勝利の栄誉は、刃渡のものにはならない。薙真のものにもならなければ――弓矢のものにもならない。

　何にもならない。

　何にもならない。何にもならない。

　何にも、ならない。

「…………」

　と。

　突然、人識はくつくつと笑い始めた。

　突きつけていたナイフも下ろしてしまう。

「――何だ。如何なる真似だ」

「いやあ――なんっつーかよ」皮肉そうに唇を歪め

——人識は顔面の刺青を歪ませる。「こりゃ本当に便利だなあと思ってさ——成程ね、『あいつ』が嵌っちまうのも、わかんなくはねーな」

「……だから、何を言っている？」

「何を言っているって？　そりゃ勿論——」

応じながら、人識は、後ろでくくっていた髪を解いた。ぱさりとその髪が落ちてきて、人識の顔面刺青を、丁度隠す形になる。その瞬間に、今まで人識がずっと浮かべてきた薄ら笑いが表情から完全に消えて——ぞっとするほどに乾いた目つきになった。

「——戯言だっつーの、馬鹿野郎」

その瞬間。

刃渡の胸から刃物が二本、生えてきた。

「……な？」

何が起こったのか——わからない。

わからないが、それはもうわざわざ理解するまでもなく、もうそれだけで致命傷だった。片方の刃が心臓を、片方の刃が肺臓を、両方狙い澄ましたかのように、確実に貫通している。堤防が決壊したかのように血が溢れる。肉がはみ出ている。この刃は——この刃には見覚えがある。そう、これは零崎双識の——

『自殺志願《マインドレンデル》』。

「が、あ——ああああああああああああああ」

痛い——というより熱い。

熱い——というより寒い。

冷たい。

あまりにも冷たい。

その感覚を堪えながら——

後ろを、かろうじて振り向けば。

『自殺志願《マインドレンデル》』のハンドルを——その口に銜えた無桐伊織が、刃渡の背中にはりつくようにして、そのブレードを食い込ませていた。

「ああ、なるほど、やっぱりですね——」

ハンドルから口を外し、伊織は言う。

うっすらと、恍惚《こうこつ》の笑みすら浮かべて。

「思ったよりも気分の悪いもんですね――『人を殺す』っていうのはさ」

「な――な、なななななんあなな」

油断――したのか。

否、油断などしていない。

していたとすれば――それはやはり、動揺だ。

零崎人識の言葉に――揺らされて、周囲に気を配るのを、怠っていた。零崎双識と無桐伊織を――既に戦力外として、無意識の内に意識の外へと追い出していた。彼も彼女も、死ぬその瞬間までは『零崎』だというのに。人識を自分の視界から外さぬことばかりに気をとられ、伊織と双識に背を向けたことに気付けなかった。否、それすら、恐らくは人識の策略の内。

「だ、だが――」

だが、それでも、伊織の手首の件がある。あの出血は命にかかわるどころではない、双識がその手を離してしまえば――それだけで、動いた瞬間に貧血昏倒するはず。両の腕が切断されているのだ、累積の出血量は半端ではない。こんな行為に出られるはずが――

と、気付く。

伊織のその左腕。

刃渡が切断したその左腕に――極細の、糸のようなものが食い込むようにきつく巻きついて、その出血を食い止めていた。

糸のようなもの――否、それは糸そのものだ。

「ちなみに『曲絃糸』っつーんは、曲がる絃の糸って書くんだよ」人識が他人事のような口調で言う。「かはは、兄貴の発音じゃ、まるで『極限の技』みてーだったけどさ」

「が、あ――」

人識が最初、いきなり三人のど真ん中に現れたのは――まずはとりあえず、伊織の止血をするためだったのか。『曲絃』の射程距離三メートル内に伊織を収めるためにむざむざ刃渡の正面に現れる危険を冒した。そうだ、あのときだ、刃渡の刀にもつれた『糸』を回収するとき——あのときに、回収を装って、伊織の左手首に、その極細の糸を巻きつけたのだ。

止血さえ完全なら——最低限の意識を保ったまま、伊織は動ける。少なくとも、その力を振り絞れば、刃渡の背中に、『自殺志願《マインドレンデル》』を喰らわせるほどには。

「て、てめえら——」

嵌め——られた？

嵌められた——のか？

認めざるを得ない。

どうしたって、認めざるを得ない。

自分は——謀られたのだ。

この零崎——零崎人識に。

だったら人識のあの言は——何だったんだ？

戯言——だと？

考えてみれば人識の言、まるで根拠がない。かなり主観によっているし——様々な曖昧点を、まるで前提条件のように語っていた。推測や推理どころの話ではない。大体、人識のアリバイなんていっても、アリバイなんて全然成立していないではないか。弓矢を殺していないというのなら——弓矢の死亡日時を知っているわけがないのだ。犯行時刻が不明なのに、アリバイもへったくれもあるものか。そうだ、それに人識は、刃渡の肝心要《かんじんかなめ》の質問に答えていない。『薙真との一度目に曲絃糸を使わなかったのかどうか』——その確率はかなり高いはず。その性質、その正体が分かれば何のことはない、要するに『曲絃』とは『暗器』の一種。その字の通り、ひた隠しておくのが当然の武器——その使い手であることさえも、隠しておくのが当然の武器。それは『切り札』ではなく、『伏せ札』であるべきなのだ。事実、今の今まで人識は、自分の『兄』にさえ秘密にしていたではないか。会得《えとく》したのが数年前で兄に会ったのが半年前なら、当然そういう計算になる。それなのに、それをああも自慢気に、刃渡に向けて説明した理由とは——一体何だというのだ？

ならばさっきまでの弁は真っ赤な嘘で、やはり妹を、弓矢を殺したのは零崎人識なのか。それとも……それとも、真実を演出的に脚色し、こちらの興味をひいたのか。動揺を誘うのが目的ならば完全なる嘘だとも思えないが——だからといって完全なる真実であるとはとても思えない。

何が真実なのか、どこまでが真実なのか。

まるで分からない。

曖昧だ。

茫洋《ぼうよう》だ。

不確かだ。

煮え切らない。

適当で、いい加減だ。

あやふやで、うやむやだ。

どっちつかずで、成り行き任せ。

どこから本当で、どこから嘘なのか——

「ざ、ざれごと——」

「これもまた、曲学阿世《きょくがくあせい》って奴だよ。俺は優しくないって、確か二回も忠告《こく》ったはずだよな？……俺の兄貴を殺しといて、正々堂々なんざあるわけねーだろ」

人識が道化《どうけ》るように肩をすくめ、刃渡に向けて、いざなうように右手のひらを向ける。

「さて、全てのトリックに理解が至ったところで、この俺への賞賛の言葉はまだかい？」

「こ、この卑怯も——」

「おいおい！　そうじゃないだろう！」

後ろから、零崎双識の声が飛ぶ。

双識は完全に不随状態の全身をだらりと垂れ提げ、伊織の左手首から離したその手で、自分の腹部を止血することもなく、口に煙草を銜《くわ》えるところだった。

「早蕨刃渡くん。きみの台詞はそうじゃないだろう? んん? これできみの『不合格』は確定したのだから、最後の最後の最後の最期くらいは、この泥仕合、『きっちりと正々堂々』、真っ当に全《まっと》うしようぜ――お互い、プロのプレイヤーなのだから。ね、『紫に血塗られた混濁』くん?」

「…………!」

伊織が己の両手を、どうしたって使えない以上――『自殺志願《マインドレンデル》』に手を伸ばし、『自殺志願《マインドレンデル》』を伊織に銜えさせたのは――零崎双識の仕業なのだろう。なんて――なんて、測ったように謀ったような、作為的なチームワークだ。三つで一つのものとして製作された『早蕨』の三兄妹――太刀遣い、早蕨刃渡、薙刀遣い、早蕨薙真、弓矢遣い、早蕨弓矢――しかしそれにしたって、ここまで見事に意思の疎通ができていたものか。

否――

そうじゃない、できるわけがないのだ。

不可能という言葉すら似つかわしくない。

零崎双識にとっても無桐伊織にとっても、零崎人識の登場が予想外だったことは間違いがないのだ。にもかかわらず――それにもかかわらず、まるで事前に綿密な打ち合わせでも交していたかのような、この呼吸の合い具合はどうしたことだ。

これが――『零崎』だというのか。

これが――零崎一賊だというのか。

血の繋がりではない、流血の繋がり。

殺人鬼。

殺人鬼。殺人鬼。

殺人鬼の癖に。

殺人鬼の癖に。殺人鬼の癖に。

それじゃあ――まるで。

まるで俺達と――一緒だろうが。

どうしようもないほど――

俺達と、同じじゃねえか。

「てめえら、全員——」

ぐらりと、刃渡の身体が倒れる。

「——最悪、だ」


その言葉に、双識が両肩を揺らす。

その言葉に、伊織が両腕を挙げる。

その言葉に、人識が両手を広げる。

そして声を揃えて、笑顔で答えた。

「知ってるよ」


（早蕨刃渡——不合格）

（第十話——了）

最終話
零崎舞織

「『人が死ぬとき、そこには何らかの『悪』が必然、『悪』に類する存在が必然だと思う』——っつーんが、まあ、あの兄貴の口癖でな」

……その車両の中には、たった二人しか人間がいなかった。しかしそれは、別段特別特殊な状況《シチュエーション》というわけでもなくて、片田舎、平日昼間の電車事情は、大抵のところそんなものである。こんな時間に、同じ車両に二人も乗っている方が珍しい、とまで言えば、少々言い過ぎではあるだろうけれど。

一人は、顔面に刺青が入った少年だった。ハーフパンツに安全靴、上半身は、裸の上に直接タクティカルベストを羽織っている。流線型のサングラス、右耳には三連ピアス、左耳には携帯電話用のものだと思われるストラップ。サイドを刈った長髪を後ろでラフに結んでいる。

もう一人は、赤いニット帽をかぶった少女だった。身長は隣の少年よりもやや高いくらい、全体的には痩せ身。上は、どうしてか、体格にあっていない赤いフードつきのパーカー、下は、女子高生の制服のようなプリーツスカート。少年と同じくサングラスをかけているが、こちらはコンビニででも売っていそうな、安物のそれらしかった。事故か何かにあったのか、両腕ともが手首の辺りで切断されていて、やけに真新しい斬り口が痛傷《いたいた》しく覗いている。どうやらその斬り口は極細の糸で止血されているようだ。

少年と少女は——

他に誰もいない車両内で、会話を交していた。

「ん——ま、いかした義体師を一人知ってるからよ。だからその腕についちゃ、それほど心配しなくていいと思うぜ。むしろ前よりも便利になるだろうよ」

「……そうですか」

「その後で別の『零崎』、俺が知ってる中じゃ一番性格のマシな奴を紹介してやんよ。後はそいつについてって、生きるなり死ぬなり、騙《だま》すなり騙されるなり、てめーの好きにしな。そこまではこの俺が面倒臭いなりに面倒見てやるさ。兄貴の頼みだかんな」

「……冷たいですねー、人識くんは」

うんざりしたような表情で、少女が天を仰ぐ。

「家族なんだから、もっといちゃいちゃしましょうよ。妹なんですよ、ほらほら」

「言っただろ。俺は兄貴以外を、家族と思ったことなんざ、一度たりともねーんだよ。一賊にだって、兄貴に誘われたから混じってやっただけさ。実際のところ、あんたにだってあんまお勧めしねーよ。ま、口出ししたりはしねーけどさ」

「ふーん。色々あるみたいですね、人識くん」

「まーね。話すつもりはねーけどな。俺は秘密の多い男の子ってキャッチフレーズで売ってるもんだから、プライベートがバレるとイメージダウンに繋がるんだ」

「男の子は陰を背負って格好よくなるのですね」

「んなんじゃねーよ、よしてくれ。——ふん、まあ、あんたがどうするにしたって、俺はもうあんたとは二度と会うことはないだろう。俺、この国にゃあちょっとうんざりしててよ。絶対に二度と会いたくない奴が二人ほどいてな——アメリカのテキサス州行くことにしてんだ」

「どうやって行くんです？　人識くん、お金、持ってないんでしょう？　どころか、パスポートだって明らかに持ってなさそうじゃないですか」

「んなもん、いくらでも抜け道くらいあるさ。伊達《だて》に全国放浪してねーっつーの、この俺も」と、そこで一旦言葉を区切る少年。「で、何の話だったっけな——そうそう、兄貴の話。人が死ぬのには『悪』

が必要だって、よくほざいてやがったんだが――じゃあ今回の場合、一体誰がその『悪』だったんだと思う？」

「そりゃ勿論――わたし達じゃないんですか？」

少女は少年に答える。

「刃渡さんも、そうおっしゃってましたし。あの人達も、そりゃ大概でしたけれど、でも性根のところというか、根本のところでは、双識さんや人識くんよりはよっぽどマトモっぽかったですし。つまり今回の結果は――いわゆる自業自得という奴なのです」

「しかしな――悪い奴を『悪』だとか『最悪』だとか、簡単に言えるほど、世界っつーんは簡単にはできてねえと、この俺あたりはそう思うんだよ。『善』だの『悪』だの、そんな分かり易い二元論で語ることはとても無理だって、そう思う。兄貴は『普通』ってのに憧れていたみたいだが――そのせいで、あんな似合いもしねえ珍妙な格好してやがったらしいんだが――その『普通』にしたって怪しいもんだぜ。『普通』ってのは、そんなものがこの世にあれば、それだけで既に奇跡だ」

「奇跡――ですか」

「大体『普通』の奴なんてのにロクなもんはいねーだろ？　普通に憧れるってのは、『その他大勢』の中にまぎれてまざって、安心して安定したいっつー、くだらねえ愚か者の結論であるとしか、俺には思えない。『個性というのは何かが欠けていること』――それもまた兄貴の座右の銘《めい》だったが、しかしその言にのっとっていうなら、『個性がない』っていうのは、要するに何にもないってことじゃねーのかな？　いや、俺もつい最近までは兄貴と大体のところじゃ同じ意見だと思ってたんだが、この間とんでもねえ馬鹿にあって、少々思想を変えざるを得ない状況においやられてな」

「とんでもねえ馬鹿？」

「ああ、とんでもねえ欠陥製品だ。『あいつ』は全然『悪』くなんかなかった——嘘つきで、疑り深く、人を人とも思わない人を人とも扱わない、とんでもねえ奴だったが——それでも『あいつ』は全然『悪』くなんかなかった。『あいつ』には責任なんて一切ない——『あいつ』には背負わなくてはならない十字架なんて、本当は一つだってないはずなんだ。しかし——『あいつ』は俺や兄貴どころじゃないくらいの人数を、今まで『殺して』きていた。普通の記憶力じゃ覚えきれないほどの数を虐殺してきた。『あいつ』は全然『悪』なんかじゃないのに、その存在だけで人を殺す」

「『呪い名』みたいな人ですねー」

「俺達よりはそっちに近いだろうな。だがそれともまた違う——一番近い存在としちゃ、やっぱ人類最強の真紅なんだろうよ。『あいつら』がカップルになりゃ、結構お似合いだと思うんだが——なかなか傑作でよ」

「うーん。一度お会いしたい気もしますね」

「やめとけやめとけ。『あいつ』、髪の短い女は好みじゃねーんだとよ。問答無用……つうか、『問答有用』に殺されるぞ」

かはは、と少年は笑う。

「それはさておき、だからこそ俺は思うんだよ——人が死ぬのに『悪』なんて必要ねーってな。人が死ぬのに必要なのは、ただの刃物と、流血だけさ」

「…………」

その言葉を切っ掛けに、二人は神妙な顔つきになる。

どこかが痛んでいるような。

なにかを悼んでいるような。

「……お兄さん、残念でしたね、人識くん」

先に口を開いたのは少女の側。

少年はそれに対し、いささか強がりが混じっているような、しかし一見してはそうとは分からないような態度で「はっ！」と笑い飛ばす。

「そーでもねーさ。兄貴はどっちかっつーと死にたがりってタイプでね。自殺は嫌いだって言ってたけれど、その心の奥にある鬱屈した感情は、てめえの得物につけた名前を聞きゃ、想像つくだろ？　兄貴は『悪』でこそなかったが、それゆえに罪悪感から逃れられない奴だった――何の責任もないことに責任感を抱く奴だった。文学マニアの計算機みてーな男だったんだよ」

「……ですか」

「つーか、兄貴がどうとかいうよりな、あんた、あんたが生きてることが既に常軌を逸してんだよ。あの出血で生き残れるなんて、どれくらい異常なことなんだか、ちゃんとわかってんのか？　なんなんだ、てめーは。非現実的なご都合主義。この上で兄貴の生存まで望もうってのは、いくらなんでも欲張り過ぎってもんだろうが」

「……人識くんとしては、あれですか？　わたしが死んで、双識さんが生き残ってた方が、展開としては素敵でしたか？」

「はあん？　いや、別に。あんたが生き残ったのはあんたの運で、あんたの運命なんだろ？　俺がどうこういう筋じゃねーっつーの」

「……運……運命、ですか。それも、それでも、随分と無体な話なんですけれどね。結局、わたしのおとーさんやおかーさん、おねーさんやおにーさんも、全滅しちゃってたわけですし」

「それくらいで済んで御《おん》の字だと思っとけよ。兄貴のときなんて、聞けば街が一つなくなっちまったってえからな。隠蔽《いんぺい》工作が大変だったって、大将がよく愚痴《ぐち》ってた」

「人識くんのときは、どうでしたか？　人識くんが、その――『零崎』になったとき」

「俺は兄貴やあんたとは違うタイプでね――いわゆる『生まれついて』の殺人鬼って奴なのさ。兄貴がどういう風に思っていたのかは知らないが、その意味じゃあ俺は『零崎』の定義からは外れてるのかもしれねえ。俺も『あいつ』同様、なんらかの定義に嵌るっつー性格……『性質』じゃあ、ねえみたいだな。その辺も、できりゃあなるべく触れて欲しくはねえんだけど」

そして、韜晦《とうかい》するように少年はいう。

「——あんたはひょっとすると、てめえの『覚醒』のせいで、兄貴を巻き込んでしまったとかなんとか、そんなことを思ってるかもしんねーけど、そもそも兄貴は勝手にあんたらの事情に首突っ込んで死んだんだ。間抜けとしかいいようがない、同情の余地すらねえよ」

「……冷たいですね、人識くんは」呆れたように、いう少女。「双識さんだけは『家族』なんじゃなかったんですか?」

「兄貴はよく俺を殴ってくれたよ」

「…………」

「兄貴は俺を拾ってくれた。兄貴は俺を助けてくれた。兄貴は俺を育ててくれた。兄貴は俺を心配してくれた。兄貴は俺の面倒を見てくれた。兄貴は俺を好いてくれたよ。俺はそれを——嫌というほど知っている」

少年はやけにはっきりとした口調で言う。

「兄貴と一緒に映画を見た。白黒の、クソつまらねえシリーズ物だった。兄貴が薦めてくれた小説を読んだ。兄貴の薦めてくれた漫画は読まなかったけどな。兄貴とキャッチボールをしたことがある。あの野郎ガキの俺相手に本気でボールをぶつけて、病院送りだったぜ。兄貴が俺にナイフを与えてくれた。そのナイフで切りつけられて、俺は切られる痛みを知った。兄貴の作ったカレーは不味《まず》かった。あれこそが最悪だってくらいにな」

「……人識くん」

「俺は兄貴を嫌というほど知っている。ムカつくことばっかで忘れたくてしょーがねえけど、憶えてんだからしょうがねえ。だから、兄貴は独りじゃない。いてもいなくても、どっちでもいいってことにゃあ、ならない。兄貴はここにいた。兄貴はここに、確かにいた。兄貴のことは、俺が、全部、知ってる」

「…………」

しばらく沈黙してから少女も、「うん――わたしも、知ってる」と、少年にではなく、呟いた。

「変態かと思ったんですけどね、最初は」

「変態だよ。その上どうしようもねえアホだ。俺みてえな奴を、愛しちまったんだからな。殺人鬼としてのレベルは高かったが、ただそれだけの、つまらねえ男さ。いや……行き詰った、男か」

行き詰った男。

まるで――あまりにも普通過ぎたように。

「双識さんは多分――自分のことを『不合格』だって、ずっと思っていたんでしょうね」

「だろうな。それには全面的に賛成だ。さっきからあんたの意見を否定してばっかだったから、ようやく気が合って嬉しいぜ」

「――それって、どんな人生だったんでしょうね。だってほら、うまく言えないですけど――『自分』って言うのは、一生付き合わなくちゃいけない唯一の相手じゃないですか。その自分自身を『不合格』としか思えないなんて――そんなの、辛過ぎますよ」

「そんなの、兄貴に限った話じゃねーだろ。誰だって自分に何かしらの不満を抱いてるもんだ。あんただってちょいと前まで人生を『逃避』だと思ってたんだろ？」

「それは……そうですけど」

「あんま兄貴を悲劇の主人公みたく考えてやんなよ。同情するのが楽なのは分かるけど、甘やかすのはよくない。あいつはあいつで、結構人生楽しんでたぜ？　俺みたいなかわいらしい弟もいたし、それに最後の最後に、あんたみてーにお茶目《ちゃめ》な感じの妹ができたんだからよ」

「……でしょうか」

「ああ、間違いねえ。太鼓《たいこ》判《ばん》さ」

「――わたし達は、どうなんでしょうね？」

少女が、改まった口調で、少年に問う。

「わたし達は――『合格』なんでしょうか？　それとも、やっぱり『不合格』なんでしょうか？」

「んなもん、『不合格』に決まって――ああ、いや、そうじゃねえか」言いかけた言葉を中断し、少年は頭を掻く。「あの兄貴のことだ、俺達にそんな資格はねえって、そう言うだろうな」

「資格？」

「試験を受ける資格だよ。俺達にそんな資格はない。だってあの兄貴ならこういうに違いない――『家族を試験《ため》す馬鹿がどこにいる』ってさ」

「…………ですね」

少女は、ここで初めて、少女らしい笑みを浮かべた。満面の、多分この少女が本来持ち合わせているのだろう性格に相応しい、可愛らしい微笑みを。

「……人識くんは、これからどうするんです？」

「どうするもこうするも、どうにかこうにかやってくしかねーさ。さっきも言ったが、この国は俺にとって少々住みにくくなっちまったからな。赤い鬼殺しに追いつかれる前に、さっさと国外逃亡だ」

「一緒に行っちゃ、駄目ですか？」

あながち冗談でもなさそうな口調で少女が問う。

「人識くんって、結構わたしの好みのタイプだったりするんですけれど」

「心の揺れるお誘いだがね。俺は一匹狼の風来坊だし、あんたの腕が出来仕上がるまで、暢気かまして悠長に待ってらんねーよ。それに――あんたにゃ他にやるべきことがあるだろ？　兄貴の、仇討ちって奴」

「…………」

「今回の件、あいつらだけで考えたとは思えない。他にも協力者がいるはず――なんだからよ。零崎一賊になろうってんならそれすら見逃すわけにはいかねーんだろ」

「人識くんはやらないんですか？『仇討ち』」

「俺はそういう斬った張ったの世界、苦手なんだよ。『呪い名』の連中もいけすかねーが、『零崎』の奴らだってそれよかいいとは言いがたい。徒党を組んで個性をなくした奴らっつーか、組織に属する奴らは、なんつーか、怖いからな。マジやべーんだよ、あいつら」

「……それで、寂しくないんですか？」

「寂しさ、ねえ」

　くくく、と忍び笑いの少年。

「『寂しさ』とか『悲しみ』とか、俺にそんなもんを感じる資格があるのかどうかって話になるよな、そりゃ。人を殺しておいて寂しいなんて、そりゃ我が儘ってもんだろ」

「ワガママですか……わからなくもないですけれど」少女は不服そうではあったが、しかし一応、とりあえずは頷いてみせる。「それでもどうにもならないっていうのが、人間の感情ってものではないでしょうか？」

「感情なんかどうにでもなるさ。感情なんて、理性に比べりゃ全然大したことがねえ。理性によって抑えつけることのできねえ感情なんて、一つだってねえんだ。それも『あいつ』が教えてくれた教訓の一つさ」

「他の教訓は？」

「『女は身を滅ぼす』、『君子危《あや》うきに近寄らず』、『おいしいトコ取りやったもん勝ち』」

「なんか素敵ですねー。ますます興味わいてきたですねー」少女がうふふ、と不気味な笑みを漏らす。「本当その人、一度でいいからお会いしてみたいものです」

「どうしてもっつーんなら京都に行くんだな。京都に行けば、自然に『あいつ』んとこまで牽引《けんいん》されるだろうよ。どうやら『あいつ』にゃあ、変人と変態をひきつける才能があるみてーだからな。それもまた——俺との違いか」

「京都ですか。分かりました。憶えときます」

「いつまでも京都にいるたあ、限らねえけどな——根無し草の孤独主義って点じゃ、俺と同じだったからよ。もっとも——」少年は皮肉っぽい口調で言う。「やっぱやめといた方がいいぜ。『あいつ』は優しいけど、その分まるで容赦がない。容赦がある分まるで優しくないこの俺とは、逆反対に同一だ。京都で傑作に、死に花咲かすことになる」

「傑作——うふふ。それもまた——悪くない」

少女はにやりと、悪戯《いたずら》げに笑う。

「その前に——まずはとりあえず、双識さん、お兄ちゃんの仇討ち、ですけどね」

「かはは——まあ、俺に関係ないところで好き自由やってくれや。見えないとこからこっそりとバレねえ程度に、応援してやんよ」

「ありがとう」

——と。

そこで、突然。

がくん——

と、衝撃を伴って、激しい勢いで電車が急停止した。慣性の法則に従って、少年と少女も折り重なるように座席へと倒れる。それほどに、とんでもなく急激な急停止だった。まるで、線路上にあった『何か』動かざるモノに衝突して、強引に進行を妨げられたが如く。駅に到着したのかと思っても、そうではない。窓の外の景色は、そこは鉄橋の上。真下には轟々と、川が流れている。しかし、だが、果たしてどんな力が、どんな『存在』が、走る電車の重量を、正面から停止せしめるというのだろう——？

「ちょ——なん、……」

「んー。こりゃ——参ったかな」

慌てた素振りの少女に対し、相変わらず口元ににやにやと笑みを浮かべている少年。しかしその笑みは今までのそれとは微妙に違い、少々の焦り、多少の自虐、多大の諦念が混じっている、気まずさの表現であるようにも見える。少女は少年のその笑みの意味が分からず、更に困惑しているようだった。

けれどその理由はすぐに知れることになる。

続けて、電車の外で爆発でも起こったかのような勢いで、少年と少女のいる車両の扉が一つ、内側に向いて吹っ飛んできた。それら二枚のドアはそのまま反対側のドアへと衝突し、更にそのまま向こうへと抜けてしまった。

そして。

扉が吹っ飛びぽっかり開いたそこから――


一人の人間が、車両の中に乗り込んできた。


威風堂々、それが当たり前のようにして。

彼女は――『彼女』は、すらりとしたその長身を、眼のくらむような赤色の衣装で包んでいる。かなりの、否、とんでもない、どうしようもないほどに図抜けた美貌に、思わず見蕩《みと》れてしまうようなスタイル。肩の辺りまである赤い髪、射抜くようなその瞳。全身という全身から威圧感を容赦なく放っていて、かなり離れた距離にいるというのに、少年と少女は――ただ存在されているというそれだけで、圧倒されていた。登場しただけでそれと理解できる、呆れるほどの人外感。

『彼女』は――

『彼女』は、『死色の真紅』と呼ばれる。

「閉塞《おひらき》に来たぜ――殺人鬼」

赤い『彼女』はシニカルな笑みを浮かべる。

「おしまいの鐘だ――あっちからこっちまで、散々探し回っちゃったぜ、人識くん。さあ、殺して解《ばら》して並べて揃えて晒せるもんなら、殺して解して並べて揃えて晒してみろよ」

そして一歩一歩、確かめるように一歩一歩、ゆっくりと、少年と少女へと近付いてくる。少年はため息混じりに、「誠心誠意、傑作だよ……」などと嘯《うそぶ》きつつ、座席の上に倒れ伏せたままだった、その身体を起こす。急停止によって、どうやら車両は脱線してしまっているらしく、傾いてしまった床面にしっかりと立って、しかしその足腰とは裏腹に、酷く仕方なさそうな、とてもやる気のない物腰で、ベストから取り出したバタフライナイフの刃先を、『彼女』へと向けた。

「――ねえ」

そんな少年に、倒れたままの少女が問う。

「その人――人識くんの敵ですか？」

少年が無言で頷くと、少女は嬉しそうに「うふふ」と笑って、跳ね上がるように背中で起き、そしてひょっと右脚を、空中に向けて蹴り上げる。

「そうですか――だったら」

プリーツスカートの内に隠れていたホルスターから――鋏が飛び出す。否――それは鋏とはいえない。いえないが、言葉に頼って表現しようとするならば、そう表現するしかない代物《しろもの》だった。

ハンドル部分を手ごろな大きさの半月輪の形にした、鋼《はがね》と鉄を鍛接《たんせつ》させた両刃式の和式ナイフを二振り、螺子《ねじ》で可動式に固定した合わせ刃物――とでもいうのだろうか。親指輪のハンドルがついている方が下指輪のハンドルの方よりもブレード部がやや小振りだ。外装こそは確かに鋏であり、鋏と表現する他ないのだけれど、その存在意義は人を殺す凶器以外には考えられない。

いつか誰かが、この鋏を『自殺志願《マインドレンデル》』と呼んだ。

そして今もまた、同じ名で。

「だったら――わたしの敵ですね」

少女は宙に飛び出した『自殺志願《マインドレンデル》』を口に銜《くわ》え、そして少年同様に、赤い『彼女』に向かい立つ。そんな少女に、少年は遣る瀬無さそうに肩を落とし、ただ、苦笑する。

「助太刀するぜ」

「ありがとう」

そして二人は、『彼女』に向けて一歩出る。
何にも迷うことなく――
誰にも怯むことなく――
己から、逃げることなく。
『彼女』はそんな二人を、実になんとも言えない、楽しそうで楽しそうで楽しそうな、そんな表情で出迎える。己に刃物を向ける存在が二つも前にある、そんなこの状況が――心の底から楽しくてしょうがないと、そういわんばかりに。
そしてそれはまた――少女も同じだった。
多少引き攣《つ》ってはいるものの、この状況に血沸き肉踊っていることがはっきり分かる、喜色満面の笑みを――『彼女』に対して向けている。先ほどの笑みとは全く逆反対、しかしそれでも、少女が本来持ち合わせているその性質に似つかわしい――微笑み。少女は笑んだまま『自殺志願《マインドレンデル》』の刃先を二つを二つ、『彼女』に向けてつきつける。
その笑みは――正しく殺人鬼にこそ相応しい。

「全く……因果《いんが》な人生だよな、欠陥製品――」

一人だけ、付き合いきれないとばかりに、やりきれない、鬱陶《うっとう》しそうな表情で、少年が愚痴っぽく独白した。

――それでは。

「零崎を――開始します」

始まった零崎は、終わらない。


(零崎人識――失格)

(零崎舞織《まいおり》――失格)

(試験終了)

※本書は２００２年12月から２００３年５月にかけて講談社ＢＯＯＫ倶楽部にＷｅｂ連載したものに加筆・訂正の上ノベルス化したものです。

付属CD-ROMの対応OSは、
Windows 98／2000／Me／XP です。
中にはデスクトップアクセサリとして壁紙・スクリーンセーバー・アイコンが入っています。
『零崎双識の人間試験』の世界をパソコン上でもお楽しみください。

N.D.C.913　290p　18cm

定価はカバーに表示してあります

零崎《ぜろざき》双識《そうしき》の人間《にんげん》試験《しけん》

二〇〇四年二月五日　第一刷発行

KODANSHA NOVELS

著者—西尾《にしお》維新《いしん》

発行者—野間佐和子

発行所—株式会社講談社

東京都文京区音羽二-一二-二一
郵便番号一一二-八〇〇一

編集部〇三-五三九五-三五〇六
販売部〇三-五三九五-五八一七
業務部〇三-五三九五-三六一五

印刷所—豊国印刷株式会社
製本所—株式会社国宝社

ISBN4-06-182359-0

KODANSHA NOVELS 講談社ノベルス

書下ろし鉄壁のアリバイ&密室トリック
能登の密室 金沢発15時54分の死者 津村秀介

書下ろし鉄壁のアリバイ崩し
海峡の暗証 函館着4時24分の死者 津村秀介

書下ろし圧巻のトリック!
飛騨の陥穽 高山発11時19分の死者 津村秀介

書下ろし鉄壁のアリバイ崩し
山陰の隘路 米子発9時20分の死者 津村秀介

世相を抉る傑作ミステリ
非情 津村秀介

国際時刻表アリバイ崩し傑作!
巴里《パリ》の殺意 ローマ着18時50分の死者 津村秀介

書下ろし鉄壁のアリバイ崩し
逆流の殺意 水上着11時23分の死者 津村秀介

書下ろし鉄壁のアリバイ崩し
仙台の影絵 佐賀着10時16分の死者 津村秀介

書下ろし鉄壁のアリバイ崩し
伊豆の朝凪 米沢着15時27分の死者 津村秀介

至芸の時刻表トリック
水戸の偽証 三島着10時31分の死者 津村秀介

第22回メフィスト賞受賞作!
DOOMSDAY—審判の夜— 津村 巧

妖気ただよう奇書!
刻丫卵 東海洋士

落語界に渦巻く大陰謀!
寄席殺人伝 永井泰宇

〝極真〟の松井章圭館長が大絶賛!
Kの流儀 フルコンタクト・ゲーム 中島 望

一撃必読! 格闘ロマンの傑作!
牙の領域 フルコンタクト・ゲーム 中島 望

21世紀に放たれた70年代ヒーロー!
十四歳、ルシフェル 中島 望

超絶歴史冒険ロマン
黄土の夢〈第1部〉明国大入り 著 中嶌正英 原案 田中芳樹

超絶歴史冒険ロマン
黄土の夢〈第2部〉南京攻防戦 著 中嶌正英 原案 田中芳樹

超絶歴史冒険ロマン
黄土の夢〈第3部〉最終決戦 著 中嶌正英 原案 田中芳樹

書下ろし新本格推理
消失! 中西智明

書下ろし長編本格推理
目撃者 死角と錯覚の谷間 中町 信

逆転につぐ逆転! 本格推理
十四年目の復讐 中町 信

書下ろし長編本格推理
死者の贈物 中町 信

書下ろし長編本格推理
錯誤のブレーキ 中町 信

霊感探偵登場!
九頭龍神社殺人事件—天使の代理人 中村うさぎ

書下ろし長編官能サスペンス
赤坂哀愁夫人 南里征典

書下ろし長編官能サスペンス
鎌倉誘惑夫人 南里征典

長編官能サスペンス
東京濃蜜夫人 南里征典

長編官能サスペンス
東京背徳夫人 南里征典

官能&旅情サスペンス
金閣寺密会夫人 南里征典

KODANSHA NOVELS 講談社ノベルス

官能追及サスペンス
新宿不倫夫人 南里征典

長編官能サスペンス
六本木官能夫人 南里征典

長編官能サスペンス
銀座飾窓夫人 南里征典

長編官能ロマン
欲望の仕掛人 南里征典

野望と性愛の挑戦サスペンス
華やかな牝獣たち 南里征典

妖気漂う新本格推理の傑作
地獄の奇術師 二階堂黎人《にかいどうれいと》

人智を超えた新探偵小説
聖アウスラ修道院の惨劇 二階堂黎人

著者初の中短篇傑作選
ユリ迷宮 二階堂黎人

会心の推理傑作集！
バラ迷宮 二階堂蘭子推理集 二階堂黎人

恐怖が氷結する書下ろし新本格推理
人狼城の恐怖 第一部ドイツ編 二階堂黎人

蘭子シリーズ最大長編
人狼城の恐怖 第二部フランス編 二階堂黎人

悪魔的史上最大のミステリ
人狼城の恐怖 第三部探偵編 二階堂黎人

世界最長の本格推理小説
人狼城の恐怖 第四部完結編 二階堂黎人

新本格作品集
名探偵の肖像 二階堂黎人

正調「怪人 対 名探偵」
悪魔のラビリンス 二階堂黎人

第23回メフィスト賞受賞作
クビキリサイクル 西尾維新

新青春エンタの傑作
クビシメロマンチスト 西尾維新

維新を読まずに何を読む！
クビツリハイスクール 西尾維新

〈戯言シリーズ〉最大傑作
サイコロジカル（上） 西尾維新

〈戯言シリーズ〉最大傑作
サイコロジカル（下） 西尾維新

白熱の新青春エンタ！
ヒトクイマジカル 西尾維新

JDCトリビュート第一弾
ダブルダウン勘繰郎《かんぐろう》 西尾維新

維新、全開！
きみとぼくの壊れた世界 西尾維新

新青春エンタの最前線がここにある！
零崎双識の人間試験 西尾維新

めくるめく謎と論理が開花！
解体諸因 西澤保彦

驚天する奇想の連鎖反応
完全無欠の名探偵 西澤保彦

書下ろし新本格ミステリ
七回死んだ男 西澤保彦

書下ろし新本格ミステリ
殺意の集う夜 西澤保彦

書下ろし本格ミステリ
人格転移の殺人 西澤保彦

書下ろし新本格ミステリ
麦酒の家の冒険 西澤保彦

KODANSHA NOVELS 講談社ノベルス

長編本格ミステリー
十津川警部の対決　西村京太郎

鉄道ミステリー
十津川警部C11を追う　西村京太郎

長編鉄道ミステリー
越後・会津殺人ルート　西村京太郎

傑作鉄道ミステリー
五能線誘拐ルート　西村京太郎

鉄道ミステリー
恨みの陸中リアス線　西村京太郎

傑作長編鉄道ミステリー
鳥取・出雲殺人ルート　西村京太郎

トラベルミステリー
尾道・倉敷殺人ルート　西村京太郎

鉄道ミステリー
諏訪・安曇野殺人ルート　西村京太郎

鉄道ミステリー
哀しみの北廃止線　西村京太郎

鉄道ミステリー
伊豆海岸殺人ルート　西村京太郎

トラベルミステリー
倉敷から来た女　西村京太郎

鉄道ミステリー
東京・山形殺人ルート　西村京太郎

トラベルミステリー傑作集
北陸の海に消えた女　西村京太郎

トラベルミステリー
十津川警部　千曲川に犯人を追う　西村京太郎

トラベルミステリー
十津川警部　白浜へ飛ぶ　西村京太郎

トラベルミステリー
上越新幹線殺人事件　西村京太郎

トラベルミステリー
北への殺人ルート　西村京太郎

トラベルミステリー
四国情死行　西村京太郎

大長編レジェンド・ミステリー
十津川警部　愛と死の伝説(上)　西村京太郎

大長編レジェンド・ミステリー
十津川警部　愛と死の伝説(下)　西村京太郎

京太郎ロマンの精髄
竹久夢二　殺人の記　西村京太郎

旅情ミステリー最高潮
十津川警部　帰郷・会津若松　西村京太郎

時を超えた京太郎ロマン
十津川警部　姫路・千姫殺人事件　西村京太郎

西村京太郎初期傑作選I
太陽と砂　西村京太郎

西村京太郎初期傑作選II
午後の脅迫者　西村京太郎

西村京太郎初期傑作選III
おれたちはブルースしか歌わない　西村京太郎

超人気シリーズ
十津川警部「荒城の月」殺人事件　西村京太郎

超娯楽大作
ビンゴ　西村　健

娯楽超大作
脱出 GETAWAY　西村　健

豪快探偵走る
突破 BREAK　西村　健

KODANSHA NOVELS 講談社ノベルス

長編国際冒険ロマン
黒い鮫
西村寿行

長編国際冒険ロマン
碧い鮫
西村寿行

長編国際冒険ロマン
緋の鮫
西村寿行

長編国際冒険ロマン
遺恨の鮫
西村寿行

長編国際冒険ロマン
幽鬼の鮫
西村寿行

長編国際冒険ロマン
神聖の鮫
西村寿行

長編国際冒険ロマン
呪いの鮫
西村寿行

長編バイオレンス
鬼の跫(あしおと)
西村寿行

長編バイオレンス
異常者
西村寿行

長編大冒険ロマン
旅券のない犬
西村寿行

長編冒険バイオレンス
ここ過ぎて滅びぬ
西村寿行

大人気コミックのオリジナル・ストーリー
D・O・A・ 地雷震
新田隆男

世紀末本格の大本命!
鬼流殺生祭
貫井徳郎

書下ろし本格ミステリ
妖《よう》奇《き》切《せつ》断《だん》譜《ふ》
貫井徳郎

究極のフーダニット
被害者は誰?
貫井徳郎

書下ろし青春新本格推理激烈デビュー
密閉教室
法月綸太郎《のりづきりんたろう》

豪華絢爛新本格推理の雄作
雪密室
法月綸太郎

新本格推理稀代の異色作
誰彼(たそがれ)
法月綸太郎

孤高の新本格推理
頼子のために
法月綸太郎

戦慄の新本格推理
ふたたび赤い悪夢
法月綸太郎

極上の第一作品集
法月綸太郎の冒険
法月綸太郎

本格ミステリを撃ち抜く華麗なる一撃
パズル崩壊 WHODUNIT SURVIVAL 1992-95
法月綸太郎

あの男がついにカムバック!
法月綸太郎の新冒険
法月綸太郎

「本格」の嫡子が放つ最新作!
法月綸太郎の功績
法月綸太郎

噂の新本格ジュヴナイル作家、登場!
少年名探偵 虹北恭助《こうほくきょうすけ》の冒険
はやみねかおる

はやみねかおる入魂の少年「新本格」!
少年名探偵 虹北恭助の新冒険
はやみねかおる

はやみねかおる入魂の少年「新本格」!
少年名探偵 虹北恭助の新・新冒険
はやみねかおる

絢爛妖異の大伝奇ロマン
フォックス・ウーマン
半村 良

書下ろし本格推理・トリック&真犯人
十字屋敷のピエロ
東野圭吾

書下ろし渾身の本格推理
宿命
東野圭吾

KODANSHA NOVELS 講談社ノベルス

フェアかアンフェアか!? 異色作
ある閉ざされた雪の山荘で 東野圭吾

異色サスペンス
変身 東野圭吾

究極の犯人当てミステリー
どちらかが彼女を殺した 東野圭吾

未曾有のクライシス・サスペンス
天空の蜂 東野圭吾

名探偵・天下一大五郎登場!
名探偵の掟 東野圭吾

これぞ究極のフーダニット!
私が彼を殺した 東野圭吾

『秘密』『白夜行』へ至る東野作品の分岐点!
悪意 東野圭吾

第15回メフィスト賞受賞作
真っ暗な夜明け 氷川 透

本格の極北
最後から二番めの真実 氷川 透

強力本格推理
人魚とミノタウロス 氷川 透

純粋本格ミステリ
密室ロジック 氷川 透

書下ろし大トリック・アリバイ崩し
北津軽 逆アリバイの死角 深谷忠記

驚天の大トリック本格推理
横浜・修善寺0《ゼロ》の交差 深谷忠記

傑作推理巨編
運命の塔 深谷忠記

書下ろし長編本格ミステリ
千曲川殺人悲歌 小諸・東京十一の交差 深谷忠記

〝法医学教室奇談〟シリーズ
暁天の星 鬼籍通覧 榧野道流《ふしのみちる》

〝法医学教室奇談〟シリーズ
無明の闇 鬼籍通覧 榧野道流

〝法医学教室奇談〟シリーズ
壷中の天 鬼籍通覧 榧野道流

〝法医学教室奇談〟シリーズ
隻手の声 鬼籍通覧 榧野道流

本格ミステリ・アンソロジー
本格ミステリ01 本格ミステリ作家クラブ・編

本格ミステリの精髄!
本格ミステリ02 本格ミステリ作家クラブ・編

2003年本格短編ベスト・セレクション
本格ミステリ03 本格ミステリ作家クラブ・編

第19回メフィスト賞受賞作
煙か土か食い物 舞城王太郎《まいじょうおうたろう》

いまもっとも危険な〝小説〟!
暗闇の中で子供 舞城王太郎

ボーイミーツガール・ミステリー
世界は密室でできている。 舞城王太郎

舞城王太郎のすべてが炸裂する!
九十九十九《ツクモジュウク》 舞城王太郎

殺戮の女神が君臨する!
黒娘 アウトサイダー・フィメール 牧野 修

歌人牧水の直感が冴える!
若山牧水・暮坂峠の殺人 真鍋繁樹

新本格推理・異色のデビュー作
翼ある闇 メルカトル鮎最後の事件 麻耶雄嵩《まやゆたか》

処女作「翼ある闇」に続く奇蹟の第2弾
夏と冬の奏鳴曲《ソナタ》 麻耶雄嵩

第1号をはるかにしのぐ、
圧倒のVol.2ついに発売！
闘うイラストーリー・ノベルスマガジン
講談社
定価
1100円
（税込）
ファウスト
Story vs. Illustration
乙一 vs. 小畑健
佐藤友哉 vs. 鬼頭莫宏
西尾維新 vs. 西村キヌ
滝本竜彦 vs. D.K
何か飛び出すか誰にもわからない
文芸コロシアム！
舞城王太郎、堂々の初翻訳！『コールド・スナップ』／トム・ジョーンズ
清涼院流水『成功学キャラ教授』の人生必勝ゼミナール！
スーパー・トークセッション
菅野ひろゆき
COLOR ILLUSTORY・COMIC／ジョージ朝倉 やまさきもへじ TAGRO

『零崎双識の人間試験』
スペシャル・ファンディスク

封入された『零崎双識の人間試験』スペシャル・ファンディスクの中にはデスクトップアクセサリとして壁紙・スクリーンセーバー・アイコンが入っています。

『零崎双識の人間試験』の世界をパソコン上でもお楽しみください。

[CD-ROMの使い方]

このCD-ROMは、Windows 98／NT／Me／2000／XP専用です。


CD-ROMをドライブに入れると自動的にヘルプ画面が表示されますので、画面の指示にしたがって、CD-ROM内のフォルダから直接アプリケーションを起動させてください。

（ヘルプ画面が自動的に起動しない場合は、CD-ROMの中にある「helpmenu.exe」をダブルクリックしてください）

[ご注意]

※ヘルプ画面を表示するには、Macromedia Flash Player 6以降が必要です
※ヘルプ画面から、各アプリケーションを起動させることはできません
※CD-ROMのアイコンをダブルクリックした時、フォルダが開かずにヘルプ画面が表示されてしまうことがありますが、そのような場合はアイコンを右クリックして「開く」のコマンドを選んでください
※お客様のPC環境によっては、正しく再生されない場合もあります

[重要なお知らせ]

スロットローディング式や縦置き型のCDドライブでは使用しないで下さい。

これらの機器や家庭用ゲーム機などにセットすることは、機器の故障につながる可能性がありますので、おやめください。

また、音楽用CDプレイヤーで再生することも、機器の故障や耳への障害を発生させる可能性がありますのでおやめください。

このCD-ROMを無断で他者に譲渡もしくは貸し出ししないでください。

このCD-ROMをご利用されたことで何らかの損害を被った場合でも、講談社は責任を負いませんので、ご了承の上でお使いください。


このCD-ROM内のデータを許可なく転用、複製、改変することを禁止します

万が一、ディスクが破損していた場合は、小社書籍業務部までご連絡ください